自 白
——海涅散文菁华

〔德〕海 涅 著　张玉书 译

中央编译出版社
Central Compilation & Translation Press

图书在版编目 (CIP) 数据

自白：海涅散文菁华 /（德）海涅著；张玉书译．
—北京：中央编译出版社，2015.6
ISBN 978-7-5117-2590-5

Ⅰ. ①自… Ⅱ. ①海… ②张… Ⅲ. ①散文集－德国－现代
Ⅳ. ① I516.65

中国版本图书馆 CIP 数据核字 (2015) 第 063583 号

自白——海涅散文菁华

出 版 人：刘明清
出版统筹：董　巍
责任编辑：韩慧强　王媛媛
责任印制：尹　珺
出版发行：中央编译出版社
地　　址：北京西城区车公庄大街乙 5 号鸿儒大厦 B 座 (100044)
电　　话：(010) 52612345（总编室）　(010) 52612363（编辑室）
　　　　　(010) 52612316（发行部）　(010) 52612317（网络销售）
　　　　　(010) 52612346（馆配部）　(010) 66509618（读者服务部）
传　　真：(010) 66515838
经　　销：全国新华书店
印　　刷：山东鸿君杰文化发展有限公司
开　　本：850 毫米 ×1168 毫米　1/32
字　　数：227 千字
印　　张：9.25
版　　次：2015 年 6 月第 1 版第 1 次印刷
定　　价：38.00 元

网　　址：www.cctphome.com　　邮　箱：cctp@cctphome.com
新浪微博：@ 中央编译出版社　　　微　信：中央编译出版社 (ID：cctphome)
淘宝店铺：中央编译出版社直销店 (http://shop108367160.taobao.com)

本社常年法律顾问：北京市吴栾赵阎律师事务所律师　闫军　梁勤
凡有印装质量问题，本社负责调换。电话：010-66509618

编者的话

在世界文学的百花园里,散文似乎是一朵永不凋谢的常春花,不论什么时代,也不论在哪一社会阶层或人群,散文不仅从不缺乏读者,而且在国内的图书市场近年来频频走低的情况下逆势上扬,多次出现散文热,大有异军突起之势。可见人同此心,心同此理,散文这一文学体裁在各国的读者中间一直拥有较为稳固的阅读群体。

从传统的意义上说,散文涵盖了韵文、戏剧以外所有其他的文学作品(prose),但这么说似乎太过宽泛,不甚符合时下一般读者心理上的期许。另一个观念是西方各国晚近才发展起来的一种较为短小的文学体裁(essay),其中主要由于法国蒙田(Michel de Montaigne, 1533—1592)和英国培根(Francis Bacon, 1561—1626)两位文学大师的写作而愈加趋于成熟,讲究修辞、炼句,大大突出了这一文学体裁的艺术特征,开始阶段主要偏重于说理及内省式的心灵独白,稍后风气渐开,意境也日趋阔大,写景、叙事、抒情各种手法逐渐丰富起来,出现了闲适体、格言体、论说体、传记体等不同的分野。此后尚有随笔(jotting, or sketch)一说,取其不拘一格,信手拈来之意。那些精心结撰、格外强调其艺术性的短章,则一般称作美文(belles lettres),亦即以文体取胜的文章圣手写作的纯文学作品。

而从实用的角度来看,散文的用途十分广泛,实际上,写好散文是从事其他各种文体写作的基础。初看上去,散文的手法多种多样,形式亦不拘一格,可长可短,比较容易上手。但既要把一件事叙述清楚,还要在其中传达出一定的感情、心绪,事情就不那么简单了。这里有一个对材料的处理问题,要考虑从哪个角度入手,考虑选取一个事件的哪些部分来加以突出,而事件的其他部分则从略或简写;同时,为达到这一写作目的,在叙述过程中还要考虑采取何种修辞手法及句式、语气,方能有效地表现出作者的感情色彩。如此看来,一篇散文从布局谋篇,到具体段落的行文甚而至于每个句式的选择,都需作者付出一定的辛劳,否则就不能如意。

缘此,我们从世界各国的散文经典中遴选出一些篇目,分批推出,以飨读者。我们的选择在国别、语种等方面考虑不多,在风格、特色方面亦无一定成见,但入选作家则都是耳熟能详、历经时间考验的世界经典作家,译者也大都是国内译界的名家、大家。我们相信,在国内一批相当有眼力的读者的鼓励与支持下,经过几年坚持不懈的努力,这个散文书坊一定能够成为大家喜爱的芬芳馥郁的百花园。

中央编译出版社编辑部

2015 年 5 月

目 录

译序：诗人海涅和他的散文　01

北海集（选译）　001

思想·勒格朗集　037

慕尼黑到热那亚旅行记（选译）　123

英吉利片断（选译）　145

回忆录　159

自　白　217

译序：诗人海涅的散文菁华

德国诗人亨利希·海涅（1797—1856）逝世至今已超过一个半世纪。他留下的诗歌是世界文学的珍宝，他的散文作品也是他留给我们的宝贵遗产。这些散文既显示了海涅思想家的睿智，战士的坚贞，也显示了他政论家的犀利和先知者的预见，至于他诗人的优雅，机智，自不待言。

海涅的成名作《诗歌集》几乎与他的《哈尔茨山游记》同时面世。尽管《诗歌集》奠定了海涅在文坛上诗人的地位，他自己却在这时经历了一次思想上的转变，把诗歌视为"雕虫小技"，决心投入散文"宽阔的胸怀"。歌德跟爱克曼说过："要写散文，必须有话可说。"海涅正是有一肚子话要说，而且他找到了得心应手的散文形式——游记，于是便接二连三地写出了一系列游记佳作，《哈尔茨山游记》、《北海集》、《思想·勒格朗集》，接着便是意大利游记：《慕尼黑到热那亚旅行记》、《卢卡浴城》、《卢卡城》，最后是《英吉利片断》。

一般作家在游记里只是记载旅途风光和见闻，抒发自己一时一地的观感，海涅的游记不仅描写旅途风光见闻，抒发自己的感受联想，还成为借题发挥，抨击时弊，揭露矛盾，警醒世人的政论、檄文。然而为了躲过当局的书报检查，他把锋利的刀剑匕首掩藏在迷人的花卉、艳丽的彩绸之中，于是我们看到令人愉悦的儿时回忆和赏心悦目的抒情文字，这就形成了海涅游记的独特风格，那看似平易随和实则难以模拟的"闲聊口吻"，作为他进行斗争的武器，的确是嬉笑怒骂皆成文章。在诙谐戏谑的面具下面，暗藏弓矢。他的"闲聊语气"看似容易，实则很难。闲聊而不机智，行文叙事若不精彩，没有神来之笔，不能引人入胜，不能给人惊喜，"闲聊"就成了胡言乱语。海涅曾把自己比作一个插科打诨的弄臣，在说出一连串逗乐的妙语引人捧腹之后，似乎不经意地讲出充满睿智发人深省的警句。这种峰回路转、奇峰突兀的开阖收放，表现出一位语言大师对文字的驾驭能力和一位能征善战的斗士升降随心进退自如的上乘功夫，通篇笼罩在浓郁的抒情氛围之中，让人看到，作者是个出类拔萃的诗人。海涅效法普罗米修斯，盗天火给人类，他把法国大革命的理想和"自由平等博爱"的口号当作危险的违禁品偷运进岗哨林立警探密布的德意志各邦，用这些犯上作乱的先进思想来唤醒民众，武装民众，这就是他私运的军火。难怪他把他的游记，比作装备了大口径火炮的战舰，服务于革命战斗的目的。

他的《思想·勒格朗集》便集中了上述的特点。它的序幕是一篇绚丽华美的抒情独白，诗人以出众的才智、丰富的想象力向他心仪的女主人公——夫人——吐露心曲，引出儿时杂忆，讲述他的出生、家庭、学习，故乡遭到变故，极不平凡的经历，因而被称为海涅的《诗与真》[1]。

通篇贯彻始终的是对拿破仑的崇拜。这一主题之所以时时像《马赛曲》的旋律回荡在海涅的作品汇成的交响乐和奏鸣曲之中，是因为在海涅的心里，拿破仑代表了法国大革命，代表了革命的理想，代表了人民，代表了人民渴求解放的希望。海涅对德意志境内大大小小的封建王国深恶痛绝，他亲身经历了拿破仑大军进入德国，进入杜塞尔多夫之后出现的天翻地覆的变化：王冠纷纷跌落，宝座相继坍塌。千年封建统治的妖雾鬼影终于驱散，人民欢欣鼓舞。可是

---

[1]《诗与真》，歌德的自传。

好景不长，拿破仑兵败逊位，反动派卷土重来。海涅对拿破仑的怀念和哀悼是对复辟后德国封建势力的反抗。这样富有政治内涵的思想却被海涅写得诗意浓郁，优美动人。海涅在回忆拿破仑进入他的故乡杜塞尔多夫时，描写的是拿破仑的坐骑，手和嘴唇。这匹雪白神骏的小马步伐安详平稳，高傲出众——接下来海涅便向普鲁士刺上一剑："我当时若是普鲁士的太子定会对这匹小马艳羡不止。"拿破仑在耶拿一战大败普鲁士军队后，乘胜前进，直逼柏林，迫使普鲁士国王订城下之盟。海涅这句话便是影射普鲁士当年屈辱低下的处境，讽刺他们巴结拿破仑以求自保的谄媚心理。拿破仑的一只手高高地握住马勒，另一只手温和地轻敲小马的颈项。这两只手"驯服过无政府状态的多头怪物，调解过各国之间的纷争格斗"，影射拿破仑摧毁德国境内众多的袖珍封建王国，建立资本主义新秩序的历史功绩。"他的唇边浮着微笑，使每个人心里温暖，得到安慰。"但是这嘴唇只要打个唿哨——"普鲁士便不复存在"，"全体教士便销声匿迹"，"整个神圣罗马帝国便应声舞蹈"，影射拿破仑当时震慑全欧、所向无敌的巨大威力。

这本书为何叫做《勒格朗集》？勒格朗先生是进驻杜塞尔多夫的拿破仑大军中的一名鼓手，借宿在海涅家里，成为海涅的朋友。勒格朗一面击鼓一面向海涅讲述拿破仑的赫赫战功。这位伟大的皇帝如何在隆隆的鼓声中，高擎战旗，一马当先，冒着枪林弹雨指挥战斗，赢得胜利。几年后，拿破仑大军从莫斯科撤退，勒格朗先生途经杜塞尔多夫，衣衫褴褛，形容憔悴，用鼓声向海涅叙述拿破仑在俄罗斯冰原上兵败的情景。他痛苦万分地用目光哀求海涅把鼓刺破，不让这面为革命大军冲锋陷阵欢庆胜利的战鼓为敌人效劳，"奴性十足地响起催促战士回营的鼓声"。

海涅像他的老师勒格朗先生一样，成为革命的鼓手，在他的游记里敲响了向封建势力发起进攻的鼓声，以激励民众的斗志，奋力为挣脱封建枷锁、争取自由解放而战,难怪德国评论家弗朗茨·梅林对这篇作品予以高度评价:"《勒格朗集》是一张才气充溢、妙趣横生的巧思织成的色彩缤纷的地毯,比《哈尔茨山游记》还更胜一筹;分散之中见统一,这构成了诗人天才的人格,'以雷霆万钧之势向思想的刽子手和最神圣的权利的压迫者进行反抗'。[1]"

海涅被人比作德国的阿里斯多芬。在他欢快无害的笑脸底下掩盖的是对德国的封建制度表示的仇恨愤怒。在封建社会里,君王和臣民是父子关系,儿子不得反抗,父亲为所欲为。海涅把人分为逐猎者和被逐猎者。他自己属于被逐猎者,代表同样遭到逐猎和压迫的人,为他们鸣不平,提抗议。在奚落戏谑之际显示出诗人海涅精神上的优越感。

这优越感表现在洞悉那些世袭贵族的愚蠢和无能。不论他们祖上凭什么当上贵族,单看他们今天的无知、无能,却能忝居高位,实在可笑。他指出那些封建贵族,尽管家世显赫,有几十代祖宗,其实是酒囊饭袋。但是一切权力都掌握在他们手里,世袭肥缺、财富留给特权阶层,平民不得染指。文学史家强调指出,促使法国大革命爆发,促使封建统治垮台的一个重要因素,乃是文学作品如博马舍的《费加罗的婚礼》和《塞尔维亚的理发师》中对贵族的讽刺嘲笑。这些仰之弥高、锦衣肉食的贵族,一旦变成民众的笑柄,耻笑的对象,他们存在的基石便发生动摇,封建统治便面临土崩瓦解的命运。在民众的哄笑声中,貌似强大的庞然大物自会轰然倒塌。海涅的散文便是以揭露封建统治者的无能无耻为目的,使读者得到启蒙,去思考禁止他们思考的问题,闯入禁区。普鲁士以高压,以封锁,以禁令维持其天不变,道亦不变,封建统治千秋万代的现状,

---

[1] 参看梅林《论文学》,人民文学出版社1982年12月版,张玉书,高中甫,韩耀成译。

而海涅偏偏要大家看出，这样可笑可耻的统治者实在应该下台，否则天理难容。

因此海涅痛恨那些为虎作伥的学者，他们企图论证这封建统治乃天赐神造，不得更改；痛恨助纣为虐的基督教会，这个教会用教理来麻痹百姓，以神权维护君权，共同对付百姓。海涅把它比作一只强大无比的蜘蛛，吸掉人民的血液。

这样他就变成了反封建的战士，不再是"夜莺和玫瑰"的诗人，完全有理由称自己为"剑和火焰"。

但是德国的书报检查官并不全是笨蛋，他们发现了这个厉害的对手。海涅受到极大威胁，时刻有锒铛入狱的危险。1830年海涅在北海疗养地听到巴黎爆发七月革命的消息，欢欣鼓舞。决定离家去国，前往巴黎。一方面是由于对七月革命的憧憬，另一方面则是迫于他在国内危机四伏的处境。1831年5月1日，海涅到达巴黎。这是当时各国流亡者的中心，马克思、恩格斯都在那里。

尽管去国离家对于一个热爱祖国热爱人民的诗人来说是极端痛苦的事情，为了还能继续为人类解放事业引吭高歌，他终于渡过莱茵河，流亡巴黎。德法两国虽然毗邻却是世仇，相互之间缺乏了解，成见很深。海涅深知狭隘的民族主义基于民族倨傲，必须互相沟通思想，达到互相理解、互相尊重，才能消除。因此他分别向德法两个民族介绍他们的邻邦，用《法兰西现状》、《论法国画家》、《法国的画展》向德国人介绍法国；用《论浪漫派》、《论德国宗教和哲学的历史》向法国人介绍德国。

海涅在巴黎的时间长达二十五年，这位侨居国外的诗人能获得他客居之国读者的欢迎和同行的承认实属不易。巴黎作为西方世界的文化中心，当时曾吸引了欧洲许多作家艺术家。一旦在巴黎取得成功，便算享有世界声誉。然而许多德国作家艺术家都未能征服巴黎。海涅精通法语，他在巴黎上层社会的文艺沙龙中以流畅典雅的语言、机智巧妙的应对引人注目，而他的诗文在法国也一样脍炙人口，使他在法国也赢得同行的欣赏读者的赞美。

在巴黎海涅接触到圣西门主义的著作，结识了马克思、恩格斯，参加了他们的革命活动。这时他发现，不仅散文可以作为战斗武器，诗歌也可变成战歌。诗歌不再是"雕虫小技"，也可以变成杀伤力很强火炮。于是他写出了"时代之歌"等一系列诗意浓郁，战斗性强，文笔犀利的讽刺诗、战斗诗。恩格斯说："我们当代最伟大的诗人海涅，也参加到我们的行列中来。"就这样，海涅和马克思、恩格斯并肩作战，迎来了1848年的革命。

1848年欧洲革命浪潮风起云涌，法国的二月革命引起了连锁反应，德国、奥地利、匈牙利相继爆发革命。在这革命形势高涨的时候，海涅却一病不起，由于瘫痪，他被活埋在"褥垫墓穴"之中，历时八年，失去直接参加社会活动的能力，但是他的琴弦并未断裂，他的歌喉并未喑哑。在他的肉体受尽病魔的折磨，往往因病痛而彻夜不眠的时候，他的精神依然清朗，思想分外活跃。他或者向秘书口授，或者凭着半盲的眼睛微弱的视力，写下了他最后的诗文。

如果说海涅早期散文的主旋律是反封建，以资产阶级革命理想，对封建势力进行抨击，那么从《英吉利片断》起，便可看出他的反资本主义的倾向。海涅批判的锋芒已经指向资本主义社会的弊端。海涅流亡法国后的散文作品则增加了新的内容：促进德法两大民族的相互了解，对资本主义进行揭露，特别值得称道的是，他在反资本主义的同时，也反对那些挂羊头卖狗肉的假共产主义者，对虚假的共产主义进行彻底批判。

这种倾向在后期的散文作品《卢苔齐亚》里尤为突出。本书限于篇幅，没有选用《卢苔齐亚》。我们选用了他后期散文中的《墓中回忆录》和《自白》。19世纪50年代，他主要的散文作品是回忆性的文字《墓中回忆录》和《自白》。

海涅在《墓中回忆录》里想必清算了他在汉堡的亲戚。由于堂兄的抗议，原有的这些《墓中回忆录》全都被毁。我们现在读到的《墓中回忆录》只是海涅后来补写的一些文字，对他在汉堡所受的屈辱，势利的亲友们卑劣的嘴脸，已毫无记载。这是海涅研究的一大损失。

《勒格朗集》和《墓中回忆录》都是海涅的回忆性、自传性的文字。前面我们已经介绍了《勒格朗集》，而他的《墓中回忆录》则谈到他的初恋情人，把读者带到莱茵河畔的杜塞尔多夫，带到他的家里。他以深情的笔触谈到他的父母亲。海涅的父亲性情率真，"天真烂漫"，有孩子气，心地善良，乐于助人，待人亲切和善，他"最爱的是他父亲"。他的母亲严谨，自学成才，理性务实，总把教育儿子当作己任。

《墓中回忆录》里谈到他母亲对他前程的安排。1789年法国大革命爆发，不少热血青年都准备参加拿破仑率领的法兰西大军南征北战，摧毁欧洲的封建势力。海涅的母亲为儿子设想的第一条道路就是从军，凭着战功，青云直上，年纪轻轻便能当上元帅将军。可惜由于1815年拿破仑兵败，这条道路已经不通。母亲为他设想的第二条道路是到汉堡去投奔他百万富翁的叔父所罗门·海涅。叔父帮他开了公司，可是海涅志不在此，心在文学。公司因经营不善而倒闭。于是海涅便按照他母亲的安排，走上第三条道路：到波恩大学去学习法律。可是拿破仑兵败后，欧洲反动势力复辟，海涅即使得了法学博士，也当不了法官、律师。他便成了自由作家。

海涅在献给母亲的十四行诗里写道：他曾一时疯狂，想入非非离开了母亲，到处去寻找爱情，可是遍寻不得，人们只给他仇恨，他心灰意冷百病缠身地回到家里，回到母亲身边：

你这时向我迎面走来

啊，在你眼里荡漾着的

正好是甜蜜的寻找已久的爱。

这种甜蜜的母爱一直陪伴着诗人,直到他生命的最后一刻。

"自白"就是"忏悔录"。中世纪时,北非希波的主教,后来被天主教会追封为圣人的圣·奥古斯丁,原来是相当堕落的青年,后来幡然悔悟,改邪归正,虔诚笃信,当了主教。他和卢梭两人留下的《忏悔录》是西方这类文字的典范。"回忆录"和"忏悔录"都是回忆性文字,其差异大致在于,回忆录所记的,往往是些作者不吐不快、愿意与外人道的事情,饶有趣味,平易随和,而"忏悔录"则一般是难以启齿,讳莫如深,不足与外人道的事情,往往事关隐私,是深层的思想,深埋内心的秘密。海涅绝顶聪明,深知剖析内心,实话实说,谈何容易。他首先指出卢梭的《忏悔录》其实并不真实可信,

> 他(指卢梭)自称为专讲真话、追求自然之士,可是骨子里他比他的同时代人更为虚假,更为矫揉造作。当然,他过于高傲,不会把一些优秀的品质,美好的行动错记在自己账上,他宁可编造一些可怕已极的事情来自我丑化。莫非他污蔑自己的目的是为了获得更加宏伟的诚实可信的表象,从而得以污蔑别人,譬如说污蔑我那可怜的同胞格林姆?还是说,他作了一些虚假不实的自白,为了掩饰真正的错误?

人们写忏悔录无非是为自己作一帧自画像,海涅便讲了一则南非国王请人画像的逸事。这位黑人国王向画家表示他心中隐秘的希望:希望画家给他画张白脸。海涅发现每个人其实都有这种愿望,都希望以另一种颜色出现在公众面前。正因为海涅洞悉世人的这一

共同的弱点,他就避免用自己的忏悔录为自己作画,他明确表示:

> 请诸位不必担心。我不会把我自己画得太白,也不会把我周围的人描得太黑。我将始终真实不误地显出我的颜色,以便大家知道,我在谈论其他颜色的人们时,该信任我的判断到何等程度。

果然,海涅在他的"忏悔录"中既不美化自己,也不惺惺作态故意给自己描黑。他也许并没有说出他心里全部想说的话,但至少说出来的全是肺腑之言。他在《自白》里告诉我们,由于他那战舰似的散文作品,成功地走私离经叛道的思想,已使德意志各公国政府把他视为洪水猛兽,必欲把他擒获送入囚牢而后快。

> 当七月革命的太阳在法国升起,我正好疲惫不堪,需要休养。故乡的空气对我来说,也变得日渐更不健康。我必须认真考虑变换气候。晚上我梦见一头长相丑陋的兀鹰,在吞噬我的肝脏,我的心情变得非常凄凉。既然我确实需要使情绪欢快一下,斯潘道又离开大海太远,在那儿吃不到牡蛎,而斯潘道的禽类汤又不太吸引我,外加普鲁士的铁链在冬天又非常之冷,对我的健康有损无益,于是我便下定决心,前往巴黎,到香槟酒和《马赛曲》的祖国去痛饮香槟,听人歌唱《马赛曲》《我们向前进军》和《那满头白发的拉法耶特》。

他讲到和斯达尔夫人的论战,讲到对黑格尔哲学、对天主教会的态度。写作《自白》是在写作《德意志论》之后。《德意志论》即《论浪漫派》,海涅在书中对德国文学的发展进行了独特精到的论述,尤其反对法国女作家斯达尔夫人的观点。斯达尔夫人认为德国文学中，浪漫派是主流，其思想根源乃是基督教的教义。海涅痛斥这个教会的教义，它认为"精神高于肉体"，想消灭精神，炫耀精神，做人应该有"狗样的谦卑，天使般的忍耐"，于是成为"专制主义的最得力的支柱"。斯达尔攻击拿破仑，是因为拿破仑代表法国革命，斯达尔夫人叫人忘却现实，海涅则主张像歌德、席勒一样，让文学为现实服务。

可是在《自白》中，他承认自己就是个最后一位浪漫派诗人，以此暗示，他对浪漫派的批评有失偏颇，而对基督教的批评更失之片面。读过海涅早期散文作品里对天主教的严厉批判，再看《自白》中下面的段落，难免会因海涅对宗教态度的转变而感到震惊。

> 我早已放弃了对罗马教会的攻击，我当年拔出宝剑为一个理想而不是为了一种个人激情而战，如今这把宝剑早已安憩在剑鞘之中。""我对我自己精神上的腰围了解得十分清楚，不会不知道，我就是愤怒已极地去撞击像圣·彼得教堂这样一个庞然大物，也不会对它造成多大的损害。我只可能做一个微不足道的帮手，帮助拆运垒成这个庞然大物的巨形方石。这项拆运工程得持续许多世纪。我精通历史，不会认不清那座花岗岩建筑物的宏大雄伟——你们尽可称它为精神上的巴士底狱，你们尽可宣称，这座监狱现在只由伤残兵卒守卫；但是这座巴士底狱也并不是那么容易攻克，有些年轻的攻击者，撞在它的墙垣上还会折断脖子，这可一点不假。

1848年后身染重病的海涅之所以有这样突兀的转变，值得深入研究。是认识到自己当年年少气盛，说话过火，还是他确实认识到信仰之类的问题并非他用"剑和火焰"所能解决。是海涅久病，意志薄弱，还是宗教的问题过于复杂？

这可真像海涅所说，不论他说什么，他说的是实话，既不挖空心思地美化自己，也不故作姿态把一些不可能的缺点，安在自己身上，浪得诚实的虚名。

《自白》的最后是重病难愈的诗人对人生发出的相当悲凉的叹息：

我置身于 Rue d'Amsterdam[1] 的病房里令人厌烦的孤寂之中，除了捂暖的餐巾发出的香水味外，什么也闻不到，这时，在离阿姆斯特丹大道有两千英里之遥的设拉子，所有的玫瑰都为我而盛开，为我散发芳香，唉，对我又有什么用处。

"人生如梦"，"名利虚幻"。想到诗人困在病床上八年之久，这种凄怆悲凉的声调，能不使我们这些后来者为之发出同情的喟叹？尽管如此，海涅直到最后一刻，依然没有停止战斗。让我们尊重他的遗愿：

请你们在我的棺材上放一把宝剑，因为我曾是人类解放战争中的一名勇敢的战士。[2]

张玉书，2014.10.24. 蓝旗营

---

[1] 法文：阿姆斯特丹大道。
[2] 参看：海涅：《慕尼黑到热那亚旅行记》的最后一章。

北海集(选译)

第三篇

写于诺尔德奈岛

本地人大多一贫如洗,捕鱼为生。捕鱼的季节要下个月才开始。冒着10月间狂风暴雨的天气,他们出海捕鱼。也有不少岛民在外国的商船上当水手,长年离家远去,很久也不能给家人捎个音讯。葬身鱼腹的事也屡见不鲜。我在岛上遇见过几个可怜的女人,她们全家男丁都在海上丧命。这种事情很容易发生,因为通常父亲总带着儿子乘同一条船漂洋出海。

航海对于这些人具有巨大的吸引力;可是我相信,他们大家一定觉得待在家里最舒服。即使他们乘船来到阳光更加明媚、月色更为浪漫的南国,那里有的鲜花也不可能填满他们心头的裂缝。他们身在花香浓郁的春天的故乡,心里却又怀念起他们一片沙滩的海岛,怀念起他们低矮的茅屋和熊熊的灶火。家人们暖暖和和地穿着羊毛的外衣,围炉而坐,喝着和盐水不相上下的咸茶。大家用本地的方言闲聊,这种语言他们自己怎么能听得懂,我简直觉得难以理解[1]。

与其说是内心的那种神秘的爱情,毋宁说是由于习惯的势力,长年共同生活产生的自然而然的互相依恋,以及社交关系的直截了当,使得他们这样安于现状,相依为命。大家智力一样高,或者说得更确切些,大家智力同样低,因而要求相同,愿望一致。经验相同,思想相同,因而相互之间易于了解。大家亲密无间地在小茅屋里拥

---

[1] 诺尔德奈岛上说的低地德语带有强烈的东弗里希方言的成分,十分难懂。

火而坐,天气寒冷,就挤得紧些。一看眼色,就知道别人在想些什么;话没出口,别人已知道,他想说些什么;共同生活中所有的事情都牢记在心,只消一句话,一个面部表情,一个默默无声的手势,就能使大家一起欢笑,同声痛哭或者肃然起敬,而在我们这些人当中却非百般解释,再三说明不可。因为我们基本上精神生活都很孤独,由于受了一种特殊的教育,或者读了一本偶然选中的特别的书籍,我们每个人的性格便朝不同的方向发展,各人的心灵蒙上了假面,思维、感觉和愿望都各不相同,因而彼此之间才会产生那么多的误会,而且,即使置身广屋大厦之中,彼此也难于相处。无论在什么地方我们都感到拘束,生疏,仿佛身在异乡客地。

过去有很多民族,就像我们看到的这些岛民,生活在这种思想感情一律平等的状况之中,往往经历整段整段的历史时期。中世纪的罗马基督教会也许曾想使整个欧洲处于这种状态,因而把人世间所有的关系,自然界所有的力量和现象,整个人的肉身和精神全都置于它的监护之下。不容否认,恬静的幸福由是产生,生活变得更加温暖安馨,各种艺术就像悄然滋生的花朵,开放得绚丽璀璨,至今还叫我们赞叹不已,即使用上我们全部匆匆学来的知识,也难于模拟。但是精神自有它永恒的权利,它不让人用教规把它限制,用钟声把它催眠;它击碎囚禁它的监牢,挣断教会母亲拴在它身上让它就范的铁纽带,满怀获得解放的喜悦,在大地上飞奔,登上最高的山巅,欣喜欲狂,纵声欢呼,又想起古老的疑虑,思忖白天的奇迹,计数黑夜的繁星。星星的数目还不知道,白天的奇迹还没参透,古老的怀疑又在我们灵魂深处复苏——现在这样是否比过去更加幸福呢?我们深知,这个问题对于芸芸众生来说,很难予以肯定的回答,但是也知道,来自谎言的幸福并非真正的幸福,哪怕只是在个别支离破碎的瞬间能和上帝更加近似,能够得到更高的精神尊严,也比浑浑噩噩地在轻信盲从之中年复一年地打发光阴更为幸福。

反正这种教会的统治是最为恶劣的一种奴役。我先前说到它有好心,可谁能向我们提出保证?谁又能证明,有时候这里面就不会夹着恶意?罗马想永远进行统治,在它的军队覆没之后,它便把教义送到各省。它雄踞拉丁世界的中心,犹如一只硕大无朋的蜘蛛,用无边无际的蛛网布满治下的疆土。各民族的人民一代一代地在这网下过着平静无扰的生活,他们认为天国近在咫尺,其实这只是一张罗马的蛛网,只有奋发向上的贤人,看透了这张蛛网,感到压抑痛苦,但他如想破网而去,那狡猾的织娘就轻而易举地将他一把擒住,吸掉他心头勇敢的鲜血——用这样的鲜血去换取痴愚的众生梦想中的幸福,代价岂不太高?精神奴役的岁月终于一去不返。这只身挂十字架的老蜘蛛坐在它那科罗色姆[1]的断柱颓垣之中,早已老朽虚弱,还在编织着那张陈旧的蛛网,但这网已经腐朽不堪,只能捕捉蝴蝶蝙蝠,再也套不住北国的雄鹰。

想想也真是可笑,我正想宣扬罗马教会的善意好心,突然,我那早已沾染上的新教的偏激情绪攫住了我,总认为罗马教会居心最为险恶。恰好是我自己心里的这种意见分歧,又使我看到我们时代思维方法的支离破碎,我们昨天赞叹不已的东西,今天就深恶痛绝,而到明天,可能会漠然加以冷嘲热讽。

从某种立场看来,天下万物同样伟大又同样卑微,看到这些穷苦岛民卑微的现状,我想起欧洲所经历的伟大的历史演变。这些岛民现在也正面临着这样一个崭新的时代。他们一向感情一致,思想单纯,由于此地的海滨浴场蓬勃发展而受到骚扰。他们每天从浴场的游客那里听来一些新鲜事儿,而这些事和他们世代相传的生活方式格格不入。晚上,他们站在灯火辉煌的俱乐部的窗前,观察屋里老爷太太们如何周旋,看到的尽是心照不宣的眼光,贪欲横溢的怪

---

[1] 科罗色姆,古罗马最大的露天剧场,人们可在那里观看斗兽。

相,色情淫荡的舞蹈,大吃大喝的饮宴,利欲熏心的赌博等等,这对岛民不无恶果。这些恶果绝不是他们从浴场那里赚来的钱所能抵消的。赚来的钱哪能满足他们心里新近滋长的迫切需要,于是内心生活受到骚扰,欲念顿生,痛苦无比。我童年时代,每当烤得精美绝伦的蛋糕从我身旁端过,上面没盖东西,香气四溢,而我却不得染指,这时,总有一阵火烧火燎的欲望涌上我的心头。后来,我看见美貌的女人趋尚时髦,袒胸露臂地从我身旁走过,同样的欲望使我心如针扎;我想,可怜的岛民,现在还处于儿童状况,他们在这里常有机会产生和我类似的感觉,美味蛋糕和美貌妇女的所有者们最好能把这些东西藏得稍微严实些。这么多未加遮盖的美味珍品,他们只能眼看,不得品尝,必然使他们食欲大增。要是岛上穷苦的妇人在怀孕时,产生各式各样向往美食的欲念,到头来甚至生下和浴场的游客容貌酷似的孩子,这也很容易解释。我说这话,丝毫不想影射伤风败俗的暧昧关系。岛上的妇女,由于模样丑陋,尤其遍体鱼腥——这股腥味至少我是受不了的——她们的贞操可保无虞。要是面貌酷似浴场游客的孩子出世了,那我认为这更多的是一种心理学的现象,可以用唯物主义的神秘法则来予以解释,歌德在他的《亲和力》[1]——书中曾把这种法则大加发挥。

有多少谜样的自然现象可以通过那种法则来解释,这实在令人惊讶。去年我在海上遇到风暴,漂泊到另外一个东弗里希小岛[2]。我在一家渔民的茅屋里,看见墙上挂着一张铜版画,标题是《老年的诱惑》[3],画着一个白发老人读书时被一个裸体女人所打扰。这个女人腰部以上一丝不挂,腰部以下隐在云里,奇怪极了!这位渔

---

1 参看歌德的长篇小说《亲和力》第 2 部第 8 章。
2 诺尔德奈也是东弗里希群岛之一。
3 "老年的诱惑"原文是法文。

夫的女儿和画上那个女人相貌一样,长了一张风骚淫荡的圆脸。另外再举一个例子:有一个钱币兑换人,他老婆主持业务,爱把钱币上镂刻的花纹翻来覆去地细心察看,我发现他家的孩子相貌酷似欧洲最伟大的君王。这些孩子若是碰在一起争吵不休,我简直以为眼前是在举行小型的国际会议呢[1]。

由此可见,对于政治家来说,钱币上镂刻的花纹并非等闲之事。因为人们打心眼里喜爱金钱,看钱的时候必然充满了爱慕之心,于是生出来的孩子脸上往往有刻在钱上的君王的特征,这位不幸的君王便落了嫌疑,被人认为是他臣仆的父亲。波旁[2]王室把拿破仑金币[3]回炉销毁,是很有道理的。他们不愿在法国人当中看到那么多拿破仑的脑袋。普鲁士在钱币政策上走得最远,聪明地在钱币里掺上些紫铜,于是新铸成的辅币上,国王立即满面红光,因此不久以来,普鲁士的孩子脸色也就比过去健康得多,看到他们这些容光焕发的银元小脸,真叫人满心喜悦。

我方才谈到这里的岛民,受到道德沦丧的危险,但是他们的精神壁垒,他们的教堂,我却没有提及。他们的教堂究竟如何,我很难详述,因为我还没有进去过。上帝知道,我是个很好的基督徒,常常甚至于还打算去拜访他老人家的殿堂[4],可是每回总鬼使神差地有事耽搁,使我不能前往。通常总有一个饶舌的家伙在半路上把我拦住。倘若有那么一次我竟然走到神庙的门前,一种逗乐的心情又油然而生。怀着这样的心情跨进教堂,那是罪孽深重的。上个礼拜我就遭遇到了类似的情景,我在教堂门口突然想起歌德《浮士德》中的一段,讲的是浮士德和梅菲斯托从一个十字架旁边走过,他问

---

1 讽刺1815年后,神圣同盟召开的一系列国际会议。
2 法国波旁王朝。法国大革命时被推翻,拿破仑兵败后又复辟。
3 法国金币,上有拿破仑头像。
4 指教堂。

梅菲斯托：

> 梅菲斯托，你干吗那么着急？
> 干吗在十字架前垂下眼皮？

梅菲斯托就答道：

> 我自己也知道，这是成见，
> 可是我瞧着总不顺眼。

据我所知，任何一种版本的《浮士德》都没有印进这几行诗句，只有已故的枢密顾问莫里茨[1]在歌德的手稿里读到过，并把它们写进他的《菲利浦·赖色》[2]。《菲利浦·赖色》这本小说现在早已绝版，内容是讲作者本人的故事，或者不如说是讲作者所缺少的几百个金元的故事。因而他的一生贫困穷苦，但是却心怀奢望，譬如，他想到魏玛去，充当《维特》[3]的作者的仆人，不计任何条件，只要能待在此人身边生活就行。世界上那么多人，只有这人对他的心灵影响最深。

奇哉，怪也！想不到当年歌德已使人如此倾倒，可是要真正理解歌德的伟大，只有"我们下面第三代人"[4]才能办到。

---

[1] 卡尔·菲利浦·莫里茨（1757—1793）的《安东·赖色》（1785—1790年柏林出版）乃是一部自传体的小说。他是歌德的热烈崇拜者，1786年在意大利和歌德相识，随后又在魏玛歌德那里住过一阵。上面引的几行诗最初见于《安东·赖色》的第5卷第211页，该书在莫里茨死后由克利希尼格出版。这几行诗一如海涅所引。不过莫里茨的记忆并不十分可靠。
[2] 应为《安东·赖色》。这是海涅的笔误。
[3] 指《少年维特之烦恼》。
[4] 这是歌德在《有助于理解〈西东诗抄〉的笔记论文集·前言》中说的一句话。

但是我们这一代人当中也涌现出一批人物，他们心头只有一潭死水，于是想堵塞别人心里鲜血迸涌的喷泉。这些人自己失去了享乐的能力，诽谤人生，却想使别人也不得享受人世间的一切欢乐。他们把这一切说成是魔鬼骗人上钩的美食，放在那里只是为了诱惑我们，就像狡猾的主妇，出门时，数好糖块，敞开糖瓶，来考验使女的手脚是否干净。这些人的身边聚集了一群卫道的蠢物，向他们宣扬十字架，攻击这位伟大的异教徒[1]和他那些赤身露体的神仙[2]，恨不得以蒙面遮身的愚蠢的魔鬼来取代这些天神。

蒙面遮身正好是他们的最高目标，赤身露体的天神则使他们看着讨厌。萨杜尔[3]自己穿上裤子，并且逼着阿波罗[4]也穿上裤子，他这样做，总有他的道理。于是人们就称他为道德君子，殊不知蒙面遮身的萨杜尔的那张克劳伦[5]式的笑脸远比沃尔夫冈[6]、阿波罗赤身露体更加有伤风化。人类过去穿着用六十尺布做的灯笼裤，那时的道德风尚未见得比现在更为淳朴。

可是，我没说下衣，却说了裤子[7]，太太们是否会见怪呢？啊，这些太太们是这样的敏感！到头来只许太监为她们写作。侍候她们

---

1 异教徒指歌德。这段影射上世纪20年代天主教方面对歌德发动的攻击。这场攻击主要是由约翰·普斯特库亨发起的。他在1823—1828年匿名发表了歪曲模仿《威廉·迈斯特的漫游时代》的小说。
2 歌德不受宗教束缚，歌颂人世间的欢乐，人的美丽，还人以本来面目，让人置身于大自然之中，如同古希腊裸体之神一样美好。这和宗教否定人世，抹煞肉身之美，针锋相对。
3 萨杜尔，古希腊山林之神怪，样子像是一个人，但有野兽的耳朵、尾巴、蹄和角，以淫荡著称。
4 阿波罗，古希腊光明和诗艺之神，造型艺术把他表现为美少年，男性美的象征。
5 克劳伦，当时的文人，他是个流行作家，专写色情小说。
6 指的是歌德，歌德名叫沃尔夫冈。
7 德文 Beinkleider（下衣）在上层社会的太太们看来比 Hosen（裤子）一字文雅。

的西方精神仆役非得和她们的东方贴身奴仆一样老实不可[1]。

这里，我突然想起《贝尔托特日记》[2]中的一段：

> 有一位太太因为M博士说了句比较粗野的话，生起气来，M博士便对她说："我们细想一想，就会知道，我们大家衣服下面的肉体都是精赤条条的。"

汉诺威地方的贵族，对歌德深表不满，说他散布反宗教的思想，这也很容易引起错误的政治观点，而人民却必须通过古老的信仰，教化得和往日一样谦恭驯良。近来我也听见人们议论纷纷：究竟歌德比席勒伟大，抑或席勒比歌德伟大[3]？前不久我站在一位夫人的椅子背后，光瞧背影就可以看出她的六十四代祖先[4]，我听见这位夫人正和两位汉诺威的贵族在热烈讨论这个题目。这两位的祖先早就刻在邓德拉的神庙里了[5]，其中一位是个身材瘦长的青年，身上仿佛灌了水银，活像一根气压计，他对席勒的美德和纯洁赞不绝口，另一位也是个高挑个儿的青年，正细声细气地吟诵《妇女的尊严》[6]

---

1 过去东方的后宫里以阉人为侍候妇女的贴身奴仆，以防暧昧之事发生。
2 汉堡人马丁·希罗尼姆斯·胡特瓦尔克以奥斯瓦尔德这一笔名进行写作，发表《卡尔·贝尔托特日记的残篇》（柏林1826年版）这本一度受人称颂的长篇小说，具有大学生的浪漫主义倾向。
3 参看歌德在艾克曼的《歌德谈话录》中1825年5月12日就此发表的意见。
4 德国贵族以家世久远为荣，海涅在此讽刺。
5 邓德拉乃埃及北部一个村落，在尼罗河左岸，当地有神庙废墟。在这祭祀恋爱女神的神庙顶上有两条兽带，十分闻名。根据不正确的天文学的估计认为该庙建于远古时代，最近知道，建于克莱阿帕特拉女王执政时期。兽带即表示日月天体运行轨道的路线，即黄道，分十二等分，大多以兽名命名，是为黄道十二宫，即白羊、金牛、双子、巨蟹、狮子、室女、天秤、天蝎、人马、摩羯、宝瓶和双鱼等。海涅在此暗示其家世久远，也讽示其家族与兽道里的禽兽有关。
6 席勒的诗《妇女的尊严》。

一诗中的几行诗句。一面念,一面甜蜜蜜地微笑着,活像一头钻进蜜缸的驴子,其乐陶陶地舔着嘴巴。两位青年翻来覆去地说着下面这句话,借以增强他们的论点:"他毕竟更加伟大,他的确更加伟大,真的,他更加伟大,我以人格向您担保,他是更加伟大。"这位夫人非常客气,把我也拖进这场关于美学的谈话。她问我:"博士,您对歌德的看法如何?"我却把双臂交叉在胸前,虔诚地低下头去,说道:"除了真主以外,别无他主,穆罕默德是真主的使徒!"[1]

这位夫人无意之中提出了世界上最为狡黠的一个问题,我们总不能没头没脑地问人家:你对宇宙看法如何?你对世人和人生的看法如何?你是聪明人,抑或是个蠢材?这些精巧的问题可都包含在这几个毫无恶意的字里:您对歌德的看法如何?把歌德的全部作品放在我们眼前,我们就可以很快地把别人对他的判断和我们自己的判断,作一番比较,从而得出一个固定的尺度,并且可以用这个尺度来衡量他的全部思想和感情。这样他在不知不觉之中已经对一切事物说出了他自己的判断。歌德胸襟阔大,包罗万象,人人皆可研究,毫无阻拦。于是,他便成了我们认识众人的最好手段。同样,我们从歌德对我们眼前事物的判断,也能最深刻地认识歌德自己。对于这些事物,无比重要的一些人物早已把他们的看法告诉了我们。在这点上,我极愿向诸位指出歌德的《意大利游记》一书。意大利这个国家,我们无论是亲眼观察,或是听人介绍,大家全都熟悉。我们很容易发现,人人都以主观的眼光观看这同一个国家。某甲以阿尔兴霍尔茨忧郁的眼睛[2]看意大利,只见遍地都恶劣不堪,某乙用

---

[1] 原文是阿拉伯文。这是伊斯兰教《圣训》的第一句。
[2] 约翰·威廉·阿尔兴霍尔茨(1741—1812),德国历史学家和政治家,自1763年起多次旅行,足迹几乎遍及全欧。他的作品《英国和意大利》(1787,莱比锡,2版,5卷)使其名噪一时,然而因为贬低意大利而声名狼藉。

柯林娜热情的眼睛[1]看意大利,只见到处都美奂绝伦。而歌德则以他清如秋水的希腊人的眼睛[2]把一切事物,无论光明抑或黑暗,全都一览无遗,绝不给任何东西加上他个人的感情色彩。他把这个国家和人民,按照它们真实的模样,和上帝赋予他们的真实色彩,——描绘在我们眼前。

这是歌德建树的一项丰功伟绩,可是只有等到将来才能被人认识;因为我们大多数人全都身染沉疴,我们从各个国家不同时代拣来一些病病歪歪、支离破碎、罗曼蒂克的感情,沉溺过深,无法直接看到,歌德在他的作品里表现得多么健康,完整,形象鲜明。他自己对此也一无所知。他天真已极,丝毫也没意识到自己的才能。人家说他拥有"客观思维"[3],他感到不胜奇怪。他原想通过他的自传[4],帮助我们批判地评价他的作品,结果并没有给予我们任何评价的标准,却只提供了新的事实。从这件事可以这样评论他:鸟飞再高,也超不过自己。这是十分自然的。

后世的人在歌德身上除了那形象鲜明的观察、感觉和思维的才能之外,还会发现不少我们现在绝想不到的东西。大师的著作亘古屹立,然而批评却与时俱变。批评产生于一个时代的观点,只对这个时代是有意义的,除非这批评本身就是一件艺术珍品,譬如像施

---

1 斯达尔夫人(1766—1817)在其最重要的作品:《柯林娜或意大利》(2卷,巴黎1807版,1807年由施莱格尔译成德语,柏林出版)对意大利作了极为动人的描写。
2 海涅认为,歌德崇尚古希腊古典文化,故用希腊人眼睛看事物。
3 请参看歌德的文章:《一个字促进学术发展》。文中歌德欣然写道,海因罗特博士在他的《人类学》一书中称他拥有"客观思维",他认为这个说法十分恰当,从此这个说法就流传开了。
4 指歌德自传《诗与真》(1811—1833)。

莱格尔[1]的评论，否则它就会随同这个时代一齐进入坟墓。每个时代只要产生新思想，就会拥有新眼光，于是它在古老的名著里便会看到许多新内容。舒巴尔特[2]现在看《伊利亚特》[3]的眼光就和前人有所不同，他在里面发现的东西远比所有亚历山大里亚学派的学者们[4]所看到的要多。有朝一日又会出现一群评论家，他们在歌德的作品里发现的东西，将比舒巴尔特的发现更多。

我终于还是在歌德身上聊了半天！可是一个人只身在这小岛上，耳际不断响起大海的喧嚣，精神随之任意翱翔，这样，离题万里也属情有可原。

东北风吹得十分劲烈，女巫们又想去制造灾祸，这里的人有很多关于女巫的稀奇古怪的传说，说它们会呼风唤雨。北方各个海上，迷信者很盛行。水手们说，有些海岛暗中控制在一些极其特别的女巫手里，从这些岛旁驶过的船只如果遇到种种样样的不测之事，全是这些女巫作祟。去年我在海上航行了一些时候，船上的舵手告诉我：未特岛上的女巫特别厉害，她们设法把每艘想在白天从岛旁驶过的船只，都耽搁到天黑，然后使船触礁或者撞上海岛。在这种场合，便听见女巫在空中往来飞翔，发出巨声，围着船只高声嗥叫，连克拉波特曼[5]也得使出九牛二虎之力才能抵御这帮女巫。我就问他：克拉波特曼是何许人？说话的人一本正经地答道：他是船只的善良的保护神，人是看不见他的。他保护忠诚正派的船夫，使他们免遭

---

1 施莱格尔兄弟二人，兄名奥古斯特·威廉，弟名弗里特里希，二人皆浪漫主义先驱，著名批评家，详见海涅著《论浪漫派》。
2 K.E.舒巴尔特，在1821年发表《关于荷马及其时代，一篇伦理、历史学的论文》，在这以前他写过二卷《联系相近的文学艺术，评论歌德》（布列斯劳1820年版），因此书而著称。
3 荷马著名史诗，描写特洛伊之战。
4 古埃及亚历山大城的一个学派。
5 根据民间传说，系船上的妖怪，藏在船舱底层。

不幸。他处处亲自检查，为了使船上秩序井然，也为了航行顺利。这位干练的舵手用更为诡秘的声气对我说：我自己也可以在船舱里非常清楚地听到他的动静。他很喜欢把船上的货物安放得更加妥帖，因此可以听到木桶木箱咔嚓咔嚓直响，而每当海浪汹涌之际，又可以听见我们的横梁和搁板有时发出轰轰之声。克拉波特曼有时也跑到船舱外面敲击船板。这是警告木匠，赶紧把船上损坏的地方修好。它最喜欢坐在上桅帆上，这表示海风和顺或者顺风将临。我问道：可不可以看见它？回答是：不行，它是看不见的，而且，也没有人希望看见它，因为它只在没有救星时，方才露面。当然，虽说这样的场合，这位善良的舵手还没有亲身经历过，不过他听别人说：可以听见它：在上桅帆上和它手下的精灵说话；可是如果风浪过于凶猛，毁灭在所难免，它就坐在舵上，第一次现出真身，一下把舵击碎，然后又隐身而去——谁要是在这可怕的瞬间看见了它，紧接着必然葬身万顷波涛之中。

船长也在一旁微笑着倾听这个故事，我真想不到他那粗糙无比、饱经风霜的脸上竟能露出如此优美的笑容。听完舵手的故事，他对我说：五十年前，甚至在一百年前，海上人对克拉波特曼的信仰极笃，每次吃饭总要给它也放上一副刀叉，每道菜总把最好的那部分放在它的盆子里。是啊，有些船上，这种风俗一直沿袭至今。

我经常在这里的海滩上散步，回味这种水手当中流传的神奇传说。其中最吸引人的大概是讲漂泊不定的荷兰人[1]的故事。在狂风暴雨中可以看见他扬帆驶过。有时候他放出一条小船，把各式各样的书信，托付给海上相遇的船夫，人家事后对这些书信，不知怎么发落，因为收信人都早已死去。有时候我也想起那古老的可爱的童

---

[1] 详解请参看海涅的《沙龙》第1卷中《施拿柏勒伏普斯基先生的回忆录》第7章。

话，讲一个渔家少年黑夜在海滨偷听水妖们跳的轮舞曲，后来他携着提琴周游世界，只要一奏起水妖圆舞曲的旋律，所有的人都像着了魔似的满心欢喜。这个传说是我一个亲爱的朋友从前说给我听的。那时我们正在柏林的音乐厅里听菲力克斯·门得尔逊·巴托尔狄[1]演奏，此人也是一个具有这种魔力的少年。

乘船围着海岛航行，自有奇趣，不过必须风和日丽，云彩奇幻，人必须仰卧甲板，眼望长空，当然心灵深处也须有一片天宇。于是波浪柔声细语，告诉你各式各样离奇古怪的事情，说出各式各样的话语，勾起你亲切的回忆，念出各式各样的名字，像甘美的预感，在你灵魂深处回荡——"艾维利娜！"也有别的船只从旁驶过，彼此互相招呼，仿佛天天都能见面。只有黑夜里在海上和陌生的船只相遇才显得有些可怕，你会产生这样一种幻觉，就仿佛多年未见的挚友，默默地从你船旁驶过，永远各分东西。

我爱大海犹如爱我的灵魂。

我甚至常常感到，大海其实就是我的灵魂。大海深处埋藏着一些水生植物，只有在花朵破蕾开放的瞬间才浮上海面，凋零残败之时又沉入波心。同样，有时候也有奇花异葩从我灵魂深处浮起，浓香馥郁，光艳夺目，随后又无影无踪——"艾维利娜"。

离我们这座海岛不远，现在但见汪洋一片。据说，昔日曾是幽美村落繁华城市，突然之间，全为大海淹没。天气晴朗的日子，水手们还看得见沉没海底的教堂塔尖在水里闪闪发光。在星期六的早上，有人甚至还听见一阵阵虔敬的钟声从海底传来。这个故事千真万确，因为大海就是我的灵魂——

---

[1] 门得尔逊·巴托尔狄（1809—1847），德国著名作曲家，海涅的好友。

美奂世界在此沉沦，
颓垣残壁屹立波心，
常常化作天国火星，
金光闪闪入我梦境。

——威·弥勒[1]

梦回惊醒，只听见钟声渐咽，神圣的声音齐声歌唱——"艾维利娜"。

在海滨散步，往来的船只呈现美景一片。船上张起耀眼的白帆，如一队庞大的天鹅，在海上游过。落日在扬帆而过的船后徐徐沉没，这帆船便像被一轮硕大无朋的祥光笼罩，光彩夺目。这番景象，尤其美不可言。

在海滨狩猎，想必也是件巨大的乐事。可是我对此却并不特别欣赏。人们往往需要教育再三方能感受高贵、优美、善良之物，然而狩猎之心却渗入血液，天然生成。老祖宗早在洪荒时代就已射杀麋鹿，后代子孙干起这种合法的勾当，自然也感到其乐无穷。可是我的祖先并不属于狩猎者之列，而属于被猎者之类。叫我现在开枪射击我祖先当年伙伴们的后裔，那我周身血液都奋起反抗。凭我经验得知，围猎之时，叫我射杀猎人倒比猎取动物更为容易，这些猎人巴望把人也当作猎物的时代能够重来。赞美上帝，这样的时代已经一去不返。要是现在这样的猎人又渴望去追逐一个人，那就得付钱给他。两年前我在哥丁根见到的那位长跑健将，就是一例。那是

---

[1] 这是浪漫派诗人威廉·弥勒的关于陆沉古城维尼塔的长诗《维尼塔》的第3节（一说第5节），该诗如此开头："从大海深处，传来低沉的晚钟之声，告诉我们奇妙的消息，有关这美丽古老的神秘之城。"

个郁闷炎热的星期天,这个可怜人已经跑得相当疲乏,这时走来几个在哥丁根学习 Humaniora[1] 的汉诺威容克贵族,给他几个金币,叫他把跑完的路再跑一遍。这个人就跑了。他脸色灰白,活像死人,穿了一件红色的外衣。那些养尊处优的贵族青年却骑着高头大马,紧跟在他的后面驱马飞奔,卷起阵阵黄尘,那被追赶的人跑得气喘吁吁,后面的马蹄时而碰到他的身上,而这是一个人啊。

昨天我也试着出猎一回,为了使我的血液能对此更加习惯。我向几只海鸥开枪射去,它们在空中盘旋翱翔,实在过于安详自若,不会明确知道,我的枪法并不高明。我本不想命中,只想警告它们,下次看见拿枪的人,得小心提防;可是不幸我一枪打歪,射死了一只小海鸥,幸而打死的不是老海鸥,不然那些可怜的小海鸥如何是好,它们羽毛未丰,躺在大沙丘里的鸟窝之中,死去了母亲,准会饿死。我事先早有预感,这次出猎,要遭灾祸;不是有只兔子在我面前拦路跑过吗[2]。

黄昏时分,我独自在海滨漫步,这才真是妙不可言——身后是平平坦坦的沙丘,面前是波涛起伏、一望无际的大海,头上万里晴空,宛如一座硕大无朋的水晶拱顶,——这时我感到自己像蝼蚁一样渺小。尽管如此,我的灵魂却无限广大,仿佛可以包容宇宙。我周围的大自然,崇高壮丽,可又平易纯朴,使我心境平和,同时又使我情绪高昂。它比以往任何一个崇高的环境对我的影响都更为强烈。我一向总嫌教堂太小,我的灵魂和它古老的泰坦巨人似的祷告总比哥特式的拱柱升得更高,老想破顶而出。乍一看这花岗石岩上巨大的山石,堆砌得如此峥嵘巍峨,我不禁肃然起敬;然而这印象持续

---

[1] Humaniora,古典文学即希腊拉丁文学,这里讽刺贵族们的不人道行为,按 humanus 一字在拉丁文为"人的,人道的"之意。
[2] 德俗,有兔子拦道而过,是不祥之兆。

不久。我的灵魂不过吃了一惊,并未完全被慑服。那雄伟壮观的石堆在我眼里逐渐缩小,终于像是一座宏大无比的宫殿,被打得粉碎,只剩下一堆堆微不足道的断壁颓垣。在这座宫殿里,我的灵魂倒也许会感到舒服。

肉体和灵魂之间的关系很不协调,这使我相当苦恼。在这海边,在壮丽的大自然的环抱之中,我有时颇为清楚地感到这点。这话听来有些可笑,但我不能不说。灵魂轮回之说经常引我深思。上帝老爱使灵魂和肉体矛盾百出,上帝的这种极大讽刺,谁又懂得。谁能知道柏拉图[1]的灵魂现在附上哪个裁缝师傅,恺撒[2]的灵魂又附上哪个冬烘先生。谁知道格里高尔七世[3]的灵魂会不会附在土耳其皇帝的身上,觉得让千百只美女的纤手轻拍抚弄比当年身穿紫色道袍[4]单身独处来得更加舒畅。又有多少阿里时代的穆斯林的灵魂现在可能附在我们那些力主反对希腊文化的阁员们的身上。那两个强盗钉死在救世主身旁的十字架上,他们的灵魂说不定现在藏在肥头胖脑的宗教裁判官的便便大腹之中,为正统的教义慷慨激昂。成吉思汗的灵魂也许附上了评论家的身体,这位先生稀里糊涂地每天在他的评论文中挥刀屠杀他那些忠心耿耿的巴什干人和卡尔明克人[5]的灵魂。谁知道!谁知道!毕达哥拉斯的灵魂可能溜进一个可怜的候补生的身上,这小子考试落第,因为证不出毕达哥拉斯的定理[6],而当年毕达哥拉斯因为发现了这条定理,欣喜之余,祭献给永恒的

---

1 柏拉图,古希腊唯心主义哲学家。
2 恺撒,罗马大将,独裁者。
3 罗马教皇。
4 天主教高级僧侣身穿紫色道袍。从10—11世纪起凡天主教修士皆不得婚娶。教皇格里高尔七世为这一改革的拥护者。
5 巴什干人和卡尔明克人,中亚细亚民族,成吉思汗远征时曾征服过他们。
6 毕达哥拉斯,古希腊哲学家,曾发明勾股弦定理,是为毕氏定理。

天神的那几头牛[1]的灵魂，说不定正安居在考试官诸公的身上。印度人并不像我们传教士想的那样愚蠢，他们崇敬动物，因为他们估计，动物身上可能寓有人的灵魂。他们为伤残的猴子建造医院，就像我们建造学院。而这些猴子身上很可能装着博学鸿儒的灵魂，而在我们这里，某些鸿儒大师身上，显而易见，则只附有猴子的灵魂。

究竟谁能洞悉种种往事，居高临下，俯瞰人们的活动！深夜里我在海边散步，满耳是海涛的歌声，各式各样的预感回忆皆在心头苏醒，仿佛曾几何时，我从天上已经看见过下面的这番景象，吓得昏头昏脑，跌下地来。又好像我的眼睛，视力极强，如同望远镜，看见星星像人一样大小在天庭往来运行，我被耀眼的星光照得头昏眼花；——就仿佛从千年深处，泛出形形色色的思想，涌入我的脑海。它们饱蕴着古老的智慧，然而模糊不清，不知所云。我所知道的只是，我们人自作聪明，事事通晓，孜孜力求，建树累累，但在高人一筹的精灵看来，这一切都猥琐渺小，微不足道，就像我在哥丁根的图书馆里经常观察的那只蜘蛛，在我眼里，一文不值。这只蜘蛛雄踞在巨幅装订的世界通史之上，辛苦匆忙地织着蛛网，带着哲人般安详自信的神气环顾四周，满脸是哥丁根迂夫子的那种傲气凌人的神气，显然对它的数学知识，艺术成就，孤独沉思，得意非凡。——它在这本大书上蹲了一辈子，生于斯，活于斯，要是那位走路轻手轻脚的L博士[2]不把它撵走，还将终于斯。然而，记录在这本大书里的种种奇迹，它仍然一无所知。这位走路轻手轻脚的L博士又是何许人？他的灵魂从前说不定就附在这样一只蜘蛛身上，而现在他

---

[1] 估计这个笑话借自别尔内的《格言集》："毕达哥拉斯发现他著名的定理后，便杀一百头牡牛祭献天神，从此之后，只要有新的真理公诸于世，公牛便浑身发抖。"
[2] 可能指的是弗里特里希·拉赫曼博士。

看管这些他往日盘踞过的书籍——即使他读过这些书本,也不能领会书中的真谛。

我现在信步徘徊的地上,从前发生过些什么事情呢?有一位在此沐浴的大学副校长断言,这里就是从前祭祀赫尔塔[1]的地方,或者说得更确切些,是举行典礼的所在。塔西佗[2]曾十分神秘地谈起过这事。但愿塔西佗所依据的几位夫子,报道此事没有舛错,没有把浴场的马车误认作女神的圣车!

1819年,我在波恩念书,同一学期,我就听了四门课,内容大多是最偏远时代的德国古董,第一是施莱格尔[3]的德国语言史,他对德国人的起源作了离奇之极的假设,这个题目他讲了足有三个月之久。第二是阿伦特[4]主讲的塔西佗的《日耳曼志》,此公在古德意志的森林里四处寻觅他在现代的沙龙里不可得见的那些美德。第三是胥尔曼[5]讲授的《日耳曼国家法》,这位先生的历史观可算是最为稳定的了。第四是拉特洛夫开讲的《德意志远古史》,直到学期末了,他才只讲到色索斯特利时代——我当时对古代赫尔塔的传说想必比现在兴趣更大。我坚决否定此神住在吕根岛,硬把她放

---

1 赫尔塔,这是奈尔图斯的错误形式(参看塔西佗的《日耳曼志》第40章)。人们在一个岛上的一座圣林中祭祀这个女神。究竟是什么岛,未能查明。有说是吕根岛,菲玛尔恩岛,和现在奥尔登堡的海岛部分及阿尔申岛者,众说纷纭。
2 塔西佗,古罗马历史学家,著有《日耳曼志》,为介绍日耳曼古代社会情况的重要文献。
3 许弗尔在他经常被人提到的文章:《海涅生平》中第103页上抄录了海涅在波恩时的听课单,证明海涅在文中所说的一切几乎全部属实,他在阿伦特那里除了《日耳曼志》外还听《德意志民族和帝国史》,在胥尔曼那里于1819—1820年这一冬听《古代史》,1820年夏听他主讲的《中世纪日耳曼国家法》。
4 阿伦特,波恩大学教授。
5 胥尔曼,波恩大学教授。

在一座东弗里希岛上。年轻学子颇爱作些个人的假设。我当时绝对没有想到，有一天我在北海之滨散步，竟然会不以满腔爱国主义的热忱来怀念这位古老的女神。事实的确不是如此，我在此想念的完全是另外一些女神，更为年轻的女神。尤其当我走过海边那处可怕的地方时，思念更为炽烈，不久以前，艳丽无比的美女还像水妖似的在此游泳。因为无论先生们或是女士们在这里都不会打着阳伞沐浴，而是自由自在地游向大海，因而男女两性的沐浴地点彼此分开，然而相隔并不太远，凭着一副好望远镜，可以饱览世界各地的无数风光。流传着一个传说：有一位现代的阿克台翁[1]采用这种方式看到了一位出浴的狄亚娜，可是奇哉怪也！不是他，倒是这位美人的夫君，这样一来头上弄到一副犄角[2]。

　　浴场的马车是北海的公共马车，在这里只驱到海边为止。它们大多是些四四方方的木架，蒙上一层硬邦邦的帆布。目前正是隆冬时节，它们就停在俱乐部的大厅里，想必也在那里木头木脑地进行着呆木生硬的谈话，就像不久以前在那里交际的上流社会一般呆木生硬。

　　我说上流社会，可不是指的东弗里希地方善良的市民。这些人平淡无奇，冷静异常，就像他们世代居住的土地，既不会唱歌，又不会吹笛，然而却有一种天赋，比唱出花腔颤音，发表无聊琐谈更为可贵。这种天赋使人高贵，不做那些自以为无比高贵实则却是奴才的轻浮之徒。我指的是自由的天赋。心儿若为自由搏动，这种搏动就相当于武士受到册封，被提升为骑士。这一点，自由的弗里希人深深知道。他们完全当得起他们这个民族的形容词[3]，不算酋长时

---

[1] 阿克台翁，希腊神话中的青年猎人。因为偷觑了贞洁的狩猎女神狄亚娜出浴，遭到惩罚变为一头鹿，被群狗撕裂身死。
[2] "长了犄角"，相当于我国的"戴了绿帽子"，即当了王八。
[3] 按：弗里希人原意为"自由人"，故海涅所说的该民族的形容词即"自由的"。

代,贵族阶级在东弗里希地方从未占过统治地位,只有极少几家贵族世家住在那里。如今汉诺威的贵族阶级,通过行政官员和军官阶层,向各地扩大影响,使某些自由的弗里希人忧心忡忡,到处都可以看见人们对往日普鲁士政府[1]还很偏爱。

德国人对汉诺威贵族的倨傲怨声载道,然而我对此却不能无条件地随声附和。汉诺威的军官们尤其不至于引起这种抱怨[2]。当然,就像在马达加斯加只有贵族才有充当屠夫的权利,从前汉诺威的贵族也享有类似的特权,因为只有贵族才得以升任军官。可是后来在德意志军团[3]里有很多市民阶层的人物受到褒奖,擢升军官;从此以后,这可厌的因袭的特权也就逐渐泯灭。不错,德国军团全体成员对削弱古老成见贡献良多。这些人的足迹远及世界各地,到了国外就眼界大开,特别在英国更大增见识。他们学到很多东西。他们在葡萄牙,西班牙,西西里,爱奥尼亚群岛,爱尔兰和其他遥远的国家作战厮杀,"看见过很多外国的城市,学习了不少异乡的风俗"[4],听他们讲述这些国家的风土人情,真是一件乐事,简直还以为在倾听一篇《奥德赛》,只可惜这篇《奥德赛》是找不到荷马来书之以笔的。在这个军团的军官当中也留下了很多自由思想的、英国式的风俗,和传统的汉诺威习俗形成强烈的对照。远比我们德国其他地方的人所想象的差异要大得多。因为我们一向认为,英国的范例对汉诺威影响殊深。在汉诺威这个国家不见别的,只见家谱树[5],树

---

1 弗里希,朗德伯爵领地于1744年起归普鲁士,维也纳会议(1814—1815)决定把它划归汉诺威。
2 海涅在1825年9月1日致色特的信中,对汉诺威的军官,颇有敬意。
3 1803年,汉诺威选侯的大军解散之后,英国政府以原有的军官和下级军官,以及布伦瑞克公爵的军团组成了所谓的德意志军团。
4 参看荷马史诗《奥德赛》第一曲。
5 德文原文为Stammbaum,意乃家谱,海涅在此作文字游戏,把Baum(树)一字引申成树和森林,作为譬喻。

上拴着马儿[1],到处尽是树木,因而全国昏暗朦胧,虽有马匹无数,国家裹足不前。不!从来没有一线不列颠自由的阳光射进过这座汉诺威的贵族森林,而在汉诺威骏马的嘶鸣声中,也从来听不见一点不列颠自由的声调。

人们对汉诺威贵族倨傲的普遍责难[2]大多落在该国执掌大权或者自以为间接地大权在握的某些名门世家的公子哥儿身上。即使是这些贵族少年不久也会扬弃这类错误行为,或者说得更确切些,扬弃这些不良品行,只要他们同样地到世界上去尝尝颠沛流离的滋味,或者受到更好的教育。家里不消说,总把他们送到哥丁根去,他们在那里整天待在一起,谈来谈去,尽谈他们的狗呀,马呀,祖宗八代呀,而对近代历史却很少听闻,即使偶尔有那么一次,他们也当真去听这种课了,可是哥丁根的一个标志乃是专为出身高贵的学生特设贵族席位[3]。这些公子哥儿们一看到这些席位,不禁又迷了心窍,忘乎所以。的的确确,汉诺威的少年贵族如能受到更好的教育,可以免去不少怨言。但是有其父必有其子。老老少少同样荒唐地认为,仿佛他们尽是世上的鲜花,而我们则只是一片野草,老老少少尽干同样的蠢事,都希图以祖上的丰功伟绩掩盖自己的微不足道。殊不知这些丰功伟绩本身就很成问题,而他们对此却同样一无所知。而极少数的人则心想,受到君王封官晋爵的人很少是忠心耿耿,德行高超的臣仆,往往是牵线诱奸,阿谀奉迎之徒和类似的混蛋宠臣。极少数以祖先自傲的人定能说出,他们的祖先有何建树,然而他

---

1 汉诺威的国徽乃一匹腾跃的骏马。
2 这段关于汉诺威贵族倨傲的反应,参看海涅1827年9月19日致克利斯蒂阿尼的信。
3 贵族席可能指的是起源于16世纪的"贵族楼"。

们说的也只是他们的姓氏在吕克斯纳[1]的《骑士比武录》中曾被提及；——好吧，即使他们能够证明，这些祖先在攻陷耶路撒冷[2]的时候，曾为十字军中的骑士，但是在他们以此自诩之前，先还得证明一下这些骑士的确光荣地参加了战斗，并没有吓得铁裤里满是屎尿，而那鲜红的十字徽章下面确是一颗正人君子的良心。倘若没有《伊利亚特》[3]这部书，而只有一张对阵于特洛伊城前的英雄们的名单，这些名字至今还依然存在——真不知道特西特斯家[4]的后裔会因自己的祖先而骄傲到何等地步！关于血统纯净的问题，我提也不愿提及：哲人和马夫对此有甚为离奇的想法。

我所责备的，已如前述，主要是汉诺威的贵族所受的恶劣教育，及其从小先入为主的谬念，认为某些训练纯熟的礼节极其重要。啊，我看到他们对这些礼节扬扬自得，往往忍俊不禁——交际应酬，访客迎宾，内容空洞的微笑，毫无思想的言谈，所有这些贵族的绝技，在他们看来，似乎学起来其难无比，善良的市民把它们看成海上奇迹，对之瞠目结舌。其实，这些绝技，任何一个法国舞蹈教师都比德国贵族掌握得更为纯熟，而德国贵族却是在热吻狗熊的卢苔齐娅[5]那里费了九牛二虎之力学习得来，回到家里，又以德国式的精确彻底的精神和迟钝蠢笨的方式把它们传授给自己的子孙后代。这使我想起那则关于狗熊的寓言，这头狗熊原先在市场上表演舞蹈，后来

---

1 乔治·吕克斯纳所著《骑士比武录》（德意志民族神圣罗马帝国中的骑士们的起始、根源和来历）（美因河畔法兰克福，1566年版，1578年新版）。该书因所叙不确，声名狼藉。
2 耶路撒冷于1099年陷落。
3 荷马史诗，讲特洛伊城之战。
4 特西特斯是特洛伊城前希腊军中最丑陋的战士，尤好诽谤。
5 卢苔齐娅是巴黎别名，海涅把它拟人化。当时德国贵族，趋尚时髦，竞学法国风习，海涅以狗熊学舞的寓言讽之。德国人多去巴黎，巴黎表示欢迎，故谓"热吻狗熊的卢苔齐娅"。

逃脱了管它的老师之手，重返丛林，回到它熊兄熊弟当中，在它们面前大吹法螺，说什么跳舞这项艺术是如何如何艰深，而它的舞蹈技艺又是如何如何高超。的确，看到它小试身手，表演几段，这般可怜的畜生就不得不表示赞赏[1]。正如维特[2]所说，那个民族组成了上流社会，他们今年在这里无论陆地水上都光彩夺目，他们尽是些可爱的人儿，大家演戏都演得十分出色。

甚至王族显贵[3]这里也有。我必须承认，他们要求不高，比一般贵族更为朴素谦逊。究竟这种谦逊发自这帮贵人的内心，抑或由他们的地位所造成，这我就不作断言了。我这话只针对那些降为附庸的德国君王而言。前些时期，这些君王遭遇到一桩极不公平的事情，他们的主权被剥夺，其实他们和势力更大的君王同样有充分的权利享有他们的主权，偏巧人家认为，谁如不能凭自己的力量维持自身，也就无权生存。这么一大批十六开的专制君王[4]不得不停止执政，这对四分五裂的德国倒是功德无量的一桩善事。想想我们可怜的德国人得养活这么多这样的人物，实在令人不寒而栗。这些沦为附庸的人即使不再手执王笏，可是刀叉匙子毕竟手里还是一直要拿的[5]，而他们又不吃燕麦[6]，就是吃燕麦价钱也相当昂贵。我想，将来美洲也许会把我们的这份沉重的君王负担减轻一些。因为美洲的自由国家的总统，迟早都会摇身一变成为君王，那时候，这些先生就顿感缺少一些已经拥有合法身份的夫人，如果我们把我们的公

---

1 这则寓言可参看莱辛寓言及海涅的长诗《阿塔·特洛尔》第四章。
2 参看《少年维特之烦恼》中3月15日的信。
3 海涅在岛上结识索尔姆斯——利西的侯爵夫人（Solms-Lich）。
4 海涅讽刺德国的微型君王，十六开喻其小。1803年后，他们的执政权被剥夺。
5 这些人还是要吃饭的，还是要人民供养。
6 德国人一般以燕麦喂牲口。

主们交给他们,他们一定喜不自胜。倘若他们一下子拿去六个公主,第七个我们就免费奉送,而我们的那些小型王爷们日后也可以到他们的千金家去听候使唤——这些沦为附庸的君王办事颇有政治手腕,他们至少还为自己保留了君王出身的权利,并且极其看重自己的家谱,正像阿拉伯人看重他们马的家谱一样,而且目的也完全相同,他们大概也知道,德国自古以来就是一座巨大的君王繁殖场,得向邻近各国执政的王室供应必需的母马和种马[1]。

所有的浴场都有一条古老的因袭成风的法律,凡是离去的浴客,都会遭到留下的浴客的严厉批评。我既然是最后一名还逗留此地的浴客,大概可以充分执行这项法律吧。

眼下岛上是如此荒凉,真使我感到像拿破仑在圣赫勒拿岛上一样[2]。所不同的只是,我在这里还有一项消遣,这项消遣他却没有。我在这里研究的,其实就是这位伟大的皇帝。一位年轻的英国人告诉我,最近出版了一本麦特朗写的书[3],这位海员报道了拿破仑向他投降的情形,以及拿破仑在贝勒罗丰号上的举止神情,直到英国当局下令把他带上诺森伯兰号去为止。从这本书里可以十分清楚地看到,皇帝对英国人的宽宏大量怀有浪漫主义的信任,为了使世界终于能得到安宁,他到英国人那里去,与其说是作为俘虏,毋宁说是作为客人。换一个人决不会犯这样的错误,而威灵顿[4]尤其不会。

---

1 德国境内不少封建君王出任英国、西班牙的国王,海涅以养马场讽喻德国。
2 拿破仑兵败后,流放在大西洋的圣赫勒拿岛上。
3 麦特朗爵士(1776—1839),战功卓著的英国海军军官。1815年任"贝勒罗丰舰"的舰长。1826年著书叙述拿破仑在该舰被俘的经过,书名:《波拿巴来到大不列颠皇家军舰贝勒罗丰号上并在该舰上的情形以及从1815年5月24日—8月8日发生的事情的详细报告》(译自英文,汉堡,康帕书店,1826年版)。
4 英国统帅,败拿破仑于滑铁卢。

然而历史却要昭示我们，这个错误是如此美丽崇高，如此壮丽辉煌，我们其余的人哪怕做了种种伟业壮举，也及不上他这一步里所包含的伟大胸怀。

麦特朗舰长之所以在现在发表他的这本书，显然没有别的理由，只是出于一种道义上自我洗刷的需要。任何一个诚实正直的人，被邪恶的命运卷进暧昧的事件中去之后，都会深感这种需要。这本书本身对拿破仑的俘虏生涯做出了难以估量的贡献。这段生活是他生命的最后一幕，它也极为美妙地解开了前面几幕中所有的谜，正像一部真正的悲剧[1]应该做到的那样，使人的心灵受到震撼，得到净化和抚慰。主要有四位作者向我们报道这段俘虏生涯，四位作者性格的差异，特别是在各人的文体和观点上，显示出来的作者性格的差异，尤其在他们这几个人的不同身份上表现出来。

麦特朗历经风暴，性格冷峻，这位英国海员描述事件，毫无成见，确凿肯定，仿佛在把自然现象记进航海日志。拉斯·卡色斯[2]是位热情奔放的侍从官，每写一句一行，都匍匐在皇帝脚下，并不像一个俄国奴隶，而像一个自由的法国人，见到闻所未闻的英雄伟业，荣誉尊严，赞赏不置，于是身不由己，屈膝跪倒；奥·梅阿拉[3]这位医生，虽然生于爱尔兰，却是个十足的英国人，既然是英国人，过去便是皇帝的仇人，但是现在见到皇帝的不幸，反倒承认他的君王的权利，他写得自由坦率，朴实无华，实事求是，简直是

---

[1] 根据亚里斯多德的《诗学》，悲剧应该激起恐惧和同情，使观众从而得到净化。
[2] 拉斯·卡色斯（1766—1842），陪拿破仑前往圣赫勒拿岛，拿破仑向他口授回忆录。1823—1824年发表八卷《圣赫勒拿岛回忆录》。
[3] 奥·梅阿拉1786年生于爱尔兰，1836年死于伦敦，至1818年止，任拿破仑私人医生，1822年发表他和拿破仑的谈话录，书名《拿破仑在流放地》，或名《来自圣赫勒拿的一个声音》。

用一种简洁明快的文体在写;相形之下,那位原籍意大利的法国医生安东马基[1]的尖刻损人的笔风实在不成文体,只能说是一把匕首[2],他祖国的仇恨和诗意使他深思沉着而又心醉神迷。

英法两个民族,每边各出了两个人,他们智力平常,未受统治势力的贿赂,就是他们组成的这个法庭,判处皇帝[3]永垂不朽,永远受人赞扬,永远被人惋惜。

已经有很多伟人从这世界上走过,我们或此或彼都能看到他们的脚步留下的光辉灿烂的遗迹。每当神圣的时刻,他们就显现在我们的灵魂之前,犹如幻象,如烟如雾。可是一个同样伟大的人物,看起他的这些先驱者来,就要清楚得多。他会从他们光辉遗迹的个别火星里认出他们最隐秘的行为,从他们遗留下来的片言只语认出他们心灵的全部皱褶,就这样,世世代代的伟大人物就生活在一个神秘的集体之中;相隔千年,彼此点头示意,意味深长地互相凝视。他们之间又插进了若干世代,都已逐渐沉沦。就在这些人的坟墓之上,伟人们的目光彼此相遇;他们互相了解,互相爱慕。我们这些渺小的人却不能和这些往日的伟人如此深交,只能偶尔看到他们的痕迹或者烟雾般的模糊的身影。倘若我们能对一个这样伟大的人物了解得很多,使我们很容易把他栩栩如生地接进我们的灵魂,从而使我们的心灵大大开阔,这对我们来说,具有至高无上的价值。这样一个伟人就是拿破仑·波拿巴。我们对他,对他的生平和业绩比对世界上其他伟人,知道得更多,并且还将与日俱增。我们看到,这座被埋没的神像正慢慢地被发掘出来,人们从它身上把泥土一锹

---

[1] 弗朗切斯科·安东马基(1780—1838),继奥·梅阿拉为拿破仑之医生,著《拿破仑的最后时日》(二卷,巴黎,1823年出版)叙述拿破仑最后的生活。
[2] 原文为 Stilet,意乃尖刻如匕首之文体。
[3] 即拿破仑·波拿巴。

一锹地铲去,神像的匀称完美,夺目光彩破土而出,我们的惊喜之情也随之逐渐增长。敌人原想用精神上的霹雳把这巨像击成齑粉,结果却只能把雕像照得更加光芒万丈。斯达尔夫人[1]所说的话就产生了这样的效果,这个夫人尖酸刻薄,其实也没说出什么别的话,所说的只不过是皇帝与常人不同,不能以现有的尺度来衡量他的精神。

这样一种精神,就是康德[2]所指的那种直觉的理智。康德说:我们可以设想出一种理智,它不是我们这种推论的,而是直觉的,因而能从综合的一般,从整体着眼,而达到特殊,也就是从整体到局部。不错,我们通过慢慢分析,再三思索,通过冗长的推论认识的事理,那种精神[3]只消看上一眼,顿时就已深刻理会。因而他有卓越的才干,能懂得时代和时势,顺从时代精神,从不违逆,永远知道利用时代精神。

然而,正因为这种时代精神并非纯系革命思想,而是革命和反革命这两种观点的合流,因而拿破仑的行动从不纯粹革命,也从不完全反革命,却总是按照融合在他心里的两种观点,两种原则,两种势力。这样他行动起来便总是顺乎自然,单纯伟大,从不焦躁粗暴,永远安详和缓。所以他从来不在细枝末节上施展阴谋,他给人的打击,全凭他那了解并驾驭群众的本领。渺小的推论式的人物,倾向于纠缠不清,收效迟缓的阴谋,而综合式的直觉的人物则相反,他们善于以天才绝妙的方法,把时势提供给他们的种种手段,结合

---

1 斯达尔夫人,法国女作家,为拿破仑驱逐出境,著文反拿破仑,见《十年流亡》(莱比锡,1822)。她介绍德国文学,尤其推崇浪漫主义,海涅不同意她的观点,详见海涅的《论浪漫派》。
2 康德,德国古典哲学家。
3 指直觉式的精神,即伟人。

起来，使之很快地能为他们的目的所用。前一类人往往失败，因为人再聪明，也不能预见人生中可能发生的所有事情，而且人生境遇并非恒久不变。后一类人，这些直觉的人则不然，他们的企图最容易成功，因为他们只消对现存的事物作一番正确的估计，并且如此迅速地采取行动，使现存的事物因为人生浪涛的波动而不会遭受突如其来的，意想不到的变化。

拿破仑真是生逢其时，他生活的时代对历史，对历史研究和描述特别重视，他的同时代人写了不少回忆录，这就使我们对拿破仑的生平知道得颇为详尽，而且历史著作的数量正在日益扩大，这些书都多多少少想把他和其余世界联系起来进行描写。因而听说有这样一本出自沃尔特·司各特[1]手笔的历史著作即将问世，便激起了人们极大的好奇和期望。

所有司各特的崇拜者都得为他捏把冷汗，因为这部历史著作很可能变成他的俄罗斯之役[2]，断送掉他那得来不易的荣誉。他写过一系列历史小说，使欧洲所有人的心都深受感动，并非因为书中诗意盎然，而是因为题材取胜。司各特就凭着这些小说，好不容易为自己赢得了那点荣誉。这些小说的题材不仅是一片悲歌式的怨诉，叹息苏格兰民族的绚丽光华，逐渐遭到外国风习、异族统治和外来的思维方式的排挤；而且还是对民族特点受到的损失，所产生的巨大痛苦，痛感民族特点消失在现代文化的平庸一般之中。这种痛苦目前正在各个民族的心灵中抽搐。要知道民族的回忆深埋在人们的心里，比我们平时想象的埋得更深。谁只要胆敢把这些古老的塑像

---

[1] 沃尔德·司各特，英国小说家，以写历史小说著称。这段详见海涅《英吉利片断》。
[2] 拿破仑于1812年在俄罗斯大败，故海涅以俄罗斯之战借喻失败。

重新挖掘出来，那么一夜之间古老的爱情就会随着鲜花盛开怒放。这并非譬喻的说法，而是事实：几年前布洛克[1]在墨西哥发掘出一尊古代异教的石像，第二天他发现，有人在夜里给石像戴上了一个花环。可是西班牙人曾经用火与剑把墨西哥人古老的信仰破坏尽净[2]，三百年来把他们的心灵猛挖深耕，并且播下基督教的种子。上述的这种鲜花也在沃尔特·司各特的作品里灿烂盛开，这些作品本身唤醒了人们古老的感情。从前，在格拉拿达[3]地方无论男女，一听见街上响起摩尔人国王入城之歌，就都发出绝望的哀号冲出家门，以至于这首歌被禁止歌唱，谁唱了就要身受死刑，同样，在司各特作品中笼罩一切的那种声音，也痛苦地震撼了整个世界。我们的贵族，眼睁睁地看到自己的府邸和家徽纷纷崩毁，他们的心里又响起了这种声音。市民们感到祖先传下来的舒适狭窄的生活方式被宽阔难受的现代风尚所排挤，他们的心里又回响起这种声音。这种声音又在天主教堂里回荡，信仰已经离开那里。它又回荡在犹太教堂里，甚至连善男信女也从那里逃走。它响遍全世界，一直响进印度斯坦[4]的榕树林。婆罗门教徒在林中悲声叹息，因为预见到他的神祇死绝，古老的世界秩序横遭破坏，英国人获得全面胜利[5]。

---

1 布洛克著《墨西哥六月记或关于新西班牙现状的论述》，译自英文，1825年德累斯顿版，另外同一作者还著有：《1823年墨西哥旅行记》，译自英文1824年耶拿版。
2 1519—1521年，墨西哥的阿兹特肯王国为西班牙人消灭。
3 指的是摩尔人被逐出格拉拿达（西班牙城名）之后，残留在西班牙的阿拉伯人。
4 印度斯坦，即印度。
5 1600年后，和印度的通商权利全部垄断在英国的东印度公司手中。1813年，该公司的垄断权被打破，英国货物充斥印度市场。其结果便是印度人民的迅速贫困，印度更加依赖英国，同时英国进一步占领印度。色波依起义失败后，英国于1858年完全统治印度。

这就是这位苏格兰歌手在他巨大的竖琴上所能奏出的最为动人心弦的声音，可惜这种声音不宜于用来演唱一阕歌唱拿破仑皇帝之歌。拿破仑是新式人物，新时代的人物，在他身上新时代反映得光芒万丈，简直使我们目眩神迷，根本不会想起那早已无声无息的陈年往事和褪色无光的旧日繁华。可以设想，司各特凭着自己的好恶，将主要抓住拿破仑性格中那已经指出的稳定因素，他精神中的反动一面，换了别的作家，则只看到他身上的革命原则。若是让拜伦[1]来写拿破仑，定会写他革命的一面。拜伦的全部愿望正好和司各特形成对比，司各特眼看古老的形式纷纷崩溃，怨声不绝，拜伦却不然，连现存的形式都讨厌，觉得深受压抑，想以革命的笑声，咬牙切齿，把它们全部毁掉，连生活中最神圣的鲜花也被他一怒之下用音调优美的毒药残害损伤，就像一个疯疯癫癫的小丑，想和老爷太太们开个玩笑，一刀刺进自己心窝，黑血迸涌，溅了他们一身。

的确，此时此刻，我十分清楚地感觉到，我对拜伦并非盲目崇拜，或者说得更确切些，并非跟他一起行凶作恶之辈。我的鲜血并不像墨一样浓黑，我的苦汁不过是来自我墨水中的五倍子[2]，倘若我身上有毒，那也只是以毒攻毒之毒，用以对付那些潜伏在古老的教堂和城堡的残砖破瓦之中，伺机害人的毒蛇。在所有的伟大作家之中，最使我不能忍受的就是拜伦的作品，相反，司各特的每部作品都使我内心欢愉，心情宁静，深受鼓舞。甚至模仿司各特的作品也使我

1　拜伦，英国浪漫派诗人。
2　五倍子，制墨水的原料之一。

感到快活,例如维·阿莱克西斯[1],布罗尼可夫斯基[2]和古柏[3]的作品就是。其中阿莱克西斯写了讽刺性的《伐拉特莫尔》和司各特距离最近,我们从他后来的一部作品中也可看出,他形象丰富,才气横溢,凭着他那一向只采用司各特式结构的艺术创造力,定能写出一系列历史小说,把德国历史上最珍贵的时刻,展现在我们眼前。

然而不可能给任何一个真正的天才预先规定确定不移的道路,天才的道路是不受任何批评的影响的。因而我对沃·司各特的皇帝史一书所吐露的成见,但愿也能被人视作一种无伤大雅的思想游戏。"成见"一词,在此含义包罗万象。只有一点可以肯定地说:这本书从出现到淹没,始终有人会读,我们德国人将把它翻译过来。

我们把色居尔[4]的著作也译成了德文。这难道不是一部优美的史诗?我们德国人也写史诗,不过史诗的主人公只存在于我们的头脑之中。相反,法国史诗的主人公却是真正的英雄,建立过更为宏伟的业绩,遭遇过更加深重的灾难,不是我们在小阁楼中所能想象得出的。我们可是富有幻想,法国人则幻想很少。也许正因为这个缘故,上帝想出了另外一种方法,助法国人一臂之力,他们只消把三十年来自己所见所闻所作所为如实叙述,就写出了亲身经历的文学,还没有一个民族,一个时代创造过这样一种文学。政治家、军

---

[1] 维利巴尔特·阿莱克西斯(原名威廉·赫林,1797—1871),以沃尔特·司各特的名义出版小说《伐拉特莫尔》(二版,三卷,柏林,1823)和《阿伐隆宫》(三卷,莱比锡,1827),因为内容神秘之处甚多而轰动一时。
[2] 阿列克斯·奥古斯特·菲迪南·封·阿伯恩-布罗尼可夫斯基(1783—1834),波兰出身的德国小说家,试图以司各特的风格写波兰史中的重要章节。
[3] 詹姆斯·菲尼莫尔·古柏(1789—1851),美国著名小说家,《皮裹腿故事集》的作者,以印第安人斗争为小说题材。
[4] 保尔·菲利普·封·色居尔伯爵(1780—1873),能干的法国将军和军事著作家,著名的《1812年拿破仑及其大军的历史》(二卷,巴黎,1824)的作者。

人和贵妇的回忆录，在法国天天出版，构成了一组神话，后世的人可以从这组神话里寻到足够的思索和吟咏的材料。伟大皇帝的生涯宛如一株参天大树，挺立其中，构成这组神话的中心。色居尔笔下俄罗斯之役的故事，是一首歌谣，一首法兰西的民歌，属于这组神话，它的音调和题材和以往各个时代的史诗相仿，毫不逊色。"自由平等"[1]的咒语一响，在法兰西的土地上涌现出一首英雄的诗歌，为荣誉所鼓舞，为荣誉之神亲自引导，犹如凯旋的进军，传遍全世界，震撼乾坤，光耀大地，最后在北国的冰原上跳了一场剑戟铿锵的舞蹈，冰原陷裂，烈火与自由的子孙毁在严寒和奴隶的手里。

这样描写或者预言一个英雄世界的毁灭，是各民族史诗的基调和素材。在爱洛累[2]和其印度岩洞神庙的山岩上，用其大无比的象形文字，镂刻着这种悲惨的史诗。读了《摩诃婆罗多》[3]，方能领会这些神秘的文字。北方民族[4]也以同样坚硬如石的文字，在《艾达》[5]一书中说出了群神沉沦的故事；《尼伯龙根之歌》[6]歌唱的是同样的神仙的悲剧下场，其结尾部分和色居尔描写的莫斯科大火，还特别相像。描写隆西伐尔之役的《罗兰之歌》，歌词虽已湮没无闻，传说并未消失，不久以前还被我国的最伟大的诗人之一，伊默尔曼[7]，重新唤起。这部《罗兰之歌》也同样是一阕古老的吟咏不幸的歌篇，

---

1 "自由、平等、博爱"为法国大革命的口号，海涅把拿破仑视作法国大革命遗志的实现者，参看《勒格朗集》及《慕尼黑到热那亚旅行记》。
2 在前印度的爱洛累村里有极其古老宏伟的岩洞神庙，以凯拉撒最为著名。山岩中部有一块大岩石，构成这个神庙，有四行刻着巨象的石柱似乎抬着这根石柱，在宽敞的内部屹立着一座巨大的金字塔。取材于《罗摩衍那》和《摩诃婆罗多》等古老的伟大的印度史诗的画幅，装饰了这座神庙。
3 印度古代史诗。
4 指日耳曼民族。
5 《艾达》，日耳曼人的史诗。
6 《尼伯龙根之歌》，德国史诗。
7 伊默尔曼，1822年发表《隆西伐尔山谷》。

更不用提《伊利昂纪》[1]了。它讴歌这古老的题目，臻于至善至美的境地，但也不见得比色居尔歌唱他那英雄世界毁灭沉沦的那首法兰西民歌更其宏伟，更其悲痛。不错，这是一首真正的史诗，法兰西的英雄青年是诗中夭折早逝的美貌英雄。同样的惨事我们在巴尔杜尔，齐格飞，罗兰和阿基琉斯[2]的死亡场景中，早已见到。他们也是因为命运乖戾，遭人叛卖而死于非命。我们读《伊利亚特》时赞赏不置的英雄，又重逢于色居尔的诗中，只见他们就像昔日在斯开依城门[3]前一样，磋商争论，浴血战斗，尽管那不勒斯王[4]的外套花里胡哨，过于摩登，打起仗来却和柏利登[5]一样英勇无畏。高贵的骑士，欧根亲王[6]在我们眼前简直是一个宽厚勇敢、两德兼备的赫克托[7]，奈伊[8]厮杀起来犹如阿亚克斯[9]，贝尔济哀[10]则是一位没有智慧的奈斯托[11]，达夫[12]，达吕[13]，柯兰古尔[14]等人的身上，

---

[1] 《伊利昂纪》，即荷马史诗《伊利亚特》。
[2] 在前述各史诗中的人物。
[3] 斯开依城门，见《伊利亚特》。
[4] 阿西姆·缪拉（1767—1815），拿破仑的妹夫，是那不勒斯王，俄罗斯之战时任骑兵总司令，莫斯科之役中勇敢无匹，撤退时拿破仑把残部交给他指挥，不久他又把部队交欧根亲王统率。
[5] 柏利登，《伊利亚特》中人物英雄阿基琉斯。
[6] 欧根·封·洛埃希腾堡公爵（1781—1824），1812年任第三军司令，撤退时统率残部，以性格坚定、举止得体受人称赞。
[7] 赫克托，《伊利亚特》中人物。
[8] 奈伊（1769—1815），莫斯科之战创勇敢的奇迹，撤退时任后卫。封为莫斯克瓦亲王。
[9] 阿亚克斯，《伊利亚特》中的人物。
[10] 贝尔济哀（1753—1815），1812年及以后，任拿破仑的参谋长，被封为瓦格拉姆亲王。
[11] 奈斯托，《伊利亚特》中人物，最年长的希腊人。
[12] 达夫（1770—1823），俄罗斯战役时率第一军。
[13] 达吕（1767—1829），1805、1806、1809年任驻奥地利和普鲁士总督时，采取严厉措施，因而出名，俄罗斯战役任"大军"的总监。
[14] 柯兰古尔（1772—1827），维青察公爵，长时期任驻彼得堡使节，撤退时伴拿破仑返巴黎。

附着梅奈劳斯,奥德修斯,狄阿梅得斯[1]的灵魂——只有皇帝本人,找不到和他旗鼓相当的人,这首诗的奥林匹士山就在他的头脑之中,从外表上看来,他和阿伽门农同是君王,要是我把他和阿伽门农相比,那是因为,他和他绝大部分卓越的战友,都遭到悲惨的命运,而他的奥瑞斯忒斯还活在人间。

色居尔的史诗,也和司各特的作品相仿,有一种感动我们心灵的声调。然而这种声调并不唤起人们对早已消逝的太古时代追怀依恋之情,却叫我们正视现实,鼓舞我们就为这现实而奋斗。

我们德国人真是名不虚传的彼得·施莱米尔[2]。前个时期我们也见识了很多,受了不少罪,譬如驻扎士兵啊,贵族骄傲啊;我们把最优秀的血液送给别人[3],譬如送给英国,直到目前,英国还年年为了那些打断了胳膊腿脚的德国人,向他们过去的主人,付出数目可观的一大笔钱;我们在小规模里完成了这么多宏伟的业绩,算在一起,简直是完成了最伟大的壮举伟业,譬如在提罗尔[4]。我们丧失了很多东西,譬如失去了我们的影子,那亲爱的神圣的罗马帝国的称号——然而,尽管我们有那么多损失牺牲,匮乏不幸和壮举伟业,我们的文学却连一个光荣的纪念碑也没有赢得,而在我们邻邦,这种纪念碑却像永恒的战利品似的,逐日有所建立。我们的莱比锡博览会也并未因为莱比锡之役[5]而大赚其钱。据说,有一位哥

---

1 梅奈劳斯(斯巴达国王,海伦娜最初的丈夫)、奥德修斯(最聪明的希腊将领,发明木马计破特洛伊城)、狄阿梅得斯、阿伽门农皆《伊利亚特》中人物,奥瑞斯忒斯乃阿伽门农之子。在此影射拿破仑之子莱希斯达特公爵,他死于1832年。参看海涅著《法兰西现状》第5章。
2 彼得·施莱米尔,德国作家沙米索笔下的人物,出卖影子的人。
3 指的由英国人出钱组成德国军团一事。
4 所谓提罗尔之战,影射提罗尔人1809年起义,其首领为安特累阿斯·荷弗,他们反对法军占领。参看《慕尼黑到热内亚旅行记》。
5 1813年德国人在莱比锡打仗,反对拿破仑(1813年10月16—19日)。哥

达人¹还想放马后炮，用史诗的形式歌唱莱比锡之役，可是他不知道，他到底是希尔特布尔克豪生地方的十万灵魂之一呢，还是迈宁根地方的十五万灵魂之一呢，还是阿尔腾布尔克地方的十六万灵魂之一，于是史诗，他无从写起，只好这样开始写道："歌唱吧，不朽的灵魂！² 希尔特布尔克豪生地方的灵魂——迈宁根地方的灵魂，还是阿尔腾布尔克地方的灵魂，不论如何，歌唱吧，歌唱罪孽深重的德国人获救！"在祖国的心脏从事贩卖灵魂的交易，再加上祖国处于鲜血淋漓的分裂状态不允许产生任何骄傲的思想，更不允许发出一句骄傲的话，我们最美好的业绩将因这愚蠢的成就而显得可笑。正当我们情绪恶劣地披上德意志英雄的鲜血染红的紫色大氅时，跑来一个政治小滑头，把小丑的小帽套在我们的头上。

我们必须把莱茵河彼岸和海峡对岸我们邻居的文学和我们自己的卑微文学两相比较，才能理解我们的卑微生活空虚贫乏，毫无意义……

---

1 这里讽刺 1825—1826 年发生的一段遗产之争。1825 年萨克森 - 哥达的公爵绝嗣，阿尔腾布尔克也属这个公国。1826 年签订条约，哥达与科堡合成一个新的公国，希尔特布尔克豪生公爵得阿尔腾布尔克。而过去的希尔特布尔克豪生则归迈宁根。灵魂指人。
2 海涅戏用克洛普斯托克的《救世主》的首句："歌唱吧，不朽的灵魂，歌唱罪孽深重的人们获救。"

思想・勒格朗集

第一章

少女倾城，少年倾心，
少年无华，少女无情。

——旧戏

夫人，您可熟悉这出旧戏？这出旧戏不同凡响，就是有点失之伤感。我在戏里演过一回主角，太太们看了，都伤心流泪，只有一位没有哭泣，她连一滴眼泪也没流下。这正是此戏的关键，那真正的灾难。

啊，这滴眼泪！它一直在我脑海里折磨着我。撒旦若想毁掉我的灵魂，便在我耳际低吟一曲，歌唱这滴未曾哭出的眼泪。这首曲子讨厌已极，而它的旋律，更加讨厌——唉，只有在地狱里才会听到这样的旋律！

天堂里生活如何，夫人，您一定能够设想，正因为您已是名花有主，定能想象得更加周全。那儿的生活逍遥自在，其乐陶陶，各色享乐，应有尽有，人们置身于纯粹的欢乐之中，犹如上帝寓居在法国。从早到晚，吃个不停，烹调之精美和雅哥餐馆[1]不相上下，烤天鹅满天飞，喙子里还叼着个酱油碟子，要是把它撕来吃了，它就得意非凡。鲜美松软的奶油蛋糕恰似向日葵迎风疯长，鲜肉汁和香槟酒汇成的小溪四处流淌，飘着餐巾的树环布林立，人们吃一阵，

---

[1] 雅哥餐馆，在柏林。

抹抹嘴，接着再吃，绝无伤食之虞。人们曼声歌唱赞美诗，要不就和娇媚可爱的小天使嬉耍调情，要不就在绿草如茵的哈勒路亚草坪上徜徉漫步，雪白的衣衫飘飘欲举，轻若无物，没有什么会打扰人们的幸福之感，既无痛苦，亦无忧烦，甚至有人不巧踩了一下旁人的鸡眼，说声"对不起"[1]时，被踩的人也会蒙受了恩宠似地微微一笑，连连保证：你这一脚啊，兄弟，一点也没把我踩疼，相反[2]，"只是使我的心更感到天堂极乐无比甘美"。

可是地狱如何，夫人，您却一无所知。所有的魔鬼当中，您也许只认得最小的一个，那就是小恶魔之王爱神，这位地狱的乖巧伶俐的克鲁碧耶[3]。即便是这些，您也是看了《唐璜》[4]才有所领教。此人勾引妇女，树立了很坏的榜样，对于这种人，您是永远也不会认为地狱已经够热的了，尽管我们极为可敬的剧院经理们在舞台上撒了那么多烟火、火雨，喷了那么多火药、松香，只有规规矩矩的基督徒才会要求地狱是这副模样。

然而地狱看来比我们剧院经理所了解的情况更糟——不然他们也不会上演那么多蹩脚的剧本——地狱里热得可怕，三伏天我到那儿去了一趟，简直无法忍受。您对地狱一无所知，夫人。我们从那儿得到的官方消息太少。据说那些可怜的灵魂在地狱里整天都得阅读人世间印刷的恶劣说教——这可纯属诽谤。地狱还不至于坏到这步田地。这样刁钻古怪的痛苦，撒旦绝对想不出来。相反，但丁[5]对地狱的描写又过于温和，总的说来，诗意太浓。在我看来，地狱

---

1 "对不起"原文是法文。
2 "相反"原文是法文。
3 克鲁碧耶为赌场里收集赌金的人。
4 《唐璜》，法国喜剧家莫里哀的名剧。剧中主人公唐璜专门勾引妇女。
5 但丁（1265—1321），文艺复兴时期意大利伟大诗人，这里指的是他的名著《神曲》中的《地狱篇》。

活像一座庞大的市民家的厨房,里面装了一个其长无比的炉子,上面放着三排铁锅,锅里的罪人正受着煎熬。第一排锅子里坐着信基督教的罪人,您信不信!他们的数目真是可观,魔鬼在他们身下煽火,特别忙碌。另一排坐着犹太人,他们老是嚷嚷,不时受到魔鬼的奚落,显得特别滑稽。有个肥头胖耳的当铺老板,热得吁吁直喘,连连抱怨太热。一个小鬼便在他头上浇了几桶冷水,让他看到,洗礼毕竟是件好事,使人通体清凉。异教徒坐在第三排,这些家伙也跟犹太人一样,天上的福祉他们永远没份,注定了要永远被火烧烤。他们当中有个人,在一个身材高大的魔鬼往他身下添煤加火的时候,非常愤慨地在锅里嚷了起来。我听见他喊道:"饶了我吧,我是苏格拉底[1],死者中最富智慧的哲人。我教人真理和正义,并且为美德牺牲了生命。"但是那身材高大的蠢鬼不让人打扰他的工作,咕噜道:"哎,什么话!只要是异教徒统统都得挨烧,绝不能因为个别人而破例。"——我向您保证,夫人,那里真是炎热无比,喊声不绝,这个叹息,那个呻吟,有的咒骂,有的尖叫,鬼哭狼嚎,令人心惊胆战——透过这一片可怕的声音,可以听见那首讨厌的歌曲的旋律,唱的是那滴没有哭出来的眼泪。

---

[1] 苏格拉底(公元前469—前399),古希腊哲学家,柏拉图的老师。

第二章

少女倾城，少年倾心，
少年无华，少女无情。

——旧戏

夫人，这出旧戏可是个悲剧，虽说男主人公既没被人谋杀，也没自寻短见。女主人公的明眸灿若秋水，秀丽异常——夫人，您难道没有闻到紫罗兰的芳香？——真是秀丽异常，可是也锋利无比，就像两把玻璃匕首，刺透了我的心脏，大概又穿过我的背脊向外窥望——但是我并没有死于这双致人死命的眼睛。女主人公的嗓音也优美悦耳——夫人，您难道刚才没有听见夜莺的啼鸣？——这嗓音优美悦耳，柔若丝绸，是用明艳清脆的声响织成的丝网。我的灵魂陷进这张丝网，难以自拔，备受折磨。我自己——现在说话的人是恒河伯爵，故事发生在威尼斯——我自己受够了这种折磨，还在第一幕我就想结束这出戏，一枪把丑角的尖帽连同脑袋一起射将下来。于是我就到布尔斯塔大街的一家珠宝店去，看见有个匣子里陈列着一对漂亮的手枪——我还记得非常清楚，旁边摆着许多用珠母和黄金做的小巧玲珑的玩意，系着金链子的铁鸡心啦，写着温柔题词的瓷杯子啦，描着好看图画的鼻烟壶啦，画的是苏珊娜[1]的神仙故事，

---

[1] 苏珊娜为犹太传说中的美女，鲁本斯、伦勃朗都以她的故事为题材作画，例如《苏珊娜出浴图》。

丽达[1]的天鹅之歌,萨皮那妇女被劫[2],德行高洁的胖女郎卢克莱齐娅[3],她裸露的胸口还刺着一把匕首,已故的柏特曼[4],美丽的费洛尼哀[5],都是些娇媚诱人的脸庞——但是我却买了手枪,也不多讨价还价,然后又买了子弹和火药,随后走到翁不懈登先生的酒窖里,要了牡蛎和一杯莱茵酒。

我吃不下,喝得更少,滚烫的泪珠滴落杯中。在酒杯里,我看见亲爱的故乡,神圣的恒河湛蓝徐阔,喜马拉雅山永远光辉夺目,榕树林广袤无垠,林中宽阔的簇叶道上,聪颖的大象和白衣的朝圣者们静静地徐步前进。奇花异葩,犹如幻梦,凝望着我,向我悄声发出警告。金色的珍禽异鸟欢快地纵声高唱,闪闪烁烁的阳光和叽咕乱叫的猴子发出憨气可掬的叫声逗弄着我,非常可爱。从远方的宝塔里响起虔诚的法师诵经的声浪,诵经声中夹杂着德里苏丹女王婉转动人的哀号悲声——她迈着急步在寝宫里来回奔走,把银丝的面纱撕成碎片,把手拿孔雀羽毛扇的黑女奴也连人带扇推在地上。她痛哭流涕,捶胸顿足,大喊大嚷——可是我听不懂她嚷些什么,翁不懈登先生的地窖离开德里的内宫有三千英里之遥,再说如花似玉的苏丹女王已经仙逝三千年之久——我急急忙忙地喝着酒,喝着清澈可口的酒浆,但是我的灵魂越来越阴郁,越来越悲伤——我被判处了死刑……

我重新登上酒窖楼梯的时候,听见死囚的铃铛直响,人群像潮

---

1 丽达是希腊神话中的美女,天神周比特化身为天鹅去追求她。意大利画家柯累琪阿以此题材作画《丽达和天鹅》。
2 《萨皮那妇女被劫》,法国画家普善名画,内容是古罗马建国时,城里没有妇女,罗马武士便到萨皮那地方去抢劫妇女。
3 卢克莱齐娅为罗马传说中的贞洁美女,因被王子奸污,愤而自杀。德国画家丢勒为之作画。
4 弗里德里克·柏特曼(1760—1815),德国著名女演员、女歌唱家。
5 "美丽的费洛尼哀",原文是法文,达·芬奇的名画,现藏巴黎卢浮宫。

水般从我身边涌过,我站在圣·乔万尼大街的街角上,吟诵下面这段独白:

> 古老的童话里宫殿金光闪闪,
> 竖琴琮琮直响,美女曼舞翩跹。
> 仆役的华裳丽服光彩熠熠,
> 迎春、玫瑰、桃金娘芳香四溢。
> 但是一句解除魔法的符咒,
> 使满目灿烂辉煌顿时化为乌有。
> 只剩下一堆古老的残砖碎瓦,
> 叽呱的夜鸟,大片的泥沼。
> 我也用一句咒语
> 使繁花盛开的大自然解去了魔道。
> 它躺在那里,阴冷灰败,奄无生气,
> 活像一具修饰过的国王的尸体,
> 颧骨上面涂了胭脂,
> 王笏插在他的手里。
> 他的嘴唇又黄又枯,
> 忘了给它点上丹砵。
> 老鼠在他鼻端跳舞,
> 肆意嘲笑黄金王笏。

一个人在自杀之前,夫人,通常总要念上一段独白。大多数人在这种场合总是借用汉姆莱特的那段"生还是死"[1]。这是一段绝

---

[1] "生还是死",《汉姆莱特》中王子的独白,参看该剧第3幕第1场。

妙文章。我其实也很想在此引用——但是每个人总是对自己最亲。倘若有人像我一样，自己也写过这种含有厌世之辞的悲剧，譬如不朽的《阿尔曼梭》[1]，那么，自然就会优先引用自己的作品，而不会去援引莎士比亚。反正吟诵这类独白很有好处，至少可以赢得时间。这样，我在圣·乔万尼大街的街角上就多站了片刻——我——一个被判处死刑、引颈受戮的罪人——在那儿站着，忽然，我看见了她！

她身穿一袭蓝绸的衣衫，头戴一顶玫瑰红的帽子。她看我一眼，目光是那样的温柔，具有起死回生的作用。——夫人，您读过罗马史，一定知道，古罗马的女祭师们[2]若在路上遇见拖去问斩的罪人，有权予以赦免，而这可怜的家伙就得以不死。——她仅仅看了我一眼，就把我从死亡之中救了出来。我站在她的面前，像是死而复生，她的美丽宛如太阳的光华，使我目迷神眩。她又移步走去——让我活了下来。

---

[1] 《阿尔曼梭》，海涅的诗体悲剧。
[2] 古罗马的女祭师，叫做维斯塔琳。

第三章

她让我活，我就活着，这可是最要紧的事情。

让别人去享受爱人用花环装饰他们的墓碑并在碑上一洒忠贞之泪的幸福吧。——啊，女人哪！你们尽管憎恨我、轻视我、拒绝我吧！但是让我活着！生活实在太甜蜜太有趣，而世界又乱得这样可爱，它是一个醉酒的天神做的一场梦。这位天神悄悄地溜出法国式的群神欢宴大会，去躺在一个孤零零的星球上面，自己也不知道，竟然把他梦见的一切全都创造了出来——这些梦幻的产物常常塑造得光怪陆离，荒诞不经，也常常塑造得和谐圆满，合情合理——《伊利亚特》[1]，柏拉图[2]，马拉松之役[3]，摩西[4]，梅迪契的维纳斯[5]，斯特拉斯堡的大教堂[6]，法国大革命，黑格尔[7]，汽船等等是出自天神创造之梦的个别出色的念头——但是好景不长，天神一觉睡醒，揉揉惺忪的睡眼，微微一笑——我们的世界便化为乌有，可不，它从来就没有存在过。

反正我活着。尽管我也只不过是一个梦里的幻影，这也远比死亡的一片阴冷昏黑、空洞虚无要强得多。生命是宝中之宝，而最大

---

[1] 《伊利亚特》，古希腊诗人荷马的史诗。
[2] 柏拉图（公元前427—前347），古希腊哲学家。
[3] 公元前490年希腊军队在马拉松大败波斯侵略军。
[4] 摩西亦译成梅瑟，古代犹太人的先知《旧约全书》中的人物。
[5] 维纳斯乃神话中爱与美的女神，这里指的是她的雕像。
[6] 著名的哥特式建筑物，歌德在他的自传《诗与真》中曾对它大加赞赏。
[7] 黑格尔（1770—1831），德国古典哲学家。

的灾祸莫过于死亡。洪堡王子[1]看见打开的墓穴吓得往后退缩,让柏林的那些近卫军中尉们去肆意嘲笑,把这称之为怯懦吧——亨利希·克莱斯特[2]尽管如此仍然和他的那些胸部挺得很高、腰肢扎得很紧的同事们一样勇敢,可惜他竟然证明了这一点。然而所有的强者都热爱生命。歌德的哀格蒙特[3]不愿意跟"生存和事业的亲切的习惯"[4]诀别。伊默曼[5]的爱特文依恋生命"犹如孩子依恋母亲的胸怀"。尽管靠人开恩苟且偷生很不好受,他依然还是乞求别人的恩典:

"因为生命、呼吸,毕竟还是至高无上。"

奥德修斯[6]看见阿基琉斯在阴间担任一切已经死去的英雄的首领,便赞美他在活人中间享有的显赫声名,甚至在死者中也享有的崇高威望,这时阿基琉斯答道:

别安慰我,别跟我谈死,高贵的奥德修斯!
我宁愿当个雇工,为穷人种地,
既没有遗产也没有家业,

---

1 洪堡王子为德国剧作家亨利希·封·克莱斯特的剧本《洪堡王子》中的主人公。
2 亨利希·封·克莱斯特(1777—1811)为德国诗人、剧作家,海涅在此影射他曾经当过军官,后来自杀身死。
3 歌德的剧本《哀格蒙特》的主人公。
4 参看该剧第5幕。
5 伊默曼(1796—1840),德国诗人。
6 奥德修斯和阿基琉斯皆为荷马史诗《伊利亚特》和《奥德赛》中的人物。

也不愿去统治这群已逝的亡魂。[1]

不错,杜望少校向伟大的以色列狮子挑战,要用手枪和他决斗,并且对他说:"您若不和我决斗,狮子先生,您就是一条狗!"于是后者答道:"我宁愿做条活狗也不愿做头死狮子!"[2] 他这话说得有理。——我决斗的次数是够多的了,夫人,所以才有资格下这按语。——赞美上帝!我还活着!鲜红的生命在我血管里沸腾,大地在我脚下震颤,爱情的炽焰在我胸中燃烧。我拥抱树木和大理石雕像,经我拥抱,它们都获得了生命。每个女人对我都是上天恩赐的一个世界,我沉溺于她的娇靥奏出的旋律之中。我只要看她一眼,就能比别人一辈子用整个躯体获得的享受更多。每一个瞬间对我都是永恒;我不是用布拉邦特尺或者汉堡小尺来计算时间,我用不着让牧师许给我第二次生命,因为我回过头去生活,在我们祖先的生活里,在过去的王国里获得永恒,那么我今生今世能够得到的经历就已经够多的了。

我活着!大自然巨大的脉搏在我胸中跳动,我一欢呼,便有千万种回声应和。我听见千百只夜莺在宛转啼鸣。春天差它们来把大地从黎明时的昏睡中唤醒,大地因为狂喜而浑身颤栗,鲜艳的百花是它热情洋溢时向太阳唱出的一首首颂歌。——太阳移动得过于缓慢,我要鞭打它的烈焰四射的骏马[3],让它们加速飞奔。——但是当太阳嘶嘶直响地沉入大海而那无边的黑夜睁着充满相思的巨

---

1 参看荷马史诗《奥德赛》第11曲第488行诗以及以下几行诗。
2 根据《旧约全书》中《传道书》里的第9章第4行诗。
3 根据希腊神话,太阳神阿波罗驾着一辆烈焰四射的四驾马车驶过天庭,海涅在此影射这段神话故事。

大眼睛缓缓升起之时,啊!这时真正的欢乐才灌注我的全身,使之震颤,晚风像迷人的女郎偎依着我心潮澎湃的胸膛,群星纷纷向我招手,于是我拔地飞升,飘浮在这渺小的世界和人类渺小的思想之上。

第四章

但是白天总要来临。我血管里的火焰业已熄灭,我的胸中严冬凛冽,稀疏的白色雪花在我头上盘旋,浓雾遮住了我的双眼。经受风吹雨打的墓穴里躺着我的朋友们,只有我一个人残留在人间,犹如一根被收割者遗忘的麦秆。新的一代成长起来,欣欣向荣,怀着新的愿望和新的思想。我听见新的名字和新的歌曲,惊讶不已,旧日的姓名已经湮没无闻,我自己也已无声无息,也许还有少数人尊敬我,多数人轻视我,没有任何人爱我!脸蛋红润的孩子跳到我的面前,把古旧的竖琴塞在我颤抖的手里,笑嘻嘻地说:"你已经好久没吭声了,你这懒惰的老头,再唱些歌给我们听,唱唱你年轻时候的梦。"

于是我抓起竖琴,往日的欢乐和痛苦重又苏醒,浓雾消散,泪水又从我枯死的眼里涌出,宛若鲜花盛开,春天又重回我的胸中,痛苦的甘美声调在琴弦上振颤,我又看见了湛蓝色的河流和大理石的宫殿,看见美貌妇女、秀丽姑娘的俊俏脸庞——我唱了一首歌,赞美勃兰塔之花。

这该是我唱的最后一首歌了,天上群星将俯视着我,就像我年轻时在夜晚那样,一往情深的月光又将亲吻我的面颊,死去的夜莺组成的幽灵合唱将在远方喧响,我睡眼惺忪,闭上眼睛,我的灵魂也将像我的竖琴一样喑哑无声——勃兰塔之花的芳香四下飘散。

一株树将遮荫我的墓碑。我真希望那是株棕榈树,但是这树不长在北方。大概会是株菩提树,夏日的夜晚将有一对对情侣坐在树下爱抚温存;在枝头偷听的金翅雀会噤声沉寂。我的菩提树在这些幸福的恋人头上亲切地飒飒作响，他们幸福已极，都顾不上看一看白色墓碑上究竟写着什么字句。但是往后，情郎若是失去了他的姑娘，他又会来到这熟悉的菩提树下叹息哭泣，长久地注视着那块墓碑，在碑石上念到如下的题字：——他爱勃兰塔之花。

第五章

夫人！我欺骗了您。我不是什么恒河伯爵。我这一辈子从来也没有躺在印度的棕榈树下做过梦，也从没在耶格瑙[1]的金刚石神像前祷告过。我若祈求这个神明，一定易于得救。我就跟昨天中午吃的加尔各答烤肉一样，从没到过加尔各答。但是我出身于印度斯坦，所以在跋弥[2]宽广辽阔的诗歌之林中我感到心旷神怡，天神般的拉摩所经受的可歌可泣的苦难是那样熟悉，深深地打动了我的心灵。从迦里陀莎[3]那百花竞艳的歌曲中，我最甘美的回忆冉冉升起，宛如吐蕾盛开的鲜花。柏林有位好心的太太，她父亲在印度当过总督，任期很长。几年前，她把她父亲从印度带来的美丽图画拿给我看。这些画得娇柔秀丽、恬静神圣的面容我是这样熟悉，就像在观赏自己家里的画廊。

弗朗茨·波普[4]——夫人，您肯定读过他的《纳卢斯》和他的《梵文变位法》——向我提供了一些关于我祖先的材料。我现在清楚地

---

[1] 耶格瑙即圣地 Dschaggarnath，在那里祭祀天神克利希纳。
[2] 跋弥，相传为古印度史诗《罗摩衍那》的作者，该史诗的主人公乃是拉摩。
[3] 迦里陀莎为印度古代诗人，作品有《云使》、《沙恭达拉》等。
[4] 弗朗茨·波普（1791—1867），德国语言学家、印度日耳曼语系比较语法奠基人。《梵文变位法》乃巨著《梵文变位法与希腊文、拉丁文、波斯文和日耳曼语的变位法相比较》的简称，《纳卢斯》包括《摩诃婆罗陀》一诗的部分译文。

知道,我是从婆罗门[1]的脑袋里,而不是从他的鸡眼里生长出来的。我甚至推测,拥有二十万行诗句的全部《摩诃婆罗陀》[2]只不过是我太祖父写给我太祖母的一封寓意的情书而已。——啊,他们两人爱得很深,他们的灵魂互相亲吻,他们用眼睛接吻,他们两人仅仅是一个吻而已。

一只着了魔的夜莺憩息在太平洋一株红珊瑚树上曼声歌唱我祖先的爱情。珍珠从贝壳里探出头来,好奇地向外窥望,奇妙的水花因痛苦而浑身战栗,聪明的海蜗牛背着五颜六色的瓷质小塔爬了过来,海玫瑰的脸羞得通红,黄色尖棱的海星和色彩缤纷的玻璃蝌蚪兴奋异常,伸欠不已。海里众生都聚集拢来侧耳倾听。

但是,夫人,这首夜莺之歌篇幅过大,没法在这儿引用。它篇幅之大,足以容下整个世界。单单那首献给爱情之神阿南迦斯的颂辞就相当于沃尔特·司各特[3]全部小说的总和。阿里斯多芬[4]的喜剧里就有一处谈到这点。这段译成德文便是:

Tiotio, tiotio, tiotinx,
Totototo, totototo, tototinx。[5]

福斯[6]的译文

---

[1] 婆罗门,印度神话中的创世之神。
[2] 《摩诃婆罗陀》,印度最伟大的民族史诗,全长二十万行。
[3] 沃尔特·司各特(1771—1832),英国小说家,擅长历史小说。
[4] 阿里斯多芬(公元前448—前385),古希腊喜剧作家,作品有《阿卡奈人》、《云》、《蛙》。
[5] 为夜莺啼鸣的拟声。
[6] 约翰·亨利希·福斯(1751—1826),荷马史诗的译者,也翻译了阿里斯多芬的喜剧《鸟》。

不，我不是在印度出生的，我是在一条美丽的河流旁边初见天光。河边苍翠的青山上生长着愚蠢，到秋天采撷下来酿造成酒，装在桶里运往国外。——真的，我昨天在饭桌旁听人说起1811年长在葡萄里的一桩蠢事，那时我曾亲眼看见它长在约翰尼斯山上。——但是许多蠢事也就在国内就地消费。那儿的人和别处的人一样：——出生，吃喝，睡觉，哭笑，毁谤，忧心忡忡，唯恐断子绝孙；装腔作势，试图另外装出一副模样；勉为其难，拼命去做力不从心的事情；没长胡子绝不刮脸；往往少不更事就有了一把胡子；等到他们一旦懂事，又拼命去灌上些白的红的愚蠢，弄得酩酊大醉。

我的上帝！[1] 要是我心里真有那么多信念，相信我能移山倒海——那我不论走到哪里，都会让约翰尼斯山跟到哪里。但是因为我信念并不太强，只好借助幻想。它很快就把我带到美丽的莱茵河边。

啊，那儿真是个风景如画的地方，景色秀丽，阳光灿烂。耸立在岸边山峦上的古堡废墟，绵延的树林和古色古香的城镇倒映在碧波粼粼的河流里。——夏日傍晚，市民们坐在门前，用大壶喝酒，亲切地聊天，谈的是：上帝保佑！今年葡萄长势真好，法庭审讯应该完全公开进行，玛利·安多纳德[2]随随便便地就给送上了断头台，烟草专卖抬高了烟价，人人生而平等，格累斯[3]可真是个好家伙。

我从不关心这样的谈话，我宁可和姑娘一起，坐在拱形的窗前，觉落她们的笑声，招得她们用鲜花来打我的脸。我便假装生气，

---

1 "我的上帝！"原文是法文。
2 玛利·安多纳德为法国国王路易十六的王后，在法国大革命时被送上断头台处死。
3 约瑟夫·格累斯（1776—1848），德国政论家，拥护法国大革命，参看《海涅选集》（文艺理论卷）第105页。

直到她们把心里的秘密或者别的什么重要消息向我披露,我才罢休。如果我去坐在美丽的格尔特露旁边,她准会高兴得发疯。这个姑娘宛如一朵火辣辣的玫瑰。有一次她搂住我的脖子,我都以为她在我的怀抱里会燃烧起来,化为轻烟。娇媚的卡塔琳娜跟我说话的时候,莺声啾啾,透着无限温柔。她那一双澄蓝的明眸,那样纯净,那样深情,我从来也没有在任何人和动物的眼睛里看见过,只是偶尔在花朵里才会看到。谁都喜欢看进她的明眸深处,同时会联想到很多甜蜜温柔的事情。但是俊俏的赫特维希爱我,因为每次我走近她的身边,她的头便一直低垂到地,那一头乌黑的卷发便落在她那涨得通红的脸上,那双晶莹明亮的眼睛便像黑夜中的明星闪闪发光。她那害羞的樱唇一字不吐,我对她也无话可说。我咳嗽一声,她哆嗦一下。她有时让她妹妹来求我,爬山别那么快,跑热了或者喝了酒别到莱茵河去游泳。我有一次偷偷地听她在装饰着金箔的小圣母像前祈祷,圣像供在门廊内的一个壁龛里,前面点着一盏小灯[1]。我清清楚楚地听见她如何祷告圣母:不许他爬山喝酒游泳!倘若她对我冷淡一些,我准会爱上这个美貌的姑娘。我对她很冷淡,因为我知道她爱我。——夫人,谁想要为我所爱,必须狠狠地捉弄我。

秀丽的约翰娜是这三姐妹的表妹,我喜欢坐在她的身边。她会讲最优美动人的故事。她用白皙的手指指着窗外的群山——她说的所有的故事全都在那边的山上发生——这时我的心情就像着了魔一般,只见往日的骑士影影绰绰地从城堡的废墟里爬了起来,互相火并,把铠甲打得粉碎,罗累莱[2]又站在高山之巅,向山下唱起她那

---

[1] 天主教徒在圣母像前常常点上一盏长明灯。
[2] 罗累莱,为传说中莱茵河上的女妖,常在山头唱歌使船夫闻声着迷,使船触礁沉没,参看《海涅选集》(诗歌卷),第125—126页。

甜蜜悦耳而又使人遭到灭顶之灾的歌曲，莱茵河喧嚷不已，江声冷静理智，使人心情宁静，但同时又刻薄阴沉，使人毛骨悚然——秀丽的约翰娜凝视着我，神情亲切，古怪诡秘，难以捉摸，仿佛她自己也是她讲的那些童话中的人物。她是个身材窈窕、脸色苍白的姑娘，已经病入膏肓，镇日沉思默想。她的眼睛像真理一样清澈，弯弯的嘴唇线条柔和，脸上的表情蕴藏着一个内容丰富的故事，但这是一则神圣的故事——莫非是个爱情传奇？我不知道，我也从没勇气向她询问。我只要久久地凝视着她，我便心情宁静，开朗欢快，我觉得，我心里像是在过星期天，静谧宁和，仿佛天使们在我心里做礼拜祈祷上帝。

在这样美好的时光我向她叙述我童年的故事，她总是认真地倾听。真怪！每次我想不起人家的名字，她就给我提醒。我因而诧异地问她，是从哪儿知道这些名字的。她便笑嘻嘻地回答我，她是从小鸟儿那里听来的，它们就在她窗前筑巢——她一定要我相信，我小时候用零用钱从狠心的农家孩子那儿买来放生的就是这些小鸟。我相信她无所不知，无所不晓，因为她的脸色是这样的苍白，的确不久她就离开了人世。她也知道，她什么时候要死，并且希望我前一天离开安德纳赫。临别时，她把双手伸给我——一双雪白温柔的玉手，像圣体[1]一样纯洁——她说：你的心地非常善良，你要生气的时候，想想死去的小维诺尼卡吧。

那些多嘴多舌的鸟儿难道把这个名字也泄露给她了吗？在我追忆往事的时候，常常绞尽脑汁也想不起这个亲爱的名字。

---

[1] 天主教用极薄的面饼代表耶稣的身体，叫做"圣体"。举行弥撒的时候，信徒们跪在神父面前，由神父把小圆面饼塞进信徒口中，叫做"领圣体"。信徒领受"圣体"后，用唾沫吞下，不得咀嚼。

此刻,既然我又想起了它,我最早的童年时代也就在我记忆里浮现。我又变成一个孩子,和别的孩子一起在莱茵河畔杜塞尔多夫的皇宫广场玩耍。

第六章

不错，夫人，我是在杜塞尔多夫出生的。我着重说明这一点，是怕我百年之后，席尔达，克莱文克，波尔克维茨，波库姆，杜尔肯，哥丁根和宣彭斯台特[1]这七个城市会争着做我的故乡，为了争得这个光荣于是争吵不休。杜塞尔多夫是莱茵河畔的一座城市，城里住着一万六千个居民，另外还有十几万居民在那儿长眠地下。我母亲说，有些死人要是还活着就好了，譬如我的外公和我的舅舅——封·格尔登[2]老先生和封·格尔登小先生，他俩都是名医，从死神手里救出了那么多人，可是自己仍难免一死。虔诚的乌尔苏拉在我小时候抱过我，现在也在那儿安息。她的坟上长了一丛玫瑰——生前她最爱玫瑰的芳香，她的心就是玫瑰的芳香加上无限的善意。聪明的老人卡诺尼库斯也安葬在那里。上帝啊，我最后一次看见他的时候，他的模样是多么可怜啊！身上瘦骨嶙峋，只剩下精神和膏药。但他还在夜以继日地攻读，仿佛生怕蛆虫日后会觉得他脑袋里思想太少。小威廉也躺在那儿，这可是我的过错。在圣方济修道院里[3]我们两个是同学，一起在修道院的墙根儿玩耍，石墙中间流淌着杜

---

1 海涅在此隐射荷马。这位古希腊诗人死后，有七座古代城市争着要做荷马的故乡。海涅在此暗示，他死后名满天下，这七座城市也会争做他的故乡。然而席尔达的市民以愚蠢著称，克莱文克以闭塞粗陋闻名，因而实际上乃是讽刺和自嘲。
2 海涅的母亲娘家姓封·格尔登。
3 当时学校往往设在修道院里，教会在很大程度上控制着教育，尤其在天主教地区。

塞河。我说:"威廉,小猫掉进河里去了,去把它捞起来。"——他快快活活地踏上架在小溪上的木板,把小猫从水里捞出来,可是自己却掉进了水里。等别人把他从河里救出来,他已经浑身湿透,一命呜呼。那只小猫却还活了很久。

杜塞尔多夫这座城市很美。要是你在远方想到它,而你又碰巧是那儿出生的,你就会有一种奇妙的心情。我是在那里出生的,我好像觉得非马上回家去不可似的。我说回家,指的是鲍尔克大街[1]和我出生的那幢房子。这幢房子将来总有一天会非常引人注目。我叫人告诉这幢房子的房东太太,千万别卖了它。可是现在这位老太太从这幢房子得到的全部收益还抵不上将来那些蒙着绿色面纱、风度高贵娴雅的英国女郎给使女的小费呢。那个使女将带她们去看一间小房间,一个小墙角和一扇房门。我就是在那个小房间里出生的。我偷吃了葡萄,父亲总把我关在那个小墙角里,就在那扇褐色的门上,我母亲教我写字——唉,上帝!夫人,我要是成了著名的诗人,这可真叫我可怜的母亲费了不少心血。

但是此刻我的荣誉还在卡拉拉[2]的大理石采石场里酣睡,装饰我额头的马库拉吐尔[3]桂冠还没把它的芳香传遍全世界,那些蒙着绿色面纱、风度高贵娴雅的英国女郎若是现在来到杜塞尔多夫,还不会去参观那幢著名的房子,却径直前往市场,去瞻仰市场中心耸立的那座黝黑高大的骑士铜像。据说这是选帝侯扬·威廉的塑像。他身披黑色铠甲,头戴长长的鬈曲的假发。——我小时候听见过这样一个传说:铸造这个铜像的艺术家在浇铜时发现铜还不够,大吃一惊,城里的市民就跑来把自己家的银匙交给艺术家,铸成了这个

---

[1] 海涅故居原在鲍尔克大街,第二次世界大战时被炸毁,未修复。
[2] 意大利著名的大理石产地,海涅暗示塑造他雕像的大理石尚未开采出来。
[3] 这是海涅的文字游戏。马库拉吐尔原意乃"废纸",即以废纸制作的桂冠。

铜像——如今我久久地站在骑士像前，绞尽脑汁，想算出这铜像里面究竟藏了多少把银勺，用这些银子又能买多少块苹果糕？苹果糕是我当年最大的嗜好——我现在的嗜好乃是爱情、真理、自由和蟹肉汤——离选帝侯的铜像不远，就在剧院拐角处，经常站着一个长着罗圈腿、模样很古怪的家伙，他系着白围裙，挎着满满一篮热气腾腾的苹果糕，他会用一种令人难于抗拒的又高又尖的声音赞美他的糕点："新鲜的苹果糕嘞，刚刚出炉，香甜可口嘞！"说真的，在我以后的岁月里，恶魔若想加害于我，只消使用这种诱人的高音就行了。朱丽叶塔小姐倘若不用又甜又香的苹果糕一样的声音说话，我是不会在她那儿一待就是十二个钟头的。说真的，苹果糕其实也不会这样激动我，如果罗锅赫曼不是那么神秘地用白围裙把它盖住的话——而围裙呢它们——啊，它们使我离题万里，我先前是在说选帝侯扬·威廉的骑士铜像，说它肚子里装了那么多银子的汤勺——可是汤可一点也没有。

这位选帝侯据说是位好心的主子，酷爱艺术，自己也是个巧手。他在杜塞尔多夫城建立了一个画廊，那儿的天文台里陈列着一套非常精巧的木头套杯，是他在空闲的时候自己雕刻的，这种空闲的时候他每天有二十四小时之多。

那时候的君王并不是受苦受难的家伙，跟现在可不一样。王冠牢牢地长在他们的头上，夜里还罩上一顶睡帽，睡得安安稳稳，老百姓也安安稳稳地睡在他们脚下。早上醒来，这些子民就说："早上好，父亲大人！"君王们便回答："早上好，亲爱的孩子们！"

可是突然情况大变。我们早上在杜塞尔多夫一觉醒来，正想喊："早上好，父亲大人！"父亲却出走了。阴沉郁闷的情绪笼罩全城，到处弥漫着送葬出殡的气氛，人们默默无言地溜到市场上去看市政厅门口贴着的长长的布告。天气阴冷，但是瘦小的裁缝基里安仍然穿着他平时只在家里才穿的那件南京布的外套，蓝色的羊毛袜掉在腿肚子上,露出两条细细的小腿,看上去凄凄惨惨。他喃喃地低声念着贴在门上的布告,两片薄薄的嘴唇一个劲地哆嗦。一个普法尔兹的老伤兵念得声音比较响,念到某些句子,晶莹的泪珠便滴落在他那耿直的白胡髭上。我站在旁边跟着他哭,问他,我们为什么哭。他回答我:"选帝侯逊位了。"接着他又继续念下去,念到"为了你们久经考验的臣仆的忠诚""兹免去你们所承担的一切义务",他哭得更加厉害。——一个老头,身穿褪色军服,丘八脸上满是伤疤,突然这样痛哭流涕,这副模样看上去够奇怪的。就在我们念布告的时候,选帝侯的纹章也从市政厅摘了下来,一切便显得异常荒凉,叫人吃惊,就仿佛眼看就要发生日蚀似的。市议员老爷们慢悠悠地走来走去,一副退位去职的神气,权力无限的治安长官看上去也似乎没什么可再发号施令的了,他站在那里,心平气和,无动于衷,尽管疯子阿洛依西乌斯又金鸡独立似地站着,扮了张鬼脸,傻气十足,连珠炮似的说了一串法国将军的名字,喝得烂醉如泥的罗锅恭帕尔兹在阴沟里打滚,大唱 ça ira ça ira[1]!

我回到家里,一面哭泣,一面悲叹:"选帝侯逊位了。"我母亲忧心忡忡,我也心事重重,谁也没法给我安慰。我哭着上床睡觉,夜里我梦见世界的末日来临——繁花似锦的花园和绿草如茵的草地像地毯似的从地上拾起卷在一起,治安长官爬上一架高梯,把太阳从天上摘下来,裁缝基里安站在旁边自言自语:"我得回家去穿得漂亮点,因为我已经死去,今天就得安葬。"天色变得更加阴暗,只有几颗星星在天上发出微光,即便是这几颗星星也像秋天的黄叶纷纷飘落,人们渐渐消逝,只有我这个可怜的孩子在心惊胆战地四处彷徨,最后站在一个荒芜不堪的农家院落的柳树篱笆前面,看见

---

[1] 这是法国大革命时流行的一首革命歌曲的头两句。

有个人在那儿用铁锹刨地,他旁边站着一个相貌丑陋、模样狡猾的女人,围裙里放着一样东西,像是砍下来的人头,这就是月亮。她战战兢兢、小心翼翼地把月亮放进刨开的坑里——我身后站着那个普法尔兹的伤兵,他一面抽泣一面一字一板地说道:"选帝侯逊位了。"我醒来时,太阳又和平时一样射进窗来,街上鼓声咚咚,我走进起居室,向我父亲道早安。他穿着白色的梳洗服坐着。我所见动作灵敏的理发师一面给我父亲梳头,一面详详细细地告诉我父亲,今天将在市政厅举行盛典,向新来的大公爵殿下约阿细姆[1]表示敬意。这位大公爵可是出身世家望族,娶了拿破仑皇帝的御妹为妻,的确仪表堂堂,举止非凡。不错,他那头漂亮的黑发梳成发卷,他马上就要举行入城式,准会博得所有女人的欢心。说话的时候,街上鼓声响个不停,我到门口去看列队前进的法国军队,这是一个赢得荣誉、天性快活的民族。他们一面高歌、一面奏乐走遍了全世界,掷弹兵的脸上是快活而又严肃的表情,熊皮帽子,三色帽徽,刺刀银光闪闪,这些勇于冒险、耽于欢乐的健儿们胸怀荣誉之心,那位身材高大、气概非凡的鼓手长身穿绣银的制服,他简直要把他顶端镀金的指挥棍都扔到二层楼上,而他的眼睛甚至都瞟上了三层楼。三层楼上同样有些漂亮女人临窗而坐。我很开心,有军人要到我们家来寄宿了——对此我母亲却很不开心——我急忙赶到市场去。那儿现在完全变了样,就仿佛整个世界都粉刷一新。市政厅上悬挂着一个新的纹章,市政厅阳台的铁栏杆上蒙着绣花的丝绒帷幕。法国的掷弹兵在站岗。旧日的市员老爷们装出一张张新脸,他们身穿节日盛装,见面时注目示意,全然是法国气派,一开口就说你好[2]。

---

[1] 指拿破仑手下的元帅约阿细姆·缪拉(1767—1815),1806年是莱茵地区的统治者。
[2] "你好"原文是法文。

太太小姐们从所有的窗口向外张望,广场上挤满了好奇心切的市民和光彩夺目的士兵。我和别的孩子一起,爬到选帝侯铜像的大马上,居高临下,俯视市场上五颜六色的人群。

邻居家的彼特和长脚孔兹这回差点摔断了脖子。其实真要是把脖子摔断了,倒也不坏。因为他们两人一个后来逃脱了父母的管束跑去当兵,末了又开小差当逃兵,在美因兹给枪毙了。另一个后来在别人的荷包里进行地理勘察,因而成了一家公众纺线工场[1]的正式成员,后来他挣断了别人把他和工场以及祖国拴在一起的钢铁纽带,顺利地漂洋过海到了国外,最后在伦敦死于一根勒得过紧的领带[2]。一位王家的官员把他脚底下踩的木板拉开,这根领带就会自动收紧。

那会儿长脚孔兹对我们说:"因为举行庆祝典礼,学校里今天放假。"我们等了好半天,典礼方才开始。市政厅的阳台上终于渐渐地站满了身穿各色礼服的老爷们,还有色彩缤纷的旗帜和许许多多的喇叭。市长大人身穿他那著名的红色长袍,发表了一通演说。这个演说像根橡皮筋,拖得老长,或者像顶针织的睡帽,里面扔进了一块石头——不过并非智慧之石——有些句子我听得非常清楚,譬如说:有人要使我们幸福——说到最后一句,号角齐鸣,旌旗招展,金鼓雷动,高呼万岁[3]。——我自己一面高呼 vivat,一面紧紧地抱着老选帝侯。这个动作十分必要,我感到头晕目眩,我都以为人人全都头足倒立,因为这真是天翻地覆。选帝侯那戴着长长的鬈曲假发的脑袋频频直点,他悄声说道:"紧紧地抱着我!"等到城墙上鸣放礼炮之后,我才清醒过来,慢慢地爬下选帝侯骑的大马。

---

1 犯人罚做苦工的地方,他们在那里主要是纺羊毛线。
2 指的是绞索。死囚站在行刑台上,脖套绞索,行刑吏拉开囚犯脚踩的木板,犯人身体悬空,绞索收紧,死囚便被绞死。
3 "万岁"原文是法文。

回家路上，我又看见疯子阿洛依西乌斯金鸡独立似的站着，连珠炮似的说了一串法国将军的名字，喝得烂醉如泥的罗锅恭帕尔兹在阴沟里打滚，大声唱着ça ira, ça ira！——我对我母亲说："有人要使我们幸福，所以今天学校放假。"

第七章

第二天,世界重又秩序井然,我们一如既往又要上学,一如既往又要背书了——什么罗马皇帝啦,大事年表啦,用 im 结尾的拉丁文名词啦,拉丁文的不规则动词啦,希腊文啦,希伯来文啦,地理啦,德语啦,心算啦——上帝啊!一想起来,我头都晕了——这一切全都要背得滚瓜烂熟。这里面有些东西后来对我还是极为有用的。倘若我没有背出罗马皇帝的名字,那么后来尼布尔[1]是否证明他们事实上从未存在过,我会对此全然漠不关心的。我若不知道那些年代,那我后来在大柏林城怎能辨别方向呢,那儿的房子一幢幢全都一模一样,就跟两滴水珠或者两个掷弹兵一样相似,难分彼此。你要是不把你熟人的门牌号码牢记在心,你就别想找到他们。我当时把每个熟人都和某个历史事件联系起来,发生这个事件的年代和我熟人的门牌号码正好完全一致。我只消想起那个历史事件,就很容易回忆起他的门牌号码。所以我一看见一个熟人,脑子里立刻就涌现出一桩历史事件。譬如遇见我的裁缝,我就立刻想到马拉松战役[2];见到衣冠楚楚的银行家克利斯蒂安·龚伯[3],我就立刻想到耶路撒冷的毁灭[4];碰见一位负债累累的葡萄牙朋友,我就立刻想到

---

[1] 尼布尔(1776—1831),德国历史学家,政治家。他在《罗马史》一书中指出,李维乌斯对罗马历史的描述含有传说的成分。他是作为史料研究历史批判方法的奠基人而著称的。
[2] 公元前490年希腊军队在此大败波斯军队。
[3] 影射汉堡银行家拉查路斯·龚伯,海涅叔父所罗门·海涅的竞争者。
[4] 公元前586年该城为尼布甲尼撒所毁,公元70年为罗马皇帝所毁。

穆罕默德的逃亡[1]；若是看见那位铁面无私有口皆碑的大学学监，我就立刻想到哈曼之死[2]；一眼瞧见伐特蔡克[3]，我就立刻想到克莱婀帕特拉。——唉，亲爱的老天爷，这可怜的畜生现在已经一命归阴，泪囊已经枯干，我们可以用汉姆莱特的话说："整个说起来，他是一个老太婆，我们还会常常见到像他那样的人！"[4]前面已经说过，大事年表十分必要。我认得一些人，他们脑袋里除了一些年代一无所有。他们凭着这些年代在柏林就会找对门路，现在都已经当上正教授了。可是我上学的时候，碰到这么多数目字可把我折腾得苦不堪言！算术学得更糟。我理解得最最透彻的是减法，有条非常实际的主要法则："三减四不行，我得去借一个"——但是我劝你们，碰到这种情况，最好多借几个铜板，因为谁也不知道——

至于拉丁文，夫人，您可真想不到它有多么复杂。罗马人当年如果先得去学拉丁文，那他们肯定剩不下多少时间去征服世界。这些幸运儿在摇篮里就已经知道，哪些名词的第四格用 im 结尾。而我则相反，不得不汗流满面地去死背。不过我学会了这些变格还是好事。倘若我，譬如说 1825 年 7 月 20 日[5]，我在哥丁根大学的大礼堂用拉丁文公开答辩——夫人，这次答辩真值得一听——倘若我那时把 sinapim 念成了 sinapem，在座的那些一年级大学生没准就会发觉，这将成为我的终身耻辱。Vis, buris, sitis, tussis,

---

1 公元 622 年穆罕默德从麦加逃往麦迪那。
2 哈曼，波斯大臣，根据《旧约全书》（Buch Esther 第七章），被绞死。
3 弗朗茨·达尼哀尔·弗里特里希·伐特蔡克为平庸的文人，教育家和周刊出版人。海涅故意把一代尤物克莱婀帕特拉和这位毫无特色的作家配对。
4 参看《汉姆莱特》第 1 幕第 2 场。汉姆莱特用下面这段话赞美他已故的父王："他是一个堂堂男子，整个说起来，我再也见不到像他那样的人了。"（朱生豪先生译文）。海涅在此加以改变，以示讽刺。
5 这一天海涅在哥丁根大学通过答辩，取得法学博士称号。

cucuimis, amusris, cannabis, sinapis[1]——这些字在世界上曾经轰动一时,它们虽然属于一定的名词类别,但仍是例外。所以我很尊重它们,万一我忽然需要它们,它们就在手边,这在我一生中某些阴惨的时刻,使我内心平静,得到安慰。但是,夫人,不规则动词真是难到可怕的程度。它们和规则动词的区别在于,为了它们我挨打挨得更多。在圣方济修道院阴森森的拱形走廊里,离教室不远,当年挂着一个很大的褐木雕刻的基督,钉在十字架上。这基督像凄惨悲戚,直到今天有时候还会在我的梦中出现。他用呆滞的流血的眼睛悲伤地凝视着我——我当年常常站在这个像前祈祷:"啊,你这可怜的同样受苦受难的主啊,你只要有一点办法,就请你帮帮忙,让我记住这些不规则动词吧!"

希腊文我根本提也不想提,一说起它,我准会活活气死。中世纪的僧侣们说,希腊文是魔鬼的发明,这话并不是毫无道理。上帝知道我学希腊文时受的罪。学希伯来文的情况比较好,因为我对犹太人一向十分偏爱,尽管他们直到此刻还把我的名誉钉在十字架上。不过,我在希伯来文方面的造诣不可能比我的怀表高明。它和当铺老板经常亲密来往,因此也沾染了一些犹太人的习俗——譬如说,星期六就停了——我的怀表学习了这种神圣的语言,后来也进行语法研究。失眠之夜,我常常不胜惊讶地听到,它不断自言自语地轻轻敲击着:Katal, Katalta, Katalti, —Kittel, Kittalta, Kittalti—pokat, pokadeit—pikat—pik—pik[2]。

与此同时,我对德语就理解得更加深刻。这种语言也并不像儿戏那样容易。我们这些可怜的德国人已经被军队寄宿、义务兵役、

---

1 这些拉丁文的意思是:力量,犁柄,贪欲,咳嗽,黄瓜,木尺,麻,芥末。这些名词的变格都有特点。
2 希伯来文教科书中的动词变位练习。在此比喻怀表的"滴答"声。

人头税和千百种苛捐杂税折磨得苦不堪言,还得忍受阿德龙[1]语法的沉重负担,用第三格和第四格来互相折磨。很多德国话我是在老校长夏尔迈耶那儿学来的,他是个善良的神父,我小时候他对我就关怀备至。但是我从许朗姆教授[2]那儿也学了一些。他写过一本书,论述永久的和平,而在他的课上,同学们打架打得最凶。

我一口气这样写下来,随时想到种种事情,想不到竟扯了一大堆当年学校里的旧事。我趁此机会向您表示,夫人,我地理学得太少,因而后来在这个世界上走投无路,这可绝不是我的过错。当时法国人随意挪动各国的疆界[3],每天都有国家标上新的颜色;本来是蓝色的,现在突然变成绿色,有的甚至染成血红色[4]。教科书上公布的各国人口数任意增减改动,弄得乱七八糟,鬼都没法再弄清楚它们的真实情况;各国的物产也同样改变,本来只看见兔子和猎兔的容克贵族的地方,现在生长甜菜和苦苣[5];民族性格也随之改变。德国人变得灵活圆滑,法国人不再奉承别人,英国人不再把金元扔向窗外,威尼斯人已经不够狡猾。诸侯当中有许多人晋爵升迁,老国王获得了新制服,新王国宛如新鲜的小面包,不断地烘烤出来,销路很好。相反,有些君王给赶出家园、撵出宫廷,得另想办法谋生度日。所以有些人很早就去学门手艺,譬如做火漆或者——夫人,这个阶段终于已经结束,我都快喘不过气来了——总而言之,在这样的年头,地理是学不好的。

---

1 约翰·克利斯多夫·阿德龙,语言学家,对现代高地德语的研究卓有贡献。
2 许朗姆教授写的《对世界和平的微小贡献》一书于1815年出版。
3 指拿破仑统治欧洲时,有的小国被废止,有的国家被合并,尤其影射1806年莱茵同盟成立后和1807年提尔西特和约签订后在德国出现的领土的变化。
4 影射西班牙(1808)和提罗尔(1809)两地人民起义反抗拿破仑的异族统治。
5 由于拿破仑推行大陆封锁政策,欧洲只能自种甜菜和咖啡的代用品苦苣。

在自然史方面，情况还是比较好的，在这里不可能发生那么多变化。关于猴子、袋鼠、斑马、犀牛等等，还有规定的铜版画。这些图画一直印在我的脑海里，所以我一看见一些人，就像故友重逢，这种情况时有发生。

神话方面情况也很好，我很喜欢那帮吊儿郎当的天神，他们赤身露体、快快活活地统治着世界。我不相信，古罗马的学童曾把教科书中的主要章节，譬如维纳斯的迷人艳史比我背得更熟。老实说，既然我们非把这些古代的天神背熟不可，我们也无妨把它们保留下来。也许我们信奉新罗马的三位一体的天主[1]或者信奉我们犹太人的一神教[2]得不到多少好处，也许那种古代的神话并不像人们恶言攻击的那样不讲道德，譬如荷马在拥有许多情人的维纳斯身边放上一个丈夫[3]，这个想法就非常正派。

我最喜欢上多奴阿修士的法语课。他是个法国流亡者，写过一大堆语法书，头戴一顶红假发。他在教授诗艺[4]和德国史[5]的时候，跳来跳去非常灵巧。——全校就他一个人讲授德国史。可是法语也有自己的难学之处。要学会法文就得经历大量的军队借宿、隆隆鼓声、死记硬背，尤其是千万别做德国笨蛋[6]。确实有些骂人话非常刺耳。我记得很清楚，为了信仰[7]这个字我真是倒了大霉。这一切就仿佛发生在昨天。老师大概问了我六遍："亨利，信仰这个字法语怎么说？"我每次都是哭啼啼地回答："它叫信用。"[8]而

---

1 按照天主教的教理，天主系由圣父、圣子和圣灵三位一体组成。
2 犹太教建立在严格的一神教的基础之上，犹太教的上帝即耶和华。
3 根据罗马神话，维纳斯与火神乌尔卡努斯结婚。
4 原文是法文。
5 原文是法文。
6 "德国笨蛋"原文是法文。
7 "信仰"原文是法文。
8 "信用"原文是法文。

且越回答，哭腔哭调越发厉害。到第七次，愤怒的主考官脸涨得发紫，活像樱桃，他大声吼道："叫做信仰。"——于是棍如雨下，同学们哄堂大笑。夫人，从此以后，我每次听人提起 religion 这个字，背脊总吓得发冷，脸颊总羞得通红。老实说，在我一生中，Le erédit 比 La religion 有用得多。此时此刻，我忽然想起，还欠波罗涅狮记旅馆老板五个塔勒[1]呢。真的，只要我今生永远不再听到信仰这个倒霉的字，我宁愿承认多欠这位老板五个塔勒。

天啊[2]，夫人！我的法语造诣很深，我不仅懂得方言土话，还懂得贵族的典雅用语。前不久在一次贵族的宴会上，两位德国伯爵夫人的长谈，我几乎听懂了一半。她们两位的年龄都已超过六十四岁，她们的家世也都可以追溯到六十四代祖宗。是啊，我有一次在柏林的皇家咖啡馆听见麦歇[3]汉斯·米歇尔·马尔登斯说法语，我句句都懂，虽然言之无物毫无意义。学习语言必须懂得它的精神。而要领会语言的精神，最好一面打鼓一面学习。有个法国鼓手在我们家里借宿了很久，他模样像个魔鬼，可是心地善良，活像天使，他打鼓的技巧高明已极。天啊[4]！我学好法文，在多大的程度上要归功于他啊！

这个鼓手身材矮小，动作灵活，蓄着一撮可怕的黑口髭，两片红红的嘴唇犟头偏脑，撅得老高，一双火辣辣的眼睛顾盼有神。

我当时是个小孩，像牛蒡草似地成天缠着他，帮他把扣子擦得锃亮，用粉笔把他的背心涂得雪白——因为麦歇勒格朗特别讲究丰采——我跟着他去站岗，去集合，去检阅——在这种场合只见武器

---

1 塔勒，银币的单位。
2 "天啊"原文是法文。
3 "麦歇"是法语"先生"Monsieur一词的音译。
4 "天啊"原文是法文。

闪闪发光，军人欢天喜地——这一天都像过节一样！[1]麦歇勒格朗只懂几句破破烂烂的德语，只会表达几个主要的思想——面包啦，接吻啦，光荣啦——但是他能用小鼓把他的思想表达得清清楚楚，譬如我要是不知道"自由"[2]这个字的意思，他就在鼓上奏起《马赛曲》，我就懂了。要是我不明白"平等"[3]这个字的意思，他就奏起"这样行，这样行，把贵族吊在路灯上！"[4]这首进行曲——我就懂了。如果我不懂"愚蠢"[5]这个字的意思，他就奏起《德国进行曲》[6]——歌德曾经说过，这是我们德国人在香班涅[7]演奏的曲子——于是我就懂了。有一次他想向我解释"德国"[8]这个字的意思，他就奏出那种极其简单的原始旋律，这种旋律在赶集的日子看狗跳舞的时候经常听见，那就是咚——咚——咚——我非常恼火，但是我毕竟还是明白了。

他也用类似的方法教我近代史。我虽然不懂他说的话，可是他说话的时候不停地敲鼓，所以我还是弄明白了他想说些什么。总的说来，这是最好的教学方法。你只有知道了在攻陷巴士底狱[9]和土伊

---

1 最后一句，原文是法文。
2 "自由"原文是法文。
3 "平等"原文是法文。
4 "这样行，这样行，把贵族吊在路灯上！"原文是法文，法国大革命时的革命歌曲。1789年由拉德雷作词，贝库尔谱曲。
5 "愚蠢"原文是法文。
6 "我们这样生活，这样生活，每天这样生活"，就是德国进行曲的歌词，这个进行曲是根据德国亲王的愿望定稿的，因而得名。歌德在《1792年法兰西战役》一书中提到这个曲子。
7 香班涅，法国地名，盛产香槟酒。
8 "德国"原文是法文。
9 巴士底狱，巴黎囚禁政治犯的城堡，1789年7月14日被革命的民众攻陷。这一天定为法国国庆日。

勒里宫[1]时，人们是怎么打鼓的，才能正确理解这些事件的历史。在我们学校的教科书里你只能读到："男爵和伯爵阁下及其夫人被斩首，公爵和亲王殿下及其夫人被斩首，国王和王后陛下被斩首。"只有等你听人奏起《红色断头台进行曲》，你才会正确理解这些事情。你才知道这些事情"为何发生"，"如何发生"。夫人，这首进行曲实在奇怪！我第一次听见它时，感到心惊胆战。我很高兴，已经把它遗忘。——一个人岁数大了，这种东西就会忘记。现在的年轻人脑子里得装那么多别的知识——惠士脱[2]，波士顿[3]，家谱世系表[4]，联邦会议决议，剧评，礼拜仪式，扮鬼脸——真的，就是苦思苦想好长时间我也想不起那强有力的旋律。但是，请您想一想，夫人！不久以前我和一大群伯爵、亲王、公主、侍从官、宫廷侍卫长夫人、宫廷司酒、首席宫廷女傅、皇室银器总管、皇家狩猎女傅，以及这些上等奴才还可能有的名称的人——同坐一席。下等奴才在他们椅子后面跑来跑去，把盛满菜肴的盘子放在他们的嘴巴前面——而我却完全被人忽视，无所事事，闲坐一旁，面颊骨动也不动；我把面包捏成小球，百无聊赖，手指就打起鼓来。使我大吃一惊的是，我忽然奏出那遗忘已久的《红色断头台进行曲》。

"出了什么事？"夫人，这些人安安稳稳地吃着，殊不知别人要是没有东西可吃，就会突然敲起鼓来，而且敲的是非常奇特的、别人以为早已忘却了的进行曲。

不论打鼓是我天生的才能还是我早年训练有素，反正这种本事

---

[1] 土伊勒里宫，法国国王路易十六的皇宫，1792年8月10日巴黎人民攻陷土伊勒里宫，路易十六遂成人民的阶下囚。
[2] 英国的一种纸牌游戏。
[3] 来自美国的一种慢步的华尔兹舞。
[4] 家谱世系表对于证明贵族的出身十分重要。

已经深入我的四肢骨髓，潜伏在我的手脚之中，并且常常不知不觉就会有所流露。我曾经在柏林听过枢密顾问许马尔兹[1]的课。此公曾著书论述黑大衣和红大衣之危险，并以此拯救了祖国。——您该记得，夫人，在保撒尼亚斯[2]的书里有过记载，驴的叫声也曾揭露过一个同样危险的阴谋；您在李维乌斯[3]的史书里或者在贝克尔的世界史里[4]也读到过，群鹅曾经拯救过卡彼托城堡[5]；读过撒路斯特的作品[6]，您一定详细知道，那可怕的卡提利那的叛乱是败露在一个多嘴多舌的婊子富尔维雅太太手里。——我们还是回过头来谈谈刚才提到的那个笨蛋吧：我在枢密顾问许马尔兹的课堂上听他大讲民众的权利。那是一个令人厌倦的夏日下午，我坐在凳子上越听越听不进——脑袋昏昏，已经入睡——突然我被自己双脚发出的噪音惊醒。我的脚一直保持清醒，大概听见此公所讲有悖于民众的权利，并且肆意谩骂立宪思想，我的脚用小鸡眼观看世界的运行比枢密顾问用约诺[7]的大眼看得透彻，可怜的脚是哑巴，它没法用语言表达它那无足轻重的意见，便想用踩脚击鼓的方法让人家明白它的

---

1 柏林的国家法教师台奥多尔·安东·许马尔兹在1815年著文，论述道德协会及大学生的爱国主义倾向为具有颠覆性的和危害国家的。
2 希腊作家保撒尼亚斯在他的作品《希腊描述》的第10卷第18章里叙述摩洛色人在一个隐蔽处埋伏窥伺安布拉基阿特人。一赶驴人从旁经过，对怪叫的驴厉声呵责，摩洛色人大吃一惊，离开埋伏地，从而使安布拉基阿特人获胜。于是安布拉基阿特人为了感谢神明，特铸一头铜驴。
3 古罗马史学家（前59—17）。
4 贝克尔（1777—1804），德国历史学家，著有《儿童和儿童教师的世界史》。
5 高卢人围困罗马时（前390年），罗马士兵退守卡彼托城堡。高卢人夜间攀登城墙，祭献给约诺女神的群鹅在卡彼托城堡发出叫声，惊醒罗马人，高卢人被及时发现击退。
6 古罗马历史学家撒路斯特在他的著作《论卡提利那的叛乱》一书的第23章叙述了这一叛乱。该叛乱发生于公元前63年，反对共和国。这一叛乱被及时发现。
7 影射罗马女神约诺，她被认为是国家的保护神。

意思，它跺脚把鼓点打得这样迅猛，使我险遭不测。

该死的脚，鲁莽的脚啊！我有一次在哥丁根旁听萨尔费特[1]教授的课，它又和我闹了一个同样的恶作剧。这位教授动作僵硬还挺灵活，在讲台上跳来跳去，使自己情绪激昂，好把拿破仑皇帝臭骂一通——唉，可怜的脚啊，这时你们敲起鼓来，我可不能责备你们，即使你们因为哑巴幼稚，把脚跺得更凶，思想表达得更加露骨，我也不会责备你们。我是勒格朗的学生，怎能听任别人污蔑皇帝？污蔑皇帝！皇帝！伟大的皇帝！

一想到伟大的皇帝，在我的记忆里，又是夏日光景，满目青翠，金光闪耀。一条漫长的林荫道在我眼前出现，花叶繁茂。枝头丛叶如盖，栖息着宛转歌吟的夜莺，瀑布喧声不绝，圆形的花坛上百花竞艳，娇艳的花朵轻轻摆动，如在梦中——我和鲜花有着奇特的交往，浓妆艳抹的郁金香以居高临下的傲慢神气向我致意，神经纤弱的百合花忧郁地向我频频点头，柔情绵绵，面颊酡红的玫瑰老远就向我笑脸相迎，香花草发出长吁短叹——我当时还没有结识常春藤和月桂，因为它们并不用熠熠生辉的娇花诱人。但是现在和我闹翻了的木樨草，当时和我特别亲密。——我现在讲的是杜塞尔多夫的皇家花园，我常常躺在那儿的草地上，全神贯注地倾听麦歇勒格朗叙述伟大皇帝的赫赫战功。他一面讲，一面在鼓上奏出那些著名战役进行时所奏的进行曲，使我耳闻目睹，身临其境。我看见新普伦山[2]上行军的队伍——皇帝一马当先，勇敢的掷弹兵在后面紧紧跟

---

1 哥丁根大学的历史学家，曾发表过《拿破仑·波拿巴的历史》（1815—1817），《科西嘉的冒险家波拿巴的一百多件夸大的行径》（1814），内容均为对拿破仑的攻击。
2 海涅估计在此想到画家大卫的名画，描绘拿破仑在1800年5月越过圣伯恩阿特山顶。

上，受惊的鸟儿鼓噪喧闹，冰河在远方隆隆轰响——我看见皇帝手擎战旗，站在洛蒂[1]桥头——我看见皇帝身穿灰大衣出现在马伦哥[2]战场——我看见皇帝高踞马下，指挥金字塔旁[3]的会战，周围尽是火药的浓烟和马默卢克族的[4]骑兵——我看见皇帝在奥斯特里茨[5]阵前——嚯！子弹呼啸，飞过光滑的冰面！——我看见耶拿大战，我听见，咚，咚，咚——我看见艾劳大战、瓦格拉姆大战，我听见……唉，不行了！我简直受不了啦！麦歇勒格朗猛敲战鼓，几乎把我的耳鼓膜震裂。

---

1 在意大利米兰省洛蒂城，1796年5月10日拿破仑在此大胜。
2 在意大利亚历山德里亚城，1800年6月14日拿破仑在此大胜。
3 拿破仑远征埃及时在金字塔旁大战。
4 祖籍为土耳其人，在埃及当兵的骑兵。
5 奥斯特里茨战役（1805年12月2日），耶拿战役（1806年10月14日），艾劳战役（1807年2月8日），瓦格拉姆战役（1809年7月5至6日）。

第八章

然而当我亲眼看见他的时候,我是什么心情啊!我无比幸运地亲眼看见他本人,霍西阿娜![1]看见皇帝本人。

我恰好就是在杜塞尔多夫皇家花园的林荫道上见到他的。我在翘首张望的人群中往前挤,想起麦歇勒格朗用鼓声告诉我的那些赫赫战功和漂亮战役,我的心咚咚直跳,奏着《将军进行曲》——尽管如此,我同时想起了警察局的禁令:林荫道上,不许骑马,违者罚款五个塔勒。而皇帝和他的扈从却在林荫道的中间策骑前进。他一经过,浑身战栗的树木纷纷向前弯腰鞠躬,哆哆嗦嗦的阳光穿过翠绿的叶丛,又是好奇,又是害怕。可以看见一颗金星漂浮在蔚蓝的天空。皇帝身穿他那朴素无华的绿色军装,头戴那顶举世闻名具有历史意义的三角小帽,跨下是一匹雪白神骏的小马。这匹小马的步伐是这样的安详平稳,高傲出众——我当时若是普鲁士的太子,定会对这匹小马艳羡不止。皇帝骑马的姿势漫不经心,仿佛虚悬在马上。他一只手高高地握住马勒,另一只手温和地轻敲着小马的颈项。——这只手像是大理石雕成,熠熠生辉,坚强有力,它和另一只手一起驯服过无政府状态的多头怪物,调解过各国之间的纷争格斗——这只手现在温和地轻敲着小马的颈项。就是皇帝脸上的颜色也只在古希腊罗马人的大理石头像上才能看到。他脸上的神情也是高贵端庄,和那些古人一模一样。在这张脸上写着:除我之外,

---

[1] 霍西阿那!犹太人赞美上帝的祝词。原文是希伯来文。

你不得有别的神明。他的唇边浮着微笑，使每个人心里温暖，得到安慰。但是谁都知道，这嘴唇只要打个唿哨，——普鲁士便不复存在[1]——这嘴唇只要打个唿哨，全体教士便销声匿迹——这嘴唇只要打个唿哨，——整个神圣罗马帝国便应声舞蹈。然而这嘴唇这时漾着笑意，就是他的眼睛也漾着笑意。这双眼睛像天宇一样澄净，能看出人们深埋的心事，很快地一举览尽世界万物，而我们这些凡夫俗子只能依次逐一看清这些事物或者看见它们染了颜色的阴影。他的额头并不那么清澄，未来战争的阴云正在那里凝聚。他的额头偶尔微微一动，创造性的思想便随之而生，迈着巨人步伐的伟大思想，皇帝的精神随着这些思想神不知鬼不觉地跨越整个世界——我相信，每一个这样的思想都可以提供给一位德国作家足够他写一辈子的写作材料。

皇帝安详地在林荫道中间策骑前进，没有一个警察前来干涉；他的扈从神气十足地骑着直喷粗气的骏马跟在后面，他们身上满缀着金银珠宝，战鼓雷动，军号长鸣，疯子阿洛依西乌斯在我身边一个劲地转圈，连珠炮似的念着皇帝麾下将军的名字，喝得烂醉如泥的恭帕尔兹在不远处大声吼叫，民众齐声高呼："皇帝万岁！"

---

[1] "普鲁士便不复存在"原文是法文。

第九章

皇帝已经驾崩。他的孤坟立在印度海的一座荒岛上[1]。大地对他原嫌太窄,如今他静静地躺在小山下,五株垂柳无限悲哀地低垂着它们翠绿的秀发,一条温柔的小溪从旁潺潺流过,无比忧伤,怨诉哀叹。他的墓石上没有铭文,但是克利娴[2]用她公正的石笔在石上写下了无形的字句,犹如幽灵之声,响彻千秋万代。不列他尼亚[3]!大海是属于你的。但是倾大海之水也不足以洗净那伟大的死者临终时遗留给你的耻辱。那些狼狈为奸的国王们因为人民大众曾经公开杀了他们当中的一个[4],决定阴谋杀害人民的伟人以报仇雪恨。他们雇佣来秘密行凶的那个西西里暗探并不是你那轻率的胡德逊爵士[5],不是他,而是你自己——而这伟大的死者乃是你的客人,寄居在你的屋檐下。

直到久远的时代,法兰西的儿童都要歌唱、传诵"贝勒罗风号"战舰表现的可怕的好客精神[6]。这些含泪的讽刺歌曲一旦传到海峡

---

1 1815年,拿破仑在滑铁卢一役兵败,被放逐在大西洋的圣赫勒拿岛上,1821年病死,葬在该岛,到1840年才移葬巴黎残废军人教堂。
2 克利娴,文艺九女神之一,司历史的女神,头戴桂冠,手执书卷和尖笔。
3 不列他尼亚,即英国,海涅把它拟人化。
4 指法国大革命时,民众把国王路易十六送上断头台处死。
5 胡德逊爵士(1769—1844),英国将军,1815—1821年任圣赫勒拿岛的总督,拿破仑经常和他发生冲突。
6 1815年滑铁轮之役兵败后,拿破仑逃到英舰"贝勒罗风号"上,受英国保护,所以海涅说他是英国的客人,但是拿破仑从此失去自由,遭到放逐。就是在这条战舰上,拿破仑接到联军放逐他的决议。

的彼岸，一切正直的不列颠人都会羞愧得面红耳赤。可是总有一天这首歌会传过海峡，那时不列颠就不复存在，这骄傲的民族就会被推翻。威斯敏斯脱教堂里[1]的墓碑纷纷倒圮，击成碎石，埋在坟茔里的王室的骨灰将被遗忘——而圣赫勒拿岛却是一座神圣的坟墓，东西方的各族人民乘坐插着五彩旗帜的航船，前去朝圣。他们的心因为回忆起这位世俗救世主的丰功伟绩而获得力量。拉斯·卡色斯[2]、奥米厄拉和安东马基[3]的福音书里记载着,这位救世主曾在胡德逊·娄的手里受尽苦难。

说来也怪！皇帝的三大死敌都遭到了可怕的命运：伦敦德利[4]割断了自己的脖子,路易十八[5]烂死在他的宝座上，而萨尔费特教授至今还在哥丁根大学执教。

---

1 伦敦的一所教堂，英国王室陵墓所在地。
2 拉斯·卡色斯（1766—1842），侯爵，陪拿破仑一同放逐圣赫勒拿岛。这位历史学家在1822年发表他的日记，其中含有拿破仑口授的部分回忆录，这就是《圣赫勒拿的回忆》。海涅把拿破仑当做救世主，把拉斯·卡色斯的作品当做福音书。
3 奥米厄拉（1786—1836），英国医生、拿破仑在圣赫勒拿岛上时的私人秘书。1822年出版他的回忆录《流放中的拿破仑，或：从圣赫勒拿传来的声音》。奥米厄拉因与胡德逊发生冲突被调回伦敦。安东马基继任拿破仑的私人医生，1823年发表《拿破仑最后的日子》。
4 即Castlereagh（1769—1822），英国政治家，英国首相小庇特的拥护者，维也纳会议时支持梅特涅的反动政策，自杀而死。他是坚决反对拿破仑的政治势力的代表。
5 路易十八（1755—1824），路易十六之弟，拿破仑兵败后，波旁王朝复辟，路易十八做了国王。

第十章

晴朗的秋日，寒气逼人，有个大学生模样的年轻人在杜塞尔多夫皇家花园的林荫道上徒步徜徉。有时候一时兴起，他孩子气地飞起双脚，把覆盖地面沙沙作响的落叶踢得四下纷飞，但有时又无比忧伤地抬头仰望只剩下黄叶几片的枯树。在仰望枯树残叶时，他想起了格劳柯说的话：

> 一代一代的人，犹如林中树叶；
> 风儿把它们吹落地上，新春来临，
> 复苏的树林又吐出新叶无数，
> 人类也是如此，一代成长，一代消逝。[1]

往日这年轻人却怀着完全不同的思想，抬头仰望着同样的这几棵树。他那时是个孩子，到处寻找鸟窝和甲虫。甲虫快乐地嘤嘤作响，看见美丽的大千世界欢快欣喜，一小片汁水饱满的绿叶，一小滴晶莹的露水，一道温暖的阳光，一股野草的清香都使它们心满意足。这些甲虫使这孩子兴高采烈。此时此刻，这孩子的心就跟那些飞来飞去的小虫虫一样欢畅。但是现在他的心已经衰老，心中纤细的阳光已经熄灭，烂漫的鲜花已在心里枯萎，甚至心中爱情的美梦也已褪色。在这可怜的心里除了勇气和悲哀之外，别无所有。看我现在把最痛苦的事情说出口——刚才谈的就是我的心。

---

[1] 参看荷马史诗《伊利亚特》第6章第146行以下诗句。

就在这一天我回到古老的故乡，但是我不想在这城里过夜，我一心只想到哥德斯堡[1]去，坐在我女友的脚边，谈谈小维诺尼卡。我已经去探访过那些亲爱的坟墓。所有活着的亲友当中，我只找到了一个叔叔和一个姨妈，虽说我在大街上还另外见到几个熟悉的身影，却没有一个人还认得我。我觉得这座城市本身也显得分外陌生，许多房子在这期间已粉刷一新，生人的脸庞从窗口向外张望，死剩不多的麻雀围着古老的烟囱盘旋。周遭的一切都像公墓里长的莴苣，看上去奄无生气，可又非常新鲜。那儿本来讲法语，现在却说普鲁士话。甚至有个小小的普鲁士微型宫廷[2]也搬到这里。人们都顶着宫廷的称号，我母亲从前的理发师现在变成了宫廷理发师，还有宫廷裁缝，宫廷皮匠，宫廷扑灭臭虫女官，宫廷烧酒店，整个城市看上去就像是座宫廷病院，住满了宫廷精神病患者。只有年老的选帝侯还认得我。他还站在原地，但是略显消瘦。正因为他一直站在市场中间，所以他亲眼目睹了这时代所有的苦难。看见这种情景，怎么会心宽体胖。我像置身梦境之中，想起了那则关于着魔之城的童话，我急忙走出城门，免得过早从梦中清醒过来。皇家花园里有些树木不见踪影，有些树木成了残废，那四株大白杨树，当年在我眼里，活像四大绿衣巨人，现在都变矮了。几个美丽的姑娘正在散步，打扮得花枝招展，宛如郁金香在漫步，袅袅婷婷。当这些郁金香还是一个个小葱头的时候，我就认得她们。唉！她们是邻家的女孩，我曾经跟她们玩过"塔中公主"[3]的游戏。然而这些美丽的少女，当年艳若玫瑰，如今已成凋残的落花；有些姑娘高爽的前额露出一

---

[1] 波恩附近的小城，现为波恩的一个区。
[2] 1815年以后，莱茵地区大部分划归普鲁士；从1821—1848年，一位普鲁士王子驻跸杜塞尔多夫。
[3] 一种儿童游戏，相当于我们的"官兵捉强盗"，参加游戏的小孩，分成两队，一逃一追。

股傲气，曾使我心醉神迷，如今撒吐恩[1]已用镰刀在上面刻下深深的皱纹。现在我才发现，——但是。唉！已经太晚！——她们从前向那些行将成年的男孩投去的秋波究竟意味着什么，在以往的岁月里，我在异国他乡娇媚的明眸里曾经见到过类似的神情。有个人谦卑地向我脱帽致敬，这事深深地感动了我。从前此人有财有势，后来竟沦落为乞丐。到处都能看到，人一旦沉沦，就像依照牛顿的定律[2]会越来越快地堕入落魄的境地。在我看来，丝毫未变的，就是那个矮小的男爵。他跟从前一样踩着碎步跳跳蹦蹦地穿过皇家花园，一手高高地擎着上衣左边的下摆，另一只手把他的细藤杖摆来摆去。还是那张和气气的小脸，脸上的玫瑰红晕向着鼻子集中。还是那顶老式的圆筒帽，还是那根老式的小辫子，只不过现在从小辫子里露出来的是几根白毛，不像从前露出来的是几根黑发。但是，尽管他看起来兴高采烈，我可知道，可怜的男爵在这期间忍受了许多忧患。他的小脸想把这事瞒着我，但是他小辫子上的几根白发却背着他向我泄露了这事。小辫子自己也很想重新矢口否认，它忧伤而又快活地摆个不停。

我并不疲倦，但我喜欢在木凳上再坐一坐。从前我曾在这凳子上刻过我女友的名字。我差点找不到它，那么多新的名字已经刻在凳上。唉！我有一次曾在这凳上沉沉入睡，梦见幸福和爱情。"梦幻乃是泡沫。"往日的儿戏又在我脑海里重现，还有古老的美丽的童话！但是一出新的假戏，一段新的丑恶的故事穿插进来压倒一切。这个故事讲的是两个可怜的灵魂，他们互相不忠，后来欺骗成性，越走越远，甚至连亲爱的上帝也欺骗起来。这个故事非常恶劣。倘若现在没有什么更要紧的事情可做，不妨为此大哭一场。啊，上

---

[1] 撒吐恩，古罗马的时间之神。
[2] 即万有引力定律。

帝！从前世界是多么美丽，百鸟齐鸣，对你唱出永恒的赞歌，小维罗尼卡凝视着我，目光沉静安详。我们坐在皇宫广场的大理石雕像前面——一边是座古老的王宫，荒芜不堪，里头闹鬼。夜深人静，一个身穿黑绸长裙的无头贵妇便在宫里到处游荡，身后拖着长长的裙裾，窸窣作响。另一边是座白色的高楼，楼上的房间里挂着色彩鲜艳的油画，镶着金边，光彩夺目，奇妙异常。楼下有好几千本厚厚的大书。只要温柔的乌尔苏拉把我和小维罗尼卡抱上大窗，我们两个就常常好奇地观赏这些书本。等我后来变成大孩子，我就每天爬上那儿最高的梯子，把放在最上面的书取来阅读。我读啊，读啊，一直读到我什么也不害怕，尤其不怕无头女人。我变得那样聪慧，一切往日的游戏、童话、图画、小维罗尼卡，甚至连她的名字我都忘得一干二净。

我坐在皇家花园的旧凳子上，沉湎梦幻，回忆往事，只听见身后人声嘈杂，在悲叹那些可怜的法国人的命运。他们在俄国作战，当了战俘，被送到西伯利亚，尽管早已停战媾和，他们还在那里关押了若干漫长的年头，现在才返回家园。我一抬头，真的看到了这些被光荣抛弃的孤儿。透过他们褴褛军服的裂缝可以看见赤裸裸的苦难。他们饱经风霜的脸上有着一双双深深凹陷、饮恨含怨的眼睛。尽管一身残疾，筋疲力尽，而且大多瘸腿跛行，但是他们依然还踏着军人的步伐，并且，奇怪极了，一个鼓手拿着战鼓，步履蹒跚地走在队伍前面。我满心恐惧地想起了一个关于士兵的传说。他们白天在战斗中阵亡，夜里又从战场上爬起来，鼓手在前，他们向着故乡列队前进。有首古老的民歌就这样吟咏这个传说：

> 他一阵一阵地把战鼓敲响，
> 他们又在宿营地前出现，
> 走进明亮的弯弯小巷，

> 特拉勒利，特拉勒莱，特拉勒拉，
> 他们走到宝贝的门前。
>
> 黎明时分，他们的尸骨排成队伍，
> 犹如墓碑，一排排，一行行，
> 队伍前头是一面战鼓，
> 特拉勒利，特拉勒莱，特拉勒拉，
> 宝贝会看见他的模样。

的确，这个可怜的法国鼓手仿佛从坟墓里爬了出来，已经腐烂了一半，就像一个矮小的影子套了一袭肮脏不堪、裂成碎片的灰色大氅。蜡黄的脸犹如死尸，两撇浓浓的黑胡髭无精打采地垂在他血色全无的嘴唇上，两只眼睛宛如一对燃烧过的火绒，只剩少许几粒火花闪着微光，但是只要凭着一粒火花，我就认出他是麦歇勒格朗。

他也认出了我，拉我在草地上坐下，于是我们又和从前一样坐着。那时他一面敲鼓，一面教我法文和近代史。还是我极其熟悉的那面旧鼓。在俄国人的贪婪面前他怎么保住了这只鼓，这真使我不胜惊讶。他又和从前一样敲起鼓来，但是击鼓时一言不发。然而，倘若他的嘴唇阴森可怕地紧闭着，那么在他奏起往日的进行曲时，他那发出胜利光芒的眼睛因而说了更多。他又用隆隆的鼓声奏起《红色断头台进行曲》，吓得我们身旁的白桦树浑身战栗。往日的自由战争，往日的历次战役，皇帝的丰功伟绩，他都像从前一样在鼓上奏了出来，就仿佛那面战鼓本身就是一个活人，能把自己内心的欢乐尽情倾诉，便感到无比欢欣。我又听见大炮的轰鸣，子弹的呼啸，激战的喧嚷，我又看见近卫军的敢死精神，看见战旗迎风飞舞，看见皇帝高踞马上——但是渐渐地有一股阴郁的声调悄悄地潜入欢声雷动的鼓声之中。战鼓声中，最狂野的欢呼和最可怕的悲声，阴惨惨地混杂在一起，听上去既像是凯旋进行曲，又像是葬礼进行曲。麦歇勒格朗的眼睛睁得很大，神气可怕。我在他眼里只看见一片广漠无垠、白雪皑皑的冰原，上面尸横遍野——那是莫斯科河畔之战[1]。

我从来没有想到，一面硬邦邦的旧鼓竟能发出这样痛苦的声音，就像麦歇勒格朗现在奏出的鼓声。那是化成阵阵鼓声的眼泪，鼓声越来越轻，深沉的叹息像一阵悲怆的回声，发自麦歇勒格朗的胸中。他越来越虚弱，越来越像鬼，他那瘦骨嶙峋的双手冷得索索直抖，他坐在那里如在梦中，他只用鼓槌轻轻地划动空气，仿佛在侧耳倾听远方的人声，最后他凝视着我，目光深沉，像深渊一样深沉，充满了哀求的神情——我理解他的意思——于是他的头便垂落到鼓上。

麦歇勒格朗这辈子再也没有敲过鼓，他的战鼓再也没有发出过鼓声，它不得为自由的敌人效劳，奴性十足地响起催促战士回营的鼓声。我非常正确地理解了勒格朗最后一瞥哀求的目光，立刻从手杖里拔出剑来，把鼓刺破。

---

[1] 1812年拿破仑进攻俄国，两军在莫斯科河畔激战，双方伤亡惨重。

第十一章

夫人，庄严与可笑之间，仅一步之差！[1]

然而，人生归根结底，严肃到讨厌的地步。如若没有慷慨激昂与滑稽可笑的互相结合，人生简直无法忍受。我们的诗人深知这点。阿里士多芬只在滑稽突梯的哈哈镜里把人类疯狂的最可怕的图像展现在我们眼前；思想家理解到自己乃是一片虚无，这样巨大的痛苦，歌德也只敢在木偶剧的对韵中表达出来；莎士比亚是借小丑之口说出了他对尘世苦恼的最深切的怨诉，而这小丑一面诉苦，一面还战战兢兢地摇着他的尖帽装傻。

他们这一手都是从那伟大的诗人的祖师爷[2]那里学来的。这位老诗人善于把幽默无比巧妙地运用到他那长达千幕的世界悲剧里去，就像我们每天看到的那样：——主角退场之后，跑来一帮小丑和舞女，耍着棍棒，舞着木剑；在血淋淋的革命场面和轰轰烈烈的皇帝连台大戏之后，肥头胖耳的波旁王族又蹒跚而来，嘴里说着他们陈腐变味的俏皮笑话和纤巧正统的双关妙语，旧日的贵族踏着轻快的碎步跑来，风度优雅，脸上挂着饥饿的微笑，后面浩浩荡荡地跟着一群虔诚的戴僧帽的家伙，手里拿着蜡烛十字架和教堂的神幡；——甚至在世界悲剧的最高激情里，也经常会悄悄地渗进去一些喜剧的成分。濒于绝望境地的共和主义者，像勃鲁塔斯[3]似地把

---

1 "庄严与可笑之间，仅一步之差。"这是拿破仑的名言。原文是法文。
2 指的是上帝。
3 勃鲁塔斯，古罗马政治家，共和主义者，恺撒的朋友，因为恺撒独裁，刺死恺撒，后来兵败自杀。

小刀扎进自己的心窝，事先也许还在刀上闻了一闻，看这把刀有没有切过鲱鱼。另外，这宏伟的世界舞台也和我们简陋的戏台相似，台上总有喝得醉醺醺的英雄，忘了扮演自己角色的国王，悬在半空没有更换的布景，提词人比演员声音更响，舞女们靠臀部的功夫博得掌声，华丽的戏装光彩夺目，压倒台上的一切。与此同时，亲爱的天使们坐在天上的楼厅里，举起观剧镜，仔细端详我们这些在人间粉墨登场的演员，亲爱的上帝则神情严肃地坐在他那宽敞的包厢里，也许感到百无聊赖，也许正在暗中盘算，这个剧院维持不了多久，因为有的演员薪水太高，有的演员又收入太少，总的说来，大家全都演得太糟。

　　庄严与可笑之间，仅一步之差！夫人，我正写到前一章的结尾，告诉您麦歇勒格朗如何死去，而我又如何严肃认真地执行了他最后一瞥中所表示的军人的遗嘱[1]，这时有人敲我书斋的房门，一个穷苦的老太婆走进屋来，客气地问我是不是大夫[2]，我说是的，她便十分客气地请我到她家去，帮她丈夫割除鸡眼。

1　"军人的遗嘱"，原文是拉丁文。
2　原文是Doktor，意为大夫或博士。海涅是博士，老太婆则误认他是大夫。

第十二章

德国的书报检查官们……………………………………
……………………………………………………………
……………………………………………………………
……………………………………………………………
……………………………………………………………
………………全是笨蛋………………………………………
……………………………………………………………
……………………………………………………………
……………………………………………………………
……………………………………………………………
…………

第十三章

夫人！在利达丰满的乳房下面，早已潜伏了整个特洛伊战争[1]，我若不跟您先讲一讲古老的天鹅蛋，您永远也无法理解普利安莫斯[2]著名的眼泪。所以请您不要怪我离题万里。前面各章没有一行不是紧扣主题的。我写得压缩凝练，可有可无的闲笔一概免去，甚至必要的内容也往往被我忽略，譬如我还从来没有好好地引经据典过呢——我指的不是引用博学之才，相反，我指的是引证作家——旁征博引古籍新书，乃是青年作家的主要享乐，摘引若干内容精辟的句子使整个人都焕然一新。夫人，您千万别以为我不熟悉书名。我还深知某些聪明人的手法。他们善于从小面包里啄出几粒葡萄干，从笔记本里找出几句摘录，而且我对内情也了如指掌，必要时，我可以向博学的朋友借贷一批摘录。我在柏林的朋友G君[3]拥有大批可供引用的妙句，堪称这方面的小罗特西尔特[4]，一定乐于借几百万给我。倘若自己手头没有这个头寸，也可以轻而易举地从其他世界主义的精神银行家那儿去凑足这个数目——啊嚯，夫人，三分

---

[1] 根据希腊神话，特洛伊王子拐走了海伦娜，于是引起特洛伊战争。而海伦娜是天神宙斯和利达生下的女儿。
[2] 特洛伊国王普利安莫斯因为儿子在战场上被杀痛哭流涕。参看《伊利亚特》第24章第509行以下的诗句。
[3] G君乃海涅的朋友埃杜阿特·冈斯。
[4] 罗特西尔特，银行家，百万富翁。

利的波克[1]销路不好，五分利的黑格尔[2]行情看涨——但是我现在还用不着借贷度日，敝人的景况颇为富裕，每年可有一万摘录的花销。我甚至都发明了一种方法，以假乱真，把假摘录用出去。倘若哪位家资万贯的伟大学者，譬如说米哈依尔·白尔[3]想要向我买下这个秘密，我愿意以一万九千个通用塔勒出让，这个价钱还可以商量。我的另外一项发明，为了文学的昌盛，我不愿保密，我愿在此免费公之于众：

引用一切蹩脚作家，要把他们的门牌号码一同捎上。我认为这个方法值得推荐。

在《崩斯·德·莱翁》[4]这出戏里，是这样称呼那个乐队的：这些"好人和坏音乐家"。这些蹩脚作家的小书早已湮没无闻，可是他们总还保留着一本样本吧。为了觅得这样的样本，就非知道这些作家的门牌号码不可。譬如我若想引用斯皮塔写的《手工业学徒的小歌本》一书[5]——我的亲爱的夫人，您打算到哪儿去找呢？我要是这样引证：

"请参阅《手工业学徒的小歌本》，P.斯皮塔著，吕内堡，吕纳尔大街二号，右面拐角处"——

夫人，这样，您就能觅到那本小书，只要您认为值得花这份精力去找，不过它并不值得。

---

1 波克兄弟，兄名克里斯蒂安（1777—1855），政治家；弟名奥古斯特（1785—1867），语言学家，海德堡大学教授，研究古希腊文和神话，海涅把他和黑格尔都比作股票。
2 黑格尔（1770—1831），德国古典哲学家。
3 米哈依尔·白尔（1800—1883）诗人。
4 浪漫派作家克莱门斯·布伦塔诺的喜剧。这里提到的这一段见该剧第5幕第2场。
5 指菲利普·斯皮塔著的《手工业工人的爱情小歌本》一书，此书发表于1824年。

话说回来,夫人,您完全想不到,我会多么轻而易举地引经据典。我到处都能找到机会兜售我深奥的学问。譬如说讲到吃饭,我就加个脚注,说明罗马人、希腊人和希伯来人同样也曾经吃过饭,我把卢库路斯[1]的厨娘所做的全部佳肴美食引证一遍——真倒霉,我晚生了一千五百年!——我也说明,希腊人把聚餐叫做这个那个,而斯巴达人老喝劣等的黑汤——总算还好,我那时还没出世。我简直想象不出,除了让我这可怜人去做斯巴达人之外,天下还有什么更加可怕的事情,我最爱吃的莫过于汤了。——夫人,我想在不久的将来到伦敦去;可是据说在那儿喝不到汤,倘若此话属实,那么过不多久,相思病又会重新把我驱回祖国的肉汁汤锅旁边。关于古代希伯来人的吃饭问题,我可以大讲一通,并且从古到今一直谈到现代犹太人的烹饪法。——乘此机会,我将把斯泰因魏格街[2]从头到尾引证一遍——我也可以举例说明,许多柏林的学者[3]对犹太人吃饭问题的论述是多么富有人道精神。接着我便谈到犹太人其他的优点和长处,谈到多亏犹太人才创造出来的那些发明,譬如借据、基督教——但是,且慢!关于基督教我们不想对犹太人估价过高,因为实际上我们自己对它还用得很少——

我想,犹太人发明基督教获益不多,远不如发明借据来得有利。谈到犹太人,我又可以引证塔西图斯[4]——他说,犹太人在庙里供奉驴子——谈到驴,为我打开了多么广阔的旁征博引的天地啊!

---

1 卢库路斯(公元前117—前57),古罗马的司令官,以奢侈著称于世,卢库路斯的宴席已成极为奢华的盛宴的同义词。
2 汉堡的一条大街,街上有许多犹太餐馆。
3 估计海涅在此主要是影射历史学家史里斯蒂安·吕斯,他在许多排犹主义的文章里,反对犹太人想要取得德国公民权的要求。
4 塔西图斯(即塔西佗)(50—116),罗马历史学家,著有《日耳曼志》。

有多少稀奇古怪的事情可供援引以说明古代之驴和现代的驴迥乎不同。前者是多么聪慧明理,唉!后者又是多么愚鲁蠢笨。譬如皮勒安的驴说起话来多么明白事理。

请参看:《旧约全书》中《申命记》[1]

夫人,这本书现在不在我手边,我空开一行留待填充。相反,关于现代驴子的荒诞无稽,我引证:

请参阅:

啊不,这段我也空着,不然人家为了羞辱我也会同样引用我。近代的驴都是伟大的驴。古代之驴拥有高度文化。

请参看:《论驴子往日的威望》[2],格斯纳利著,哥丁根王家科学协会文集,第2卷第32页。它们听人这样谈论它们的后代,躺在坟墓里定然难以安寝。从前"驴子"乃是尊称——差不多相当于现在的"枢密顾问","男爵大人","哲学博士"。——雅可伯把他的儿子侬沙夏尔比作驴[3],荷马用驴来比拟他的英雄阿雅克斯[4],而现在大家却把驴和封xx先生[5]相提并论!夫人,谈到这些驴子,我可以深入钻研文学史,把一切曾经恋爱过的伟人逐一引证。譬如阿伯拉图姆,皮库姆·米朗图拉鲁姆,波波尼乌姆,卡提西乌姆,安格鲁姆·波利提阿鲁姆,拉蒙度姆·路卢姆和亨利库姆·海涅乌

---

1 这里说的是《旧约全书》中《申命记》,其实指的是《旧约全书》中的一个故事,见《民数记》第22章第21节。故事说先知巴兰几次途遇天使,没有看见,只有他胯下的母驴认出了天使,它口吐人言来引起先知的注意。
2 书名原文是拉丁文。
3 参看《旧约全书》中《创世记》第49章第14节。
4 参看《伊里亚特》(荷马史诗)第11章,第558行诗句以下。
5 德国贵族的姓都有一个"封"字,海涅在此影射贵族为蠢驴。

姆[1]。而谈到爱情，我又可以引证一切从未抽过烟的伟人，譬如西塞罗[2]，尤斯提尼安[3]，歌德，雨果和鄙人——碰巧我们五个人都多多少少算是法学家。马比隆[4]连别人烟斗的烟味也受不了，在他的著作《日耳曼游记》里，他对德国的旅馆发出怨言："因为连味道难闻的烟草的恶臭也叫他讨厌。"[5]相反，有的伟人据说对烟草有所偏爱。拉斐尔·道里乌斯[6]曾经写过一首颂歌赞美烟草——夫人，您也许还不知道，依萨克·厄尔色维里乌斯[7]于1628年在莱登以四开本刊印了这首诗——鲁道维库斯·清旭特还为该书写了一篇韵文的序言。格拉哀维乌斯甚至写了一首十四行诗赞美烟草。伟大的波克斯荷尼乌斯也爱烟草。拜尔在他的著作《历史批评字典》[8]里讲到他。据说伟大的波克斯荷尼乌斯抽烟时，总戴一顶大帽子，帽沿上有个窟窿，他常把烟斗插在那个窟窿里，免得烟斗妨碍他研究学问——啊嚯，提到伟大的波克斯荷尼乌斯，我又可以引证一切被

---

1 海涅在此作文字游戏，把德国人的姓名全都加上拉丁文词尾，以示"典雅"。阿伯拉图姆即阿伯拉德（1079—1142），哲学家、神学家。皮库姆·米朗图拉鲁姆即皮阿·德拉·米朗多拉（1463—1494），意大利人文主义者、哲学家。波波尼乌姆，及卡提西乌姆，不详。安格鲁姆·波利提阿鲁姆即安杰罗·波利齐阿诺（1454—1494），意大利人文主义者，诗人。拉蒙度姆·路卢姆即拉蒙度斯·路卢斯（1232—1316），西班牙诗人。亨利库姆·海涅乌姆即本书作者亨利希·海涅。
2 西塞罗（公元前106—前43），古罗马最著名的演说家、政治家。
3 尤斯提尼安（527—565），拜占庭皇帝，著名的尤斯提尼安法典即奉他之命编写成的。
4 海涅在此影射让·马比隆在他的作品《意大利游记》中的一句话，这部游记收集在他全集的第4卷里。
5 原话是拉丁文。
6 拉斐尔·道里乌斯的《烟草颂歌》发表于1626年。
7 厄尔色维尔家族乃17世纪荷兰著名的书商世家。
8 书名原是拉丁文。庇耶尔·拜尔的主要作品《历史批评字典》发表于1695—1697年。这里讲的逸事见该书第四卷第571页。

人逼入困境、而后逃之夭夭的伟大学者。我所指的只是约翰·乔治·玛尔提乌斯[1]写的《论学者的逃亡等等，等等》。纵览历史，夫人，我们就会发现，所有的伟人平生总要逃亡一次：——洛特，塔尔齐尼乌斯[2]，摩西[3]，周比特[4]，斯达尔夫人[5]，尼布甲尼撒[6]，班约夫斯基[7]，穆罕默德，整个普鲁士大军，格里高里七世[8]，依萨克·阿巴巴纳法师[9]，卢梭[10]——我还可以列举许多名字，譬如写在交易所黑板上的那些鼎鼎大名。

您看，夫人，我做学问也相当彻底，颇有深度。单靠脉络清楚、条理分明还不行。作为真正的德国人我在本书一开头就应该阐明书名。这是神圣罗马帝国的传统。诚然，菲迪亚斯[11]在他的周比特身上并没写什么序言，在梅迪契的维纳斯[12]身上也同样找不到任何摘引，我把维纳斯像前后左右都仔细观察了一遍——但是古希腊人是希腊人，而我辈却是老老实实的德国人，不能完全否定德国人的天性，所以我必须补叙一下我这本书的书名。

---

1 玛尔提乌斯，不详；书名原是拉丁文。
2 塔尔齐尼乌斯·苏佩尔布斯（公元前534—前510），根据罗马传说，是罗马最后一个皇帝，因为执行专制暴政于公元前510年被驱逐。
3 摩西，犹太先知，《旧约全书》中人物，公元前1250年率犹太人逃出埃及。
4 周比特，即希腊神话中的天神，罗马神话中为宙斯。
5 斯达尔夫人（1766—1817），法国女作家，著有《论德意志》，介绍德国文学，1792年9月逃往瑞士。
6 尼布甲尼撒（公元前605—前562），古代巴比伦国王。
7 莫利茨·奥古斯特·封·班约夫斯基伯爵宁1771年逃出西伯利亚流放地。
8 格里高里七世，教皇，因与德意志皇帝亨利四世争执，从罗马逃往萨莱尔诺。
9 犹太学者，先受阿拉贡尼亚国王恩宠，1482年逃往卡斯提利安，1492年被逐出西班牙。
10 卢梭（1712—1778），伟大的民主主义思想家，瑞士人。
11 菲迪亚斯（公元前500—前438），著名的希腊雕刻家，周比特像为其杰作。
12 著名的维纳斯雕像。

夫人，我是想谈：

I. 关于思想

　A 一般论述思想

　　a 论合乎情理的思想

　　b 论不合情理的思想

　　　α 论常见的思想

　　　β 论蒙了绿皮的思想

这些思想又将分门别类——但是这些下文自会谈到。

第十四章

夫人,您对思想可有什么想法?思想(想法、心思、念头)究竟是什么?"这件上装做得心思真巧,"我的裁缝仔细端详我的上装,认真地表示赞赏。这件上装还是我在柏林度过的时髦年代添置的,现在只能改成一件规规矩矩的睡衣。我的洗衣妇埋怨 S. 牧师[1]把一些古怪的念头灌输到她女儿的脑子里,使她傻头傻脑,从此失去理性。马车夫巴腾逊一有机会就喃喃自语:"这想法不错,这想法不错。"昨天我问他,他想象中的想法、思想究竟是什么。这下可把他惹恼了。他厌烦地咕噜道:"想法、思想就是思想,思想是人想出来的一切蠢话。"哥丁根的宫廷顾问赫伦[2]用"思想"一词作为书名,就是采用的这个词义。

马车夫巴腾逊这样的人,能在辽阔无边、夜雾迷漫的吕内堡荒原上找到道路;宫廷顾问赫伦这样的人同样凭着聪明的本能找到了古代东方的骆驼队行走的道路,多年来在那儿稳健而耐心地漫游着,犹如一匹古代的骆驼。对这样的人,尽可放心,安全可以心里踏实地追随他们,所以我这本书也用"思想"作为书名。

因此,本书的书名也和作者的头衔一样无足轻重。作者并非出于学者的傲气而选用这个书名。这个书名也绝不应该解释成作者虚

---

[1] 在本书法文本第 2 版,S. 牧师改为斯特劳赫。
[2] 影射赫伦(1760—1842)的著作《关于古代世界最高贵的民族的政治、相互交往,和彼此通商的思想》。此书发表于 1793—1796 年。1824 年此书出第 4 版。作者为哥丁根大学教授、历史学家。

荣心盛。请您接受我这最悲伤的保证,夫人,我并不虚荣。您会发现,我这样说颇有必要。我并不虚荣——即使有茂密的月桂组成的树林长在我的头上,缭绕的香烟汇成的大海浇进我年轻的心里——我也绝不会有虚荣心。我的朋友们和其他同地方人同时代人都已经殚精竭虑,不让我染上虚荣的毛病。您知道,夫人,有些老太婆见到大家赞美她们抚养的孩子容貌出众,总要对这些孩子稍稍贬抑一番,免得溢美之词毁了这些可爱的小东西。您知道,夫人,当年罗马凯旋的将军,荣耀地戴着花冠,披着紫袍,乘坐马拉的金车,从康波·马蒂[1]驰来,犹如一尊天神,高踞于执行吏、音乐师、舞蹈家、祭师、奴隶、大象、抬战利品的挑夫、行政长官、元老和士兵等人组成的浩浩荡荡的庆祝行列之上,而贱民却跟在后面唱起各式各样的讽刺歌曲——您也知道,夫人,在可爱的德国,老太婆很多,贱民也不少。

如前所述,夫人,这儿谈到的思想和柏拉图的思想中间的距离,就跟雅典和哥丁根之间的距离一样。您对本书和本书作者都不该抱很大的期望。真的,作者过去怎么会引起人们的期望,这事对我自己和我的朋友,同样不可思议。朱丽伯爵夫人想对此事进行解释,她说,倘若上述作者有时确实说了些聪明绝顶、新颖别致的话,那么他这纯粹是在装假,总的说来,他和别人一样愚蠢。这话说得不对。我丝毫也不装假,我心直口快,怎么想怎么说。我写文章,天真无邪、毫无杂念,想到什么就写什么。倘若真的写了什么聪明话,这可不是我的过错。但是我从事写作比买阿尔多纳彩票更加走运——我却希望倒过来才好——我有时妙笔生花,写出动人心弦、感人肺腑的作品,就像鸿运高照中了头奖一样,这都是上帝的手笔;他老人家

---

[1] 康波·马蒂即战神广场。古罗马凯旋的将军班师回京,总由欢迎的队伍簇拥着从战神广场走向卡彼托城堡。

拒绝把一切优美的思想和文学的荣誉赐给虔诚已极的歌唱上帝的歌手和宣传宗教的诗人，免得他们受到尘世同类的过分赞扬，因而忘记了天国，天使早已为他们在那里安排了寓所：——而我们另外这些人全是世俗、有罪的作家，信奉异端，天国的大门对我们可说是关得死死的。正因为如此，他老人家就把卓越的思想和人类的荣誉恩赐给我们，这全然是出于上帝的恩典和仁慈。这些可怜的家伙既然已经创造出来，也别让他们白活一场。天上的欢乐他们既然没份，至少让他们在人间也能尝一口这种欢乐的滋味。

请参看：歌德和短篇宗教论文的作者们[1]。

那么您看，夫人，您应该读一读我的作品，这些文章证实了上帝的恩典和仁慈。我是全然凭着对上帝的全能所抱的盲目信任在从事写作，在这点上，我可是一个真正信奉基督的作家。按照古比兹的说法，我动手写这一段的时候，还不知道怎么把它结束，也不知道我究竟该写些什么。我把这一切全都托付给亲爱的上帝。倘若没有这份虔诚的信心，我又怎么能写作呢？朗霍夫印刷所的小伙计此刻就站在我的屋里，等着我的手稿，刚刚出笼的文字便热烘烘湿漉漉地拿去付印，我此时此刻的思想、感受明天中午就会变成废纸。

您提醒我别忘了贺拉斯[2]说的"应该把作品藏上九年"[3]的法则，夫人，您说说倒很容易。这个法则和许多类似的法则一样，在理论上也许堪称优秀卓越，但在实践中却毫无用处。贺拉斯当年把这著名的法则交给作家，叫他把作品在书桌里放上九年，与此同时他也

---

1 海涅在此影射正统的神学家们对歌德进行的攻击。这些人主要聚集在冒牌的《漫游时代》的作者普斯特库亨身边。
2 贺拉斯（前65—前8），古罗马诗人，为当时豪富梅切那斯家的座上客。梅切那斯为罗马皇帝奥古斯图斯的朋友，帮助过贺拉斯、维吉尔等诗人，因此梅切那斯一词就成了文艺赞助者的同义词。
3 原文是拉丁文。

应该给那位作家一道丹方：怎么能空着肚子活上九年。贺拉斯想出这条法则时，也许正坐在梅切那斯的筵席上，吃着浸松露的吐绶鸡，野鸡肉布丁，兽味沙司，云雀肋骨加上台尔陶尔胡萝卜，孔雀舌头，印第安燕窝，上帝知道，都还有些什么。所有这些珍馐美味全都免费供应。但是我们这些不幸的家伙出世太晚，生逢另外一个时代。我们的梅切那斯们遵守完全不同的原则。他们认为，作家犹如山楂，得让他们在稻草上躺些时候才会茁壮成长。他们认为，猎犬喂得太肥，就不适宜于猎取形象、捕捉思想。唉！倘若他们有时喂了一头可怜的狗，准是头最不配吃残渣剩饭的狗，譬如说，专门舐人家手的獾，或者是头波洛聂小狗，只会贴在女主人香喷喷的膝间，或者是那种很有耐心的獒犬，学过谋生的本领，既会去拣猎获物，又会跳舞打鼓。——写到这里，我的小哈巴狗站在我的身后汪汪直叫——别作声，朋友，我指的不是你，因为你爱我，在困厄危难之际你也不离你主人的左右，并将死在他的坟上。你像别的德国狗那样忠贞，被赶到异国他乡，却躺在德国的大门前忍饥挨饿，哀哀悲泣。——请您原谅，夫人，刚才为了公正褒扬我那可怜的小狗，我离题扯远了。现在回过头来再谈谈贺拉斯的法则。这个法则在19世纪很不适用。这年头，诗人是不能缺少缪斯的资助的。平心而论[1]，夫人！不吃东西，我连二十四小时也顶不住，更别说九年了。我的肚子不大懂得什么叫永垂不朽。我考虑过了，情愿只获得一半不朽，但要把肚子吃得全饱。伏尔泰宁愿牺牲身后三百年的荣誉以换取很好消化食物的能力，我却愿意献出身后六百年的荣誉以求得食物本身。唉，这世界上吃的东西多么美妙，多么可口！哲学家邦葛罗斯[2]说得对：

---

1 原文是法文。
2 邦葛罗斯，伏尔泰的作品《老实人或乐观主义》一书中的人物。他代表莱布尼茨的观点，认为这个世界是一切可以想象的世界中最好的世界。

这是个绝妙的世界！但是在这绝妙的世界上非有钱不可，口袋里有钱而不是书桌里有手稿。"英国国王"饭店的老板马尔先生自己也是作家，也知道贺拉斯的法则，但是我若想奉行这个法则，我不信他会让我白吃九年。

话说到底，我又干吗非奉行它不可呢？我有那么多美妙的素材可写，根本不必费那么大的劲。只要我心里充满爱情，旁人的脑袋充满愚蠢，我就永远也不会缺少写作资料。只要世界上有女人，我心里就永远会有爱情。我的心要是为这个女人冷却下来，又会为另一个女人熊熊燃烧。就像在法国，国王永远不死，在我心里，女王也不死长生，这叫做：女王驾崩，女王万岁！[1]同样，我身边那些人的愚蠢也永远不会死灭。因为聪明只有一种，又有一定的限度；然而愚蠢却有上千种之多，而且难以估量。学识渊博的诡辩家和牧师舒普[2]甚至说："世界上，傻瓜比人多。"

请参看：《富有教益的文集》，舒普著，第1121页。

想到伟大的舒比乌斯[3]家住汉堡，就会觉得，这统计数字毫不夸张。我现在也寓居汉堡，一想到我在这里看到的傻瓜，全都可以用在我的作品里，我可以说，心里非常舒服。他们是现成的稿费，都是现钱。我现在完全置身安乐之中。上帝祝福我，今年傻瓜长势特好。我会过日子，自己只消费很小一部分，而把最肥硕的挑选出来，留待将来再用。人家常常看见我在散步，看见我快快活活，兴高采烈。我在人堆里走来走去，活像一个富商，在货栈的木箱木桶、大包小捆之间转来转去，连连搓手，心满意足。你们都是我的！你们对我

---

1 原文是法文。
2 巴尔塔萨·舒普曾在他的《富有教益的文集》里对17世纪作了许多讽刺的描述。
3 舒比乌斯即舒普的拉丁化。

来说都同样宝贵。我爱你们,就像你们自己爱你们的钱。这就很说明问题。我最近听见我这帮人里面有个人担心地说,他不知道,我以后靠什么过日子,我真忍俊不禁。——可他自己就是个上等的傻瓜,单单靠他一个人,我就满可以生活,就像我拥有一笔资本。有些傻瓜对我来说,不仅仅是一笔笔现钱。我用他们写作,可能得来现金作为稿酬。这些现款我已确定作某项用途。譬如说,我将用某一个富有弹性、肥头胖脑的百万富翁大傻瓜购置一把富有弹性的椅子,法国女人管这椅子叫"马桶"[1]。我用这位百万富翁家的肥头胖脑的傻娘子去购买一匹马。我一看见这个胖子——一匹骆驼进入天堂比此人穿过针眼更容易[2]——我一看见此人在散步道上蹒跚走来,心里便产生异样的感觉。虽然我们素不相识,我却不由自主地向他致意,他也非常客气、非常殷勤地向我回礼,使我当时立刻就想动用他的好意,但是因为当时有许多衣冠楚楚的男女从旁走过,我终于陷入窘境。他的太太长得也挺不错——虽说只有一只眼睛,但是唯其是只独眼,因而显得更绿。她的鼻子犹如高塔冲向大马士革[3],她的胸脯犹如大海辽阔宽广,各式各样的丝带在胸上迎风飘扬,就像万国旗悬挂在驰入这大海胸脯的航船之上——只要看上一眼,就会头昏晕船——她的脖子也长得挺美,又肥又圆,宛如——那相似之物在她身体的下方——有张紫罗兰色的帷幔遮盖着这相似之物,一定有成千上万个蚕儿在上面吐尽柔丝,终止残生。您瞧,夫人,我买了一匹何等出众的骏马!我若在散步道上遇见这位太太,顿时心花怒放,就仿佛我已能腾空飞跃。我挥动马鞭,弹响手指,鼓动舌头,两腿做着各式各样的骑行动作——嚯普!嚯普!——布尔!

---

1 原文是法文。
2 《圣经》中说:"富人进入天国比骆驼穿过针眼更难。"海涅在此故意误引,既与《圣经》开玩笑也形容当之胖惊人。
3 这个譬喻取自《旧约全书》中《雅歌》里第7章第4节。

布尔！这位可爱的太太这样一往情深、脉脉含情地望着我，她用眼睛萧萧嘶鸣，张开鼻孔，扭动臀部卖弄风情。她腾空跳跃，忽然小步短跑。——于是我叉着双臂站着，心情愉快地望着她的背影，暗自思忖，骑这匹马该用木嚼子还是铁嚼子，该给她配个英国马鞍还是波兰马鞍——等等。人们看见我站在那里，不明白这女人身上什么东西这样吸引我。搬弄是非的尖嘴薄舌想使她的夫君心神不安，暗示我似乎是用淫棍的眼神在打量他的妻室。但是我的正直的软皮马桶据说已经作了回答，他认为我是一个天真无邪，甚至有点腼腆羞涩的青年，我局促不安地端详着他，就像一个人感到有进一步结交的需要却又因脸红害臊而迟疑不前。相反，我那匹高贵的骏马却认为，我有一种自由自在、无拘无束的骑士性格。我的殷勤礼貌只意味着我想让他们请我去吃顿午饭。

您瞧，夫人，所有的人我都能用上，通讯录其实就是我的财产清单。因此我也绝不会破产，连我的债主我也能让他们变成我的财源。此外，已如前述，我日子过得的确非常节省，节省到该死的地步。譬如在写这段的时候，我坐在昏黑街一间阴暗寒碜的陋室里——可是我很乐于忍受清贫。只要我愿意，我也完全可以像我的朋友和我的亲人那样，坐在美景如画的花园里。我只消把我的那些喝烧酒的下等当事人变成现款，就能如愿以偿。夫人，这些人全是落魄潦倒的剃头的、说媒拉纤的、自己无饭吃的饭店老板和形形色色的流氓无赖。他们知道我的住处，给点酒钱就把他们那一带的秘史丑闻都说给我听。——夫人，您感到惊讶，为什么我不把这些家伙统统撵出门去？——您想到哪儿去了，夫人！这些人都是我的花朵。我要在一本美丽的书里把他们描写一番，然后用这本书的稿费去买一座花园。于是他们那一张张红颜绿色、五彩斑驳的面孔就出现在我的面前，宛如这座花园里的群芳竞艳。倘若外人的鼻子声称，这些花朵尽发出茴香、烟草、干酪和罪恶的恶臭，这又跟我有什么相干！

我自己的鼻子、我脑袋的烟囱——幻想作为扫烟囱的人在里面爬上爬下——说的完全相反,它在那些人身上尽闻到玫瑰花、迎春花、紫罗兰、石楠花的芳香。——啊,我将多么舒适安逸地一大清早坐在我的花园里,倾听鸟儿歌唱,在明媚的阳光照射下暖和身子,饱吸芳草绿叶的清新气息,观赏百花的芳姿,回想回想那些老流氓无赖!

但是暂时我还坐在昏黑街我那阴暗寒碜的陋室里,满足于把全国最大的蒙昧主义者吊死在屋子当中。"这样,您是否看得更清楚了一些?"[1]这很显然,夫人——您可别误会,我不是吊那个人,只是吊那盏水晶灯。我将用他写文章,得来的稿费就为我自己购置这盏灯。但是我想,如果把所有的蒙昧主义者统统吊死,岂不更好,这样突然之间全国就会大放光明。倘若不能吊死这些人,那就得给他们打上烙印。我又在打比方,我是象征性地把烙印打在他们身上。当然封·魏斯[2]先生——他洁白无瑕,宛如一朵百合——听信传闻,说我在柏林讲过他确实给打上过烙印。这个傻瓜因而让官厅进行检查,并让官厅开出书面证明,证明他背上并未印上文章。他把这个盖了纹章的否认证书当做证明,以为凭着这张证书他就可以进入上流社会。结果人家还是把他撵了出来,这使他诧异已极,现在咬牙切齿厉声痛骂我这可怜虫,只要找到我,就想用上了膛的手枪把我打死。——您以为,夫人,我会怎么对待他?夫人,我用这个傻瓜,也就是说,我用他写作,得来稿费,为自己买一桶上好的吕德海姆莱茵酒。我提起这事,是免得让你认为,我要是在马路上遇见封·魏

---

1 此句原文是法文。
2 估计指的是那个"漆黑的,还没有绞死的经纪人"约瑟夫·弗里特兰德尔,海涅在《哈尔茨山游记》里也攻击过他。参看《哈尔茨山游记》,及海涅1826年10月14日致摩色尔的信。

斯先生,我就异常高兴,这可不是幸灾乐祸。说真的,夫人,我在他身上只看到我的可爱的吕德海姆酒。我一看见他,便心情舒畅欢快,我不由自主地哼起歌来:"在莱茵、在莱茵、那儿长着我们的葡萄藤[1]","这幅肖像美得迷人[2]","啊,白衣的女郎[3]——"可是我的吕德海姆酒看上去非常酸涩,人们会以为,里面全是毒液和胆汁——但是,我向您保证,夫人,这可是真货,尽管没打上纹章的烙印,识货的人还是深知它的价值。我将非常愉快地打开这个小酒桶,要是酒气太冲,会以危险的方式爆裂,就得让官厅给它箍上几道铁环。

所以您看,夫人,您不必为我担心。我能够心平气和地观看这世间万物。我主祝福我,赐给我尘世的财富。虽说他并没有让葡萄酒很方便地流进我的酒窖,他毕竟允许我在他的葡萄园里工作。我只消把葡萄拣来,压榨一下,装进桶里,我便获得了清澈澄净的上帝的赠品。虽说那些傻瓜并不是烤熟了飞进我的嘴巴,通常总是毫不加工、淡而无味地向我迎面走来,可我知道把它们放在铁叉上缓缓转动,文火煨烤,撒上胡椒——直到烤熟可口为止。我若举行一次盛宴,夫人,您定会感到高兴。夫人,您准会对我的烹调大加赞扬。您准会承认,我会像当年伟大的阿哈斯维罗斯[4]那样,非常豪华地款待我的总督们。阿哈斯维罗斯是个国王,拥有从印度直到摩尔人那里的一百二十七个省份。我要把几百头作为祭献的傻瓜全都宰掉。那个伟大的哲学家[5],就像周比特当年化身为一头牛去追求欧罗巴。

---

1 马提阿斯·克劳迪乌斯的《莱茵歌》。
2 莫扎特的《魔笛》。
3 波伊埃尔迪乌斯(Boieldieus)的歌剧《白衣女郎》。
4 海涅在此几乎逐字逐句地援引《旧约全书》中《以斯帖记》第1章第1节中的描写。
5 可能指的是谢林,尽管海涅对这位哲学家的反动哲学所进行的真正的攻击到海涅寓居慕尼黑以后才开始。

他向我们提供烤牛肉。一位悲哀的悲剧诗人[1]在那意味着可悲的波斯帝国的台上,让我们看见了一个悲哀的亚历山大——亚里士多德可并未参加这位亚历山大的教育[2]——这位诗人为我的筵席提供了一个极为出色的猪头。这个猪头照例酸溜溜、甜丝丝地微笑着,嘴里衔着一片柠檬,深谙艺术的厨娘用月桂的叶子把它覆盖:歌唱珊瑚唇、天鹅颈、起伏的小雪山、小心肝、小腿肚、小蜜蜜丽、小吻、小陪审官的那位歌手,也就是 H. 克劳伦[3],或者像弗里特里希大街上尾随在他身后的那些温柔的母狗所称呼的:"克劳伦老头!咱们的克劳伦!"这位货真价实的诗人每年生产一批袖珍小妓院[4],他就凭着小妓院里一个爱偷嘴的丫头的幻想,把描写得那样美味可口的菜肴提供给我们,另外还给我们一小碗特制的羊芹菜[5],"吃了以后,春心荡漾!"——一位聪明干瘪的宫廷贵妇,身上只有脑袋还过得去,向我们提供了一道同样的菜肴,那就是芦笋。当然哥丁根的香肠、汉堡的熏肉、波美尼亚的鹅胸、牛舌、蒸小牛脑、牛唇、干鲟鱼、各式各样的肉冻、柏林的煎饼、维也纳的蛋糕、蜜饯都不会缺少。

  夫人,我这么一味空想,已经撑坏了肚子!这样大吃大喝,见鬼去吧!这么多东西,我可受不了。我的消化能力很弱。猪头对我所起的作用就像对其他德国公众所起的作用一样——我得紧接着吃

---

1 指弗里特里希·余希特里茨,他的悲剧《亚历山大和大流士》于1826年3月10日在柏林上演。
2 亚里士多德本是亚历山大大帝的老师。
3 克劳伦乃卡尔·高特利普·萨姆埃尔·荷埃姆的笔名。香艳小说的作家,以短篇小说《蜜蜜丽》最受欢迎。
4 袖珍小妓院指的是克劳伦的短篇小说多卷集,出版于1820—1828年。
5 海涅把克劳伦的作品比作羊芹菜,一种春药。

盘维利巴尔特·阿列克西斯[1]凉拌菜来清清肠胃——啊,这不幸的猪头和那更不幸的肉汁,既不是希腊味道,也不是波斯味道,而像掺了绿肥皂的茶的味道。——你们去给我把我那肥头胖脑的百万富翁大傻瓜喊来!

---

[1] 维利巴尔特·阿列克西斯乃作家武廉·赫林(Häring)的笔名,赫林与鲱鱼(Hering)谐音,与腌鲱鱼合拌的生菜就变成了维利巴尔特·阿列克西斯凉拌菜了。

第十五章

夫人,我在您秀丽的额上看到一片不悦的轻云。您似乎想问,我这样烹调傻瓜,把他们戳在铁叉上,切成碎片,放在油锅里煎,有些傻瓜干脆宰了放在那里,也不去食用,听凭爱开玩笑之徒的伶牙俐齿来收拾它们。与此同时,孤儿寡妇在一旁抢地呼天哀哀痛哭——我这样做是不是对。

夫人,这是打仗![1]现在我要跟您把整个谜语解去:我自己虽说并不属于有理性者之列,但是我参加了他们这一派。五千五百八十八年[2]以来,我们一直在和傻瓜作战。傻瓜们认为,我们损害了他们,他们声称,世界上理性只备一定分量,而这点理性,上帝知道这是怎么搞的!全被有理性的人所霸占。一个人往往抢去那么多理性,而让周围的同胞和全国都变得愚昧无知,真是可恶之极。这就是这场战争的秘密原因,这是一场真正的歼灭战。有理性的人照例总是显得最镇静、最温和、最有理性。他们在古老的亚里士多德的作品里安营扎寨,深沟高垒,他们有很多大炮,也有足够的弹药,因为他们自己发明了火药。他们不时向敌人投去杀伤力很大的炸弹,可惜敌人实在人数太多,喊声震天,每天犯下屡屡暴行;因为实际上每件蠢事对有理性的人来说都是暴行。他们的战略往往狡猾异常。这支大军的几位首领总是避免承认这次战争的秘

---

1 原文是法文。
2 根据犹太纪年法,上帝创世之年为公元前3761年。《游记》第2卷出版为1827年,正好为开天辟地以下第5588年。

密原因。他们听说有个著名人物虚伪透顶，此人在虚伪方面的造诣达到登峰造极的地步，最后甚至写出了假回忆录。此人就是福谢[1]。他曾经说过：说话是为了隐藏我们的思想[2]。于是这些首领便制造出连篇废话，以掩饰他们根本毫无思想的事实。他们发表冗长的演说，撰写奇厚的书本。人们听见他们说话，他们便赞美理性，称之为思想的造福人寰的源泉。人家看见他们，他们便研究数学、逻辑学、统计学，去改良机器，影响市民意识，从事厩内饲养等等——就像猴子越想装得像人，便越显得可笑，这些傻瓜也是如此，越是装出有理性的样子，便越发可笑。这支大军的另外一些首领比较坦白，他们承认自己得到的理性甚少，说不定一无所有，但是他们情不自禁地向人保证，理性其实酸涩不堪，归根到底，不大值钱。这话也许不假，但是不幸的是，他们没有那么多必要的理性来证明这点。于是他们便采用一切救急的办法，在自己身上发现新的力量，公开宣称，这些力量也和理性一样有效，必要时甚至更加有效，譬如感情、信仰、灵感等等。他们用这种理性代用品，用这种甜菜理性[3]来自我安慰。他们特别恨我这可怜虫。他们说，我论出生原是他们当中的一员，我是个叛徒，扯断了最神圣的纽带，是个变节分子。我现在甚至是个奸细，在悄悄地探听傻瓜们在一起干些什么，以便我的新伙伴今后把他们讪笑嘲弄。我傻到这般地步，竟然都没看出，我的新伙伴们同时也在嘲弄我，他们从来也没有把我当做自己人——这些傻瓜说得完全有理。

---

1 约瑟夫·福谢（1759—1820），为拿破仑的警察大臣，十分奸猾狡诈。1824年发表的福谢的《墓中回忆录》被福谢的儿子们认为是不真实的。据说是历史学家阿尔封斯·德·波香根据真实的记载撰写的。
2 这句话并不是福谢说的。原文是法文。
3 甜菜是代替甘蔗制糖的原料，是甘蔗的代用品，甜菜理性即理性的代用品，并非真正的理性。

的确,这些人并没有把我当做他们自己人,这一点不假。他们常常暗中耻笑我。这点我知道得非常清楚。但是我不动声色。我的心灵深处在流血。四顾无人时,我为此伤心流泪。我很明白,我的地位很不自然。我的所作所为,对于有理性的人来说是傻事,而对傻瓜来说则是暴行。这些傻瓜恨我,我体会到下述格言所含的真理:"石头重,沙子沉,傻瓜的愤怒更比石、沙重几分。"[1]他们恨我并不是完全没有道理。我扯断了最神圣的纽带,这话一点不假。依照天理国法我原该生于傻子之中,死于傻子之中。我要是在他们当中,日子会过得多么好啊!倘若我愿意回头,他们现在还会张开双臂来欢迎我。他们会从我的眼色看出为我干些什么可以使我开心。他们会每天都请我去赴宴,每晚带我去参加他们的茶会和俱乐部。我可以和他们一起玩惠斯脱,抽烟,谈论政治。倘若我这时打个哈欠,我背后就会有人说:多么美好的心灵!充满信仰的灵魂!——请允许我,夫人,洒一滴感动之泪——唉!我将和他们一起喝彭齐酒,直到真正的灵感来临,于是他们就用轿子抬我回家,小心翼翼地照料着我,别让我着凉。一个赶快递过拖鞋,另一个递上绸睡衣,第三个拿来白睡帽,然后他们就让我当上副教授,布道会的主席,首席审核官或者罗马古物发掘场的主任;——因为我这个人各门学科全都用得上。我能很好地区别开拉丁文的名词变格和动词变位,并且我也不会像别人那样容易把一个普鲁士邮车马夫的长筒靴看成一只安达路西亚的花瓶。另外,我的心灵、我的信仰、我的灵感在祷告时会产生很多良好的效果,也就是说,对我会有很多良好的效果。还有我那卓越的诗人才干在庆祝寿辰、欢庆婚礼时也会给我招来好买卖。倘若我能在一首宏伟的民族史诗里讴歌以往的英雄,这也不坏啊!我们确切地知道,从这些英雄腐烂的尸体里已经爬出了

---

[1] 这句话引自《旧约全书》中《箴言》的第27章第3节。

许多蛆虫，冒充英雄的后代。

有些人并非生来就是傻瓜，上天也曾赋予理性。就是因为上述这些好处的缘故，他们投到傻瓜那边，在那里过着真正的极乐世界的生活。他们起先去干傻事还多少有些勉强，现在傻事已成他们的第二天性。不错，现在不能再把他们看成伪君子，而应该看成真正的信徒了。他们当中有个人，头脑里尚未出现日全蚀的现象，此人非常爱我。不久以前，我独自一人在他那里，他关上房门，用严肃的声调对我说："啊傻瓜，你扮演智者，可是却和母胎里的婴儿一样没有理智！你难道不知道，国内的大亨只提拔那些自我贬低的人吗？这些人自轻自贱，称赞大亨的血统远比自己的血统优秀。可你现在和国内那些虔诚之士彻底闹翻！难道转动眼睛乞求恩典，合上双手拢进袖筒，低垂脑袋，宛如上帝的羔羊，轻声吟诵背熟的圣经章句就那么艰难吗！相信我吧，没有一位大亨会因为你不信上帝而付钱给你，崇尚爱情的人们将痛恨你，诽谤你，迫害你，你不会走运，不论是在天上还是在人间你都不会走运！"

唉！这番话全都千真万确！但是不幸的是，我对理性有着强烈的嗜好！我爱理性，尽管它并没有用爱来报答我。我把一切全都献给了理性，而它什么也没回赠给我。我离不开它。从前犹太国王所罗门[1]在《雅歌》[2]里歌唱基督教会，把它比作一个恋情炽烈的黑衣姑娘，弄得他手下的犹太人稀里糊涂，我则在无数的诗歌里讴歌教会的对立物，那就是理性。我把理性比作一个冷若冰霜的白衣女郎。她又吸引我，又排斥我，时而冲我微笑，时而对我生气，末了扭过身子不理睬我。我这不幸的爱情的秘密，我对谁也没有公开过。夫人，它可以当作一把尺子，供您衡量我愚蠢的程度。您会发现，

---

[1] 所罗门，《旧约全书》中人物，犹太人的贤王。
[2] 《雅歌》乃《旧约全书》中的一部分。

我的愚蠢与众不同，超过人们通常干的傻事。您不妨谈一下我的《拉特克列夫》[1]，我的《阿尔曼梭》[2]，我的《抒情的插曲》[3]——理性！理性，通篇都是理性！——您对于我愚蠢的高度感到吃惊。我可以用雅克的儿子阿古尔斯的话说："我是最傻的傻人。人类的理智我身上一点也没有。"[4] 直冲霄汉的是高高的橡树林，橡树林的上空飞翔着雄鹰，雄鹰之上飘浮着白云，白云之上闪烁着群星——夫人，您觉得还不够高？那好吧——群星之上遨游着天使，天使之上——不行了，夫人，我的愚蠢没法再升高了。它已经登峰造极！它自己的巍峨高耸已使它头昏目眩。它使我变成脚蹬七里靴[5]的巨人。中午时分，我仿佛觉得可以吃尽印度斯坦所有的大象，用斯特拉斯堡大教堂来剔牙；傍晚我感伤不已，直想一口喝干天上的银河，也不考虑那些小恒星会留在胃里难以消化。夜里那喧嚣嘈杂之声才真正开始。我的脑袋里召开了一次古往今来各民族的大会，亚西利亚人，埃及人，米太人，波斯人，希伯来人，非利士特人，法兰克福人，巴比伦人，迦太基人，柏林人，罗马人，斯巴达人，土耳其人，茴香土耳其人[6]——夫人，我若想把所有这些民族——向您描述，那就太烦琐了。您不妨读一读希罗多德，李维乌斯，《豪德·斯派纳日报》，库尔提乌斯[7]，柯尔奈李乌斯·奈波斯[8]、《社交家》——

---

1 《拉特克列夫》是海涅的剧本。
2 《阿尔曼梭》，海涅的诗剧。
3 《抒情的插曲》，海涅的抒情诗集，参看中文版《海涅选集》（诗歌卷）。
4 参看《旧约全书》中《箴言》里的第 30 章第 2 节。
5 传说中的巨人，脚蹬七里靴，行走如飞。
6 原文为 Kümmeltürken，在土耳其人之前加上茴香，便成了骂人话，指那些智力有缺陷的人。
7 库尔提乌斯，古罗马传说中的人物。
8 柯尔奈李乌斯·奈波斯生于公元前 99 年左右，死于公元前 24 年，古罗马历史学家。

我想乘这时候去吃早饭，今天早上我的写作不会再顺利进行，我发现亲爱的上帝弃我于困境不再管我——夫人，我甚至担心，您已经比我更早就觉察到这点——是啊，我发现真正的神助今天还压根儿没有出现过。——夫人，我想另外开始新的一章，告诉您，勒格朗死后，我如何抵达哥德斯堡。

第十六章

　　一到哥德斯堡，我又去坐在我美丽的女友脚边——我身旁躺着她的褐色的哈巴狗——我俩都抬头凝视着她的眼睛。

　　神圣的上帝啊！人间所有的灿烂辉煌，外加整个天堂全都呈现在她的眼睛里。我看着这眼睛，幸福得几乎死去。倘若我死于这样的瞬间，我的灵魂便直接飞进这只眼睛。啊，我无法形容这只眼睛，我要把一个因为爱情而发狂的诗人从疯人院里叫来，让他从疯狂的深渊里取出一幅图画，我便用这幅图画比作那只眼睛。——说句悄悄话，其实我自己大概也是够疯的。做这种事，根本用不着别人帮忙。一个英国人有一次说："真该死！[1] 她这样平静地从上到下打量你，你身上燕尾服的铜纽扣和你的心全都纷纷融化。"一个法国人说："她的一双眼睛，口径最大。倘若这种三十磅重的秋波射将出来，轰！那你就钟情了。"美因兹的一位红头律师说道："她的眼睛就像两杯黑咖啡。"他说这话是想形容这双眼睛特别甜蜜，因为他喝咖啡加的糖总多得邪乎——恶劣的比喻！我和哈巴狗静静地躺在那美女脚边，凝视着、倾听着。她坐在一个白发苍苍的老军人身边，此人的身姿颇像骑士，刻着皱纹的额上横着一道道刀疤。他们两个在谈论瑰丽的晚霞映照下的连绵七山，在谈论蓝色的莱茵河，它庄严而安详地在近处奔流。——这七山，这晚霞，这蓝色的莱茵河，在河上漂浮的张着白帆的小船，船上传来的乐声阵阵，船里有个傻头傻

---

[1] "真该死！"原文是英文。

脑的大学生唱得那样婉转悦耳、缠绵动人——这一切跟我们有什么相干,我和那头褐色哈巴狗凝视着我那女友的眼睛,观察着她的脸庞。她的脸透过黑色的发辫和鬈发,宛如月亮,穿过乌黑的云层,发出浅玫瑰色的光辉。这张脸的轮廓高雅端庄,带希腊风,弯弯的嘴唇,神气大胆奔放,嘴边飘浮着痛苦、幸福和幼稚的脾气。她一开口,话语便深沉地,几乎像叹息似地轻吐出来,但又是焦躁不耐地冲口而出——她一说话,词句便宛如一阵温暖欢快的花雨,从那美丽的嘴边纷纷飘落——啊!这时,我的灵魂便沐浴在晚霞之中,童年时代的回忆,伴着悠扬的乐声,穿过我的灵魂。特别是小维罗尼卡的声音在我心里响起,犹如曼妙的铃声——我抓住女友美丽的纤手,把它放在我眼睛上,直到铃声在我心灵里缓缓消逝——于是我一跃而起,纵声大笑,哈巴狗汪汪直叫,老将军的额头皱得更紧。我又重新坐下,重新抓住那只美丽的手,连连亲吻,谈起小维罗尼卡。

第十七章

夫人,您要我讲一讲,小维罗尼卡的相貌如何。但是,我不愿意讲。夫人,倘若您不想读,谁也没法强迫您再读下去。我也有权利,只写我想写的东西。现在我想讲一讲,我在前一章吻过的那只纤纤素手长得怎么样。

首先我必须承认:——我不配吻这只手。这是一只美丽的纤手,那么温柔、透明、光艳、甜蜜、精灵、柔软、可爱——真的,我得派人到药店去,给我买十二个铜板的形容词来。

她的中指戴着一枚镶珍珠的指环——我从来没有看见过一颗珍珠比它扮演的角色更可怜的了——她无名指上的戒指镶嵌着一块蓝色古董,我在那上面研究考古学——她在食指上戴着一枚钻戒——这是一道护身符,只要看见它,我总感到幸福,因为它在那儿,食指和另外四根指头也在那儿——她常常用这五根手指头打我的嘴巴。经她这样处置之后,我便坚信磁力[1]。可是她打得不狠。每次她打我,都是因为我说了一句什么亵渎神明的话。打完以后,她立刻感到后悔,便取来一块蛋糕,掰成两半,一半给我,一半给褐色的哈巴狗,然后微笑着说道:"你们两个都没有宗教信仰,将来没有福气升天。既然天堂里没有你们吃饭的席位,只好在人间让你们吃点蛋糕。"她说的话有一点道理。我当时毫无宗教信仰,我阅读

---

[1] 这种所谓的动物的磁力从前算是一种和物理学上的磁力相似的一种力量,通过摩擦产生,为治病服务,通过梅斯美尔(Mesmer)的学说而广为流传。

托马斯·派纳[1]的书,读《自然体系》[2]、《威斯特伐里亚导报》[3]和施赖厄马赫的著作[4]。我让理智随着年龄增长,想参加理性主义者的行列。但是那只纤纤素手一摸我的额头,我的理智便停止活动。我又充满了甜蜜的幻梦,仿佛又听见了颂扬圣母马利亚的虔诚赞歌,我想起了小维罗尼卡。

夫人,您简直难以想象小维罗尼卡躺在小棺材里,看上去有多美。四周点着蜡烛,微弱的烛光投向那张苍白的漾着微笑的小脸,照耀着红绸的小玫瑰和窸窣作响的金钱,这些玫瑰用来点缀她那小巧玲珑的头颅,这些金钱用来点缀她雪白的尸衣——晚上,温柔的乌尔素拉把我带进那间寂静的小屋。我看见一具小尸体横陈在桌上,四周点着蜡烛,缀满鲜花,我起初以为那是一个美丽的蜡制小圣像。但是不久我就认出了这张可爱的脸庞,我笑着问道,小维罗尼卡干吗这样安静,乌尔素拉说道:"这是死神干的。"

当她说:"这是死神干的"——可是今天我不想讲这个故事。一讲,就会拖得太长,我也就不得不先讲一下那只跛足喜鹊,它在王宫广场瘸着脚跳来蹦去,已经活了三百岁。这样我会忧伤不已。——我忽然雅兴大发,想讲另外一个故事。这个故事很有趣,也很适合这个场合。原来在这本书里真正应该讲的就是这个故事。

---

1 托马斯·派纳(1737—1809),美国作家,卢梭的信徒,法国大革命的拥护者,著有《常识》、《人权》。
2 《自然体系》,荷尔巴赫的著作,发表于1770年。
3 海涅从1819年起就在该报发表各种文章。
4 施赖厄马赫即弗里特里希·恩斯特·达尼哀尔(1768—1834),为当时仅次于费希特、谢林、黑格尔的大哲学家。他认为宗教的本质只是对宇宙的一种看法和感觉而已。

第十八章

骑士胸中只有沉沉的黑夜和深深的痛苦。诽谤犹如匕首刺中他的要害。他信步走过圣·马尔库斯广场,这时,他仿佛觉得心要破碎,要流血。他疲倦得走起路来腿脚直晃——这头高贵的猎物被人追逐了整整一天。这是个炎炎夏日——他额上汗水淋漓。他登上游艇时,深深地叹了口气。他恍恍惚惚地坐在黑洞洞的船舱里,柔波轻浪恍恍惚惚地摇晃着他,沿着那条十分熟悉的航道,把他带往布兰塔——他在那十分熟悉的宫前下船上岸,听人说,劳拉夫人正在花园里。

劳拉夫人倚着拉奥孔[1]的雕像,站在红艳艳的玫瑰树旁,在露台尽头,离垂柳不远。小河从旁潺潺流过,这几株垂柳悲哀地俯身河上。劳拉夫人像一尊温柔的爱情的塑像,站在那里微微含笑,身旁散发着玫瑰的芳香。像从沉沉黑梦中醒来,突然间心里充满了柔情和相思。"劳拉夫人!"——他说道,"我很悲哀,我为仇恨、困厄和谎言所迫,不胜苦恼。"——说到这里,他讷讷不吐,结结巴巴地说道:"但是我爱你,"——一滴快乐的眼泪涌进他的眼睛。他眼睛湿润,嘴唇冒火,喊道:"做我的恋人,爱我吧!"

这时发生的事情蒙上一层神秘莫测的轻纱。没人知道,劳拉夫人怎么回答,若是去问天上她的好心的天使,他就蒙面叹息,沉默不语。

---

[1] 拉奥孔是特洛伊城的祭师,因预言希腊人将使用木马计,触怒了天神,于是连同两儿子均被巨蛇缠死。公元前50年,罗德岛的雕刻家把拉奥孔父子三人临死前与巨蛇挣扎的情形做成著名雕像。

骑士在拉奥孔的雕像旁边还孤零零地站立许久。他的脸扭曲变形，脸色苍白。他不知不觉地把玫瑰树上所有的花朵全都摘下，一瓣一瓣地撕得粉碎，甚至把含苞欲放的娇嫩蓓蕾也全部攀折。——这株树上再也没有花朵开放——远方有只发疯的夜莺在哀声怨诉，垂柳胆战心惊地悄声耳语，布兰塔清凉的水波喃喃不已，低沉阴郁，夜色四合，星月当空———颗美丽的星，群星中最美的星辰，从天际陨落。

第十九章

您哭了[1],夫人?

这双眼睛,此刻洒下美丽的泪水,但愿它们还长久地以明亮光辉照耀这个世界,但愿有只温暖的亲爱的手在死亡降临时抚拢这双眼睛!有只柔软的枕头,夫人,在死神降临时也是一件好事,但愿您不至于缺少它;等到那美丽的疲倦的头倒在枕头上,黑色的鬈发落在苍白的脸上!啊,愿上帝报答您为我而流的眼泪吧——因为我自己就是您所哭泣的那个骑士,我自己就是那个在爱情中迷途的骑士,那陨落之星的骑士。

您哭了[2],夫人?

啊,我认得这些眼泪!何必再继续装假?夫人,您自己就是那位美女,我在哥德斯堡叙述我毕生阴惨的故事时,您已经哭泣过,哭得优美动人——犹如珍珠在玫瑰花上滚动,美丽的泪珠在俊俏的面颊上流淌——哈巴狗不再叫唤,刻尼希文德的晚钟寂然无声,莱茵河汩汩流淌,水声更加轻微,黑夜用它黑色的大氅覆盖着大地,我坐在您的脚边,夫人,仰望高处,望着群星密布的天空。——起先我把您的眼睛也当作两颗星星——但是,怎么能把这双美丽的眼睛和星斗互相混淆?这些冰冷的天灯不会为一个人的苦恼伤心流泪,此人悲不自胜,已经不会哭泣。

---

1 原文是法文。
2 原文是法文。

我还有特别的理由，不会认不出这双眼睛——小维罗尼卡的灵魂就寄居在这双眼睛里。

我已经计算了一下，夫人，您出生的那天，正好是小维罗尼卡死去的日子。安德纳赫特的约翰娜曾向我预言，我将在哥德斯堡重新找到小维罗尼卡——我立刻就认出了您。有趣的游戏当时刚要开始，您却猝然死去，这件事情非常糟糕。温柔的乌尔素拉跟我说了"这是死神干的"以后，我就独自一人严肃地在大画廊里踱来踱去。我不再像平时那样喜欢这些图画。我觉得它们似乎突然褪色，只有一幅画还保持着鲜艳的色泽和夺目的光彩——夫人，您知道我指的是哪幅画：——

那是德里的苏丹和苏丹皇后的画像。

您还记得吗，夫人，我们曾经多少次久久地站立在这幅画前？别人看到，那幅画上的两张脸和我俩的脸是那样的相似，都感到诧异，这时，温柔的乌尔素拉总是奇怪地微笑不语，您还记得吗？夫人，我觉得您在那幅画里给画得非常传神。那位画家甚至把您当时穿的衣服都画了出来，真不可思议。据说画家是个疯子，他梦见过您的肖像。还是说他的灵魂附在那头神圣的大猴子身上，而这头猴子当年就像个骑术师似的侍候过您？若是这样，他应该还记得那袭银灰色的面纱，他曾把红酒洒在上面，毁坏了它。——我很高兴，您丢掉了那块面纱。它对您来说，并不怎么特别合身。因为总的说来，女人穿欧式服装比穿印度服装更加合身。当然，不论穿什么衣服，美女总是美女。您还记得吗，夫人，一个善献殷勤的婆罗门[1]——他的模样活像那个长着象鼻骑着老鼠的加内萨[2]神——曾经恭维过

---

[1] 印度的法师，属于最高的等级。
[2] 印度神话中的智慧之神。

您。他说仙女玛内卡[1]从印德拉黄金的城堡下来到皇家的忏悔师维斯伐米特拉那儿去时,肯定不会比您更美,夫人!

您难道记不得这事了吗?从人家跟您讲这句话到现在,还不到三千年,美貌女人平素对别人这种温柔的奉承话是不会那么快就忘得一干二净的。

可是对于男人来说,印度服装比欧式服装更加合身。啊,我那条玫瑰红的绣着莲花的德里长裤啊!倘若我站在劳拉夫人面前求爱时穿着你——前面那一章一定会是另外一个样子!可我当时,唉,穿的是条草黄色的长裤,这是一个冷淡的中国人在南京织造的——我的厄运也一同织了进去——于是我苦恼不堪。

常常发生这样的事:一个年轻人坐在德国的一家小咖啡馆里,安安静静地喝他的咖啡,与此同时,他的厄运在无比遥远的中国生长起来,开放花朵,在那儿纺成纱,织成布,尽管中国巍峨高耸的万里长城隔在当中,厄运还是会找到通向那年轻人的道路。这位青年把它当做一条南京布裤,坦然穿在身上,于是苦恼起来。——夫人,在人的小小的胸中可以藏下很多痛苦,并且藏得那么巧妙,竟使这可怜虫自己一连好几天毫无感觉,并且心情愉快,快快活活地跳舞、吹哨,哼小调——啦啦啦啦,啦啦啦啦,啦啦啦——啦——啦——啦——

---

[1] 根据印度童话,美丽的玛内卡被派到人间,为了在维斯伐米特拉国王忏悔期间去引诱他。

第二十章

少女倾城,少年倾心,
少年无华,少女无情。

——旧戏

就因为这愚蠢的故事您就想自杀吗?

夫人,一个人若想自杀,定有充分的理由,这点您尽可放心。至于他自己是否认识这些理由,这却是个问题。直到最后一刻,我们还在和自己演喜剧。我们甚至给我们的痛苦戴上假面具。我们分明死于胸口的创伤,却在抱怨牙痛。

夫人,您一定知道医治牙痛的方法吧?

我在心里患着牙痛。这种病痛最最糟糕,但是塞进一粒铅丸和一些巴尔托尔德·许伐尔兹[1]发明的牙粉,就能治好。

痛苦犹如蛆虫,啃啮着我的心,啃啮着——那可怜的中国人并没有过错,这个痛苦是我随身带到世界上来的。我母亲摇我的摇篮,也摇晃了它,我母亲给我唱催眠曲,它也和我一同入睡。等我睁开眼睛,它也跟着醒来。我渐渐长大,痛苦也随之增长,最后它变得相当巨大,竟爆破了我的——

让我们谈谈别的事情吧,谈谈少女的花冠,谈谈化装舞会,谈谈欢乐和新婚之喜——啦啦啦啦啦,啦啦啦啦啦,啦啦啦——啦——啦啦——

---

[1] 巴尔托尔德·许伐尔兹,中世纪的一个德国僧侣,相传他在14世纪发明了火药。

慕尼黑到热那亚旅行记(选译)

第二十六章

"你可知道那个国家?那儿盛开着柠檬花……"[1]

你可知道这首诗?诗中描绘了整个意大利,用的却是连声哀叹的渴望的色彩。在《意大利游记》[2]里,歌德对意大利进行了稍微详尽的歌颂。在他描绘时,总把原型放在眼前,诸位尽可对轮廓和色调的忠实完全放心。因此我觉得在这里摆出歌德的《意大利游记》来,真是一劳永逸非常方便,尤其因为他和我路线相同,也是穿过蒂罗尔,直达维罗纳。我从前就已经谈起过那本书,还是在我认识该书所描写的景物之前。我现在发现我凭预感作出的判断完全得到了证实。我们在书中到处看到实事求是的观点和大自然的宁静。歌德给大自然照了照镜子,或者说得更确切点,他自己就是大自然的镜子。大自然想知道自己是什么模样,于是它创造了歌德。他甚至连大自然的思想和意图都向我们反映出来。有个歌德信徒对于这些映像和客观对象完全一致,感到非常惊讶,他甚至相信这面镜子拥有创造力,拥有创造类似对象的力量,请不要对这个性情火暴的人生气,尤其在三伏天。有位爱克曼先生曾经写过一本关于歌德的书[3],他在书中非常严肃地保证:倘若亲爱的上帝在创造世界时对歌德说:"亲爱的歌德,我现在谢天谢地总算已经完事,我创造了

---

1 这是歌德名诗《迷娘》中的第1行诗。
2 歌德的作品。
3 指《歌德谈话录》,是爱克曼记录的歌德口授的内容。

一切，除了鸟类和树木。劳驾请代替我把这些无足轻重的小玩意创造出来。"——那么歌德就会像亲爱的上帝一样完美地完全按其余造物的精神，把这些动物和植物，也就是长着羽毛的鸟类和翠绿的树木创造出来。

这些话里含有真理。我甚至认为，歌德有时候把他的事情干得比亲爱的上帝更好，譬如说他会把爱克曼先生创造得比现在正确得多，同样披着羽毛，全身发绿。在爱克曼先生的脑袋上没长绿色的羽毛，这的确是创造中的失误。歌德至少试图通过以下办法来加以弥补，他给他从耶拿[1]弄来一顶博士帽，并亲自给他戴上。

除了歌德的《意大利游记》之外，值得推荐的有封·摩尔根夫人[2]的《意大利》和封·斯达尔夫人的《柯林娜》。这些女人缺乏天才，无法与歌德并列而显得无关紧要。她们便用歌德所缺少的男性的思想品质来弥补自己的缺陷。因为封·摩尔根夫人说起话来像个男人，她能把大胆无畏的雇佣兵说得心惊胆战，这位翩跹飘飞的自由的夜莺唱出的颤音勇敢而又甜蜜。同样，尽人皆知，封·斯达尔夫人是自由党人大军中的一位可爱的随军商贩，捧着盛满热忱的小酒桶，勇敢地跑过战斗者的行列，使疲惫者精神倍增，并且亲自参加战斗，比最优秀的战士更为优秀。

至于对意大利进行的旅行描写，威廉·弥勒[3]很久以前在《赫尔默斯》上曾对游记作过概括的论述。游记的数量极为可观。在这方面年长的德国作家当中因才思横溢、独具特色而卓尔不群的有：

---

1 指耶拿大学。
2 西德妮·摩尔根（约1780—1859）英国女作家，其游记甚得好评。
3 威廉·弥勒（1794—1827）德国诗人，其民歌体的诗歌对海涅影响很大。

莫里茨[1]，阿尔欣霍尔茨[2]，巴尔特尔斯[3]，勇敢的塑哀默[4]，阿恩特[5]，迈尔[6]，本柯维茨[7]和累福斯[8]。年轻一点的作家我认识的较少，其中只有少数几个给我愉悦和教益。我要提的是英年早逝的威廉·弥勒[9]的《罗马、罗马人和罗马女人》——他是一个德国诗人！其次是克伐利德斯[10]的游记，文笔稍嫌枯燥，再就是勒斯曼[11]的《齐撒尔彼尼亚散页》，此书又过于流畅；最后是从弗里特里希·梯尔希，路特维希·许尔恩，埃杜阿特·格尔哈特和莱奥·封·克伦彻著的《1822年以后的意大利游记》；此书的第一部分已经发表，大部分是我亲爱的高尚的梯尔希的报道，字里行间洋溢着他的人道主义思想。

---

1 卡尔·菲力普·莫里茨（1756—1793），德国作家。
2 约翰·威廉·阿尔欣霍尔茨（1743—1812），德国历史学家、政论家。
3 约翰·亨利希·巴尔特尔斯（1761—1850），汉堡的法学家和考古学家。
4 约翰·福特弗里特·塑哀默（1763—1810），德国作家。
5 思斯特·里茨啊恩特（1769—1860），德国学者。
6 弗里特里希·约翰·洛伦茨·迈尔（1760—1840），汉堡教堂的神父。
7 卡尔·弗里特里希·本柯维茨（1764—1807），德国作家。
8 菲利普·约瑟夫·封·累福斯（1779—1843），德国作家。
9 威廉·弥勒死于 1827 年，终年 33 岁。
10 奥古斯特·威廉·克伐利德斯（1789—1820），德国作家，教授。
11 达尼哀尔·勒斯曼（1794—1831），德国作家，齐撒尔彼尼亚，意为阿尔卑斯山这边。指意大利。

第二十七章

> 你可知道那个国家?那儿盛开着柠檬花,
> 阴暗的叶丛里,金色的香橙灿若云霞。
> 蓝天上吹来一阵阵轻柔的和风。
> 桃金娘悄然而立,月桂树挺拔高耸,
> 你知道那个国家了吧?
> 去吧!到那儿去!
> 啊,我的情人,我要和你同去。[1]

不过千万别在8月初去,那时白天遭太阳烧烤,夜里遭跳蚤噬咬。我也劝你们,我亲爱的读者,别乘驿车从维罗纳到米兰去。

我和六个土匪[2]同乘一辆笨重的马车出发,由于尘土过于浓重,马车四面都封得严严实实,我很少得见这一地区的美妙景色,在我们到达布莱夏之前只看了两次,我的邻座两次掀开边上的皮帘子向外吐痰。第一次我看到的无非是几株冒汗的枞树,它们穿着绿色的冬衣,似乎正在忍受着闷热的太阳的折磨。另一次我看见了一角清澈得出奇的蓝色湖面,湖上映出太阳和一个瘦削的掷弹兵的倒影,后者是位奥地利的纳尔齐斯[3],他怀着孩子气的快乐心情欣赏着他的映像如何把他举枪敬礼,扛枪在肩或者准备射击的这些动作全都

---

1 这是歌德名诗《迷娘》中的第1节。
2 指令人厌恶的旅伴。
3 希腊神话中的美少年,爱上自己在水中的映像,顾影自怜,郁郁死去,变成水仙。

忠实无误地——加以模仿。

关于布莱夏本身，我可说的也同样很少。我利用在那里逗留的时间，美餐了一顿。一个可怜的旅行者先止住肉体的饥饿，再去克服精神的饥饿，对此我们无法责怪他。但是我还是够认真的，在我再度上车之前，从堂倌那里打听到一些有关布莱夏的情况，我听说：全城有四万居民，有个市议会，二十一家咖啡馆，二十座天主教堂，一个疯人院，一座犹太教堂，一个动物园，一座监狱，一家医院，一家这么好的剧院和一座为偷窃十万塔勒[1]以下的小偷所设置的绞架。

午夜时分我到达米兰。投宿赖希曼先生处。他是个德国人，按德国方式布置他的饭店。我在那儿遇到的几个熟人对我说，这是全意大利最好的旅馆。他们对于意大利的饭店老板和跳蚤说的话不堪入耳。我听到的全是些关于意大利人坑蒙拐骗的令人气恼的小故事，特别是威廉爵士连声诅咒，并且保证：倘若欧洲是世界之首，那么意大利便是这个脑袋的偷窃器官。那个可怜的男爵在帕杜阿[2]的白十字饭店不得不为一份蹩脚的早餐付了不下十二法郎，他在维钦察[3]上车时掉了一只手套，有人为他拣了起来就问他要小费。他的堂兄汤姆说：所有的意大利人只要不偷，就全是骗子。他若长得再讨人喜欢一点，肯定会说：所有的意大利女人全是女骗子。我们当中的第三人是一位利维尔先生，我离开布赖登时，他还是只小牛犊，如今在米兰和他重逢，他已是一头 boeuf a la mode[4] 了，他的打扮完全像个花花公子。我从未见过一个像他这样善于用自己的身段来

---

1 银币。
2 意大利北部省城。
3 意大利北部省城。
4 法文：时髦的公牛。

表现出这么多棱角的人,他把大拇指塞进背心袖口开衩的地方,他的手心和每个指头就形成几个棱角;他的嘴巴一张开甚至变成四角形。再加上一个尖脑袋,后脑窄,头顶尖,额头低,下巴特长。我在米兰重新见到的英国熟人当中,还有利维尔的胖婶婶,她就像一堆肥油组成的雪崩,从阿尔卑斯山上滚了下来,陪伴着她的是两只雪一样白、雪一样冷的小雪鹅[1],波莉小姐和摩莉小姐。

亲爱的读者,我在这本书里经常谈起英国人,别怪我患了英国狂。他们现在在意大利人数太多,没法不看见他们。他们成群结队地周游这个国家,住在各个旅馆里,到处乱窜,观看一切,已经没法想象,有哪一株意大利柠檬树没有英国女人在树上乱嗅,有哪一个画廊没有一伙英国人,手里拿着导游指南,在里面乱跑,查看上面提到的奇特玩意是否都在。看到那些金发红脸膛的人,乘着锃亮的马车,带着服装花哨的仆从,引颈长嘶的快马,蒙着绿色面纱的侍女以及其他贵重的器皿,好奇心切,衣冠楚楚地越过阿尔卑斯山,穿过意大利,就会以为看见了一次衣衫时髦的民族大迁徙。事实上,阿尔比翁之子[2]尽管身穿白色衬衣,一切都甩现款付账,和意大利人相比,只是一个文明化了的野蛮人而已,而意大利人则表现出一种已化为野蛮的文明。前者的风俗习惯有一种收敛的粗野,而后者则有一种放纵的优雅。甚至意大利人苍白的脸庞——眼里满是受苦受难的白色,嘴唇纤柔带着病态——和不列颠人的脸相比,暗暗地显得多么高雅。不列颠人的脸僵硬呆板,有一种贱民所有的红润的健康色泽!整个意大利民族内心有病,而有病的人总比健康的人要高雅;因为只有生病的人才是一个人,他的四肢有一部苦难

---

[1] 德语中"鹅"字有"傻丫头"之意。
[2] 指英国人。

史，它们透着灵气。我甚至相信，通过痛苦的斗争，动物可以变成人，我有一次看见一只快死的狗，它在死亡的痛苦之中，简直像人一样地看着我。

如果和意大利人谈到他们祖国的不幸，那种受苦受难的面部表情在他们身上便最为明显。在米兰有的是这样的机会。这是意大利人胸中最痛苦的伤口，只要轻轻一碰，他们就颤抖起来。他们于是耸耸肩膀，使我们心里充满了奇怪的同情。我的一个不列颠熟人认为意大利人生性冷漠，因为当我们这些外国人对政治高谈阔论，谈到天主教解放和土耳其战争时，意大利人似乎总是无动于衷地倾听着。这个英国人带着嘲讽的口吻，谈论一个长着一部漆黑的胡须，脸色苍白的意大利人，这是不够公正的。前一天晚上我们在斯卡拉歌剧院观赏一出新的歌剧上演，听到通常在这种情况下常会发生的大吵大闹。"你们意大利人"，不列颠人对那脸色苍白的人说，"除了音乐之外，似乎对一切都无动于衷，只有音乐还能使你们热情奔放。""您冤枉我们了"，脸色苍白的人说着，耸了耸肩膀，"唉！"他叹了口气补充道："意大利坐在自己的废墟上，悲哀地做着梦，倘若有时听到哪首歌的旋律突然惊醒，猛地跳起身来，那么这种热情并不是冲着这首歌曲本身，更主要的是冲着旧日的回忆和这首歌同样唤醒的感情，意大利总是把这种感情装在心里，现在它们强烈地迸发出来了。——这就是您在斯卡拉歌剧院听到的这阵疯狂的喧闹声的意义。"

也许这段坦白陈述也给予人们一些启发，知道罗西尼[1]或者迈耶贝尔[2]的歌剧在阿尔卑斯山的那边到处激发人们热情的原因。要

---

1 齐阿契诺·罗西尼（1792—1868），意大利作曲家。
2 吉阿柯莫·迈耶贝尔（1791—1864），作曲家，生于德国，后到威尼斯，定居巴黎。

说我什么时候曾经看见过人们发狂的情景,那就是在上演《十字军战士在埃及》[1]这出歌剧时,音乐有时从柔和的哀伤的调子突然一变而成为痛苦的欢呼之声。这种发狂在意大利叫做:furore[2]。

---

1 《十字军战士在埃及》,为作曲家吉阿柯莫·迈耶贝尔的歌剧。
2 意大利文:狂热。

第二十八章

亲爱的读者，尽管我现在提到布累拉藏画馆[1]和安勃罗西阿娜图书馆[2]时，有机会向你显示一下我对艺术的见解，我还是不愿让你受这个罪，而只说这么一句：伦巴第画派画的尖下巴赋予画中人多愁善感的色彩，我在米兰的大街上看到一些美丽的伦巴底女人也有这种尖下巴。能把一个画派的作品也和作为模特儿的原型进行比较，这对我来说总是非常有教益的。只有这样我才可以更加清楚地看到这个画派的特点。于是我在鹿特丹的新年集市上突然发现杨·斯特恩[3]精美绝伦的欢快开朗的风格完全可以理解，后来在隆－阿尔诺河边我又学会理解佛罗伦斯画派形式的真实和干练的精神，在圣马可广场上学会理解威尼斯画派色彩的真实和梦幻般的肤浅。到罗马去，亲爱的人儿，也许你在那儿能向上飞升，观察到理想主义，并对拉菲尔有所理解。

不过，米兰有一个特殊景观，我不能不提，它在任何方面都堪称宏伟之极——那就是大教堂。

从远处看，大教堂似乎是用白色信笺剪成的，近前一看，定会大吃一惊，这张剪纸的的确确是大理石砌成的。不计其数的圣像盖满整个建筑物，在哥特式冠状小屋顶下伸出头来窥望，站在上面的

---

[1] 布累拉原为米兰耶稣会修士的学校，有重要的油画收藏，1776年安置在王宫的艺术学院的雕刻陈列室和图书馆。
[2] 安勃罗西阿娜图书馆为米兰著名的图书馆和画廊，以4世纪米兰主教安勃罗西乌斯（340—397）命名，创建于17世纪初，收藏有芬奇的手稿和画稿。
[3] 杨·斯特恩（1626—1679），荷兰画家。

各个尖顶之上。这些石头群像简直使人眼花缭乱,目眩神迷。若把这整个作品细细观察一下,又会觉得它相当美丽无比可爱,是为巨人的孩子制造的一个玩具。在午夜月光映照之下,它会给人以优美无比的景观。那时,所有这些白色的石头人就会从他们拥挤不堪的高处走将下来,和你一同走过广场,悄声耳语,把古老的故事说给你听。那是些极端神圣,非常秘密的故事,是关于开始建造这座教堂的加勒阿佐·维斯孔蒂[1]和后来继续建造这大教堂的拿破仑·波拿巴特的故事。

"你瞧,"——一位非常罕见的圣人对我说,他是最近用最新的大理石雕成的——"你瞧,——我的年长的伙伴们不能理解,拿破仑皇帝为何这样热心地建造这座教堂。可是我心里非常明白,他已经看到,这幢巨大的石头房子反正非常有用,即使在基督教衰微之后,它还依然有用。"

倘若基督教一旦衰微——在意大利听到有些圣人居然说出这样的话来,而且是在一个有头戴熊皮帽子背着背包的奥地利卫兵来回逡巡的广场上这样说话,我真是大吃一惊。话说回来,这个石头家伙说得也有一定的道理。教堂内部夏天十分清凉宜人,而且明朗舒适,即使这所房子改变了用途,也会保持它的价值。

完成教堂的建造是拿破仑醉心的念头之一,他的统治崩溃之时,他离达到目标已经不远。现在奥地利人完成了这项工程。兴普隆大街尽头的那座著名的凯旋门也在继续建造。当然,拿破仑的立像不会像原来计划的那样安放在那穹形的顶端,不过,伟大的皇帝留下了一座比大理石更为优美,更为耐久的雕像,没有一个奥地利人能阻挡我们的目光去对它欣赏。当我们这些人已经被时光的镰刀割倒,

---

[1] 加勒阿佐·维斯孔蒂(1347—1402),1395年任米兰公爵,以奖掖文艺著称,他下令建造米兰大教堂和其他宏伟建筑。

像田野里的秕糠似的四下飞散的时候,那座雕像还完好无损地屹立着;一代代新人将从地里生长出来,将会头脑晕眩地仰望那座雕像,然后又倒卧地下;——而时光,无法损坏这样的雕像,便设法把它裹进传说的迷雾之中,它那惊天动地的故事终将变成一则神话。

也许几千年后会有一位咬文嚼字的学究在一篇学识渊博的博士论文里,以颠扑不破的论据证明,拿破仑·波拿巴完全就是那位偷窃了上帝火光的泰坦巨人[1],由于这个过失他被钉在茫茫大海之中的一座孤独的岛上,听凭兀鹰每天把他的心脏撕得粉碎。

---

[1] 指普罗米修斯。

第二十九章

亲爱的读者,我请你别把我当作一个无条件的波拿巴主义者;我并不崇敬人的行动,只崇敬人的精神。我无条件地爱他只爱到雾月18日[1]——这时他背叛了自由。他这样做并非出必然,而是由于暗中偏爱贵族主义。拿破仑·波拿巴是个贵族主义者,是个反对市民平等的贵族敌人,以英国为代表的欧洲贵族,把他当作不共戴天的死敌,拼命反对,实在是天大的误会。因为尽管他打算在贵族的人员组成上进行一些变动,他毕竟还是把贵族的绝大多数及其本来的原则保留了下来。他其实完全可能使这贵族恢复元气,而不是像现在这样在它最后的一次,肯定是最后一次胜利之后,由于年老力衰,失血过多,精疲力竭而倒地不起。

亲爱的读者!让我们在这里一劳永逸地达到彼此互相理解吧。我从不赞美行动,只赞美人性的精神,行动只是精神的外衣,历史无非是人性精神的一袭旧衣而已。可是爱情有时热爱旧日的外衣,那么我就热爱马伦哥[2]的大衣。

"到马伦哥战场了,"驿车夫说出这句话时,我的心欢笑得多么厉害啊!和我作伴的是一个非常乖巧的利夫兰[3]人,其实扮演的是俄国人的角色,我们晚上从米兰出发,翌日清晨看见旭日东升,

---

[1] 1799年雾月18日,拿破仑发动政变,推翻督政府,建立执政府,担任第一执政。
[2] 1800年拿破仑在此大败奥军,这里指的是拿破仑在马伦哥战役穿的大衣。
[3] 利夫兰位于波罗的海沿岸,现分别属于爱沙尼亚和拉脱维亚,曾被俄国侵占。

照耀着这片闻名遐迩的战场。

波拿巴将军在这里从荣誉的酒樽里猛饮一口,以至于他在酩酊之中,变成执政[1],皇帝,世界征服者,直到圣郝勒拿岛上才得以清醒过来。我们自己的情况也比他好不了多少;我们也跟着醺醺然,也跟着梦见这一切,也同样清醒过来,而在醉意消失后的绝望之中,我们进行各式各样理智的反思,我们有时觉得,仿佛战争的荣誉是过时的娱乐,战争似乎获得更高贵的含义,拿破仑也许是最后的征服者。

的确给人这样的印象,仿佛现在夺得的精神利益多于物质利益,世界史不再是强盗的历史,而应该是一种精神的历史。野心勃勃、贪得无厌的君侯们为了他们私人的目的,平素如此善于有效地操纵的杠杆,也就是民族性连同其虚荣心和仇恨,现在已经腐朽,破损,愚蠢的民族偏见一天天逐渐归于消失,一切粗暴的特点淹没在欧洲文明的共性之中。现在欧洲已经不再有不同的民族,而只有不同的党派,看到这些党派尽管色彩五颜六色,居然能够各自认识得清清楚楚,尽管语言千差万别,却能彼此非常了解,这倒是个奇妙的景象。就像有一种物质的国家政策,现在也有一种精神的党派政策。就像国家政策,能把两个无足轻重的国家之间爆发的一次最微小的战争立即演变成一场全欧大战,所有的国家,以或多或少的热忱,反正都不得不兴致勃勃地纷纷参战,那么当今世界上也会发生极为微小的斗争,在这过程中,通过那种党派政策,普遍的精神意义立即会被人认识,相隔最为遥远,性质最不相同的党派也会被迫对此表示赞成或者反对。这种党派政策,由于其利益侧重精神,其最后动机并非觊觎金属,所以我称之为精神政策。由于这种党派政策,

---

[1] 1799年拿破仑发动雾月十八政变后,任第一执政,后任终身执政,1804年称帝。

现在，也和通过国家政策一样，形成两大敌对集团，互相舌战，怒目相向。这两大党派集团的口号和代表性人物，每天更换，引起不少混乱，往往产生最为严重的误会，而这些误会通过这种精神政策的外交官——作家们——非但未能减弱，反而有增无已；可是尽管头脑迷乱，心灵依然清楚地感到，他们究竟意欲何为，时代提出宏伟的任务，咄咄逼人。

可是我们时代的宏伟任务究竟是什么？那就是解放。不仅是爱尔兰人，希腊人，法兰克福犹太人，西印度群岛的黑人和类似的被压迫人民的解放，而且是全世界的解放，尤其是欧洲的解放。欧洲已经成年，现在正在挣脱特权阶级、贵族阶级的铁制襻带[1]。尽管总有几个从事哲学出卖自由的叛徒在制作精致绝伦的三段论法，以此向我们证明，千百万人民生来就是充当几千名特权骑士的坐骑牲口的，但是正如伏尔泰所说，只要他们无法向我们证明，前者生下来就背着马鞍，而后者出世时就装着马刺，他们就无法使我们信服。

每个时代都有自己的任务，解决了这个任务人类就前进一步。封建制度在欧洲建立的从前的不平等，也许是必要的，或者是文明进步的必要条件；可是现在它阻碍文明，使文明的心灵激愤。这种不平等和社会的原则水火不容，必然深深地激怒了法国人，这社会的人民。他们便把那些一心想要高人一等者的脑袋不大客气地砍了下来，试图以此夺得平等，革命便成了发动人类解放战争的信号。

让我们赞扬法国人！他们关心人类社会的两个最大的需要：美味佳肴和市民平等；在烹调术和自由方面他们取得的进步最大。倘若我们大家日后，作为平等的客人，参加宏伟的和解盛宴，心情无比舒畅——因为满是嘉宾的餐桌旁就座的全都成了贵族院议员，还

---

[1] 孩子身上扎上襻带，大人拉着此带让孩子学步。

有什么比这更美妙的事呢?——那么我们首先要向法国人祝酒。当然,还要过些时间,才能举行这一盛典,人类才能得到解放;但是这个时间终将来到,那时我们大家将互相和解,一律平等,同坐在同一张桌旁;我们将团结一致,共同为克服世上其他的灾难作战,也许最后甚至和死亡作战——它那一脸严肃的平等制度至少并不像贵族主义满面含笑的不平等学说那样使我深受侮辱。

日后的读者,请别发笑。每个时代认为,它的斗争超乎一切,最为重要,这是每个时代真正的信念,它怀着这个信念而生,也怀着这个信念而死。我们也愿意在这种自由宗教之中生活和死亡,这个自由宗教也许比我们通常称作空洞的、业已死绝的魂魄幽灵更配称为宗教。我们觉得我们神圣的斗争是我们这个地球上曾经为之斗争过的最重要的斗争,尽管历史的预感告诉我们,我们的子孙日后会以居高临下的神气观看这个斗争,也许带着同样漫不经心的态度,我们今天就是以这种态度居高临下地观看最初的人类所进行的斗争的,他们当时不得不同样和如此贪婪的毒物怪兽凶残巨人进行斗争。

第三十章

　　站在马伦哥战场上思潮澎湃，各种观点汹涌而来，使你以为这就是有些人在那里不得不突然放弃的同样看法。它们就像丧家之犬，在那儿到处乱窜。我热爱战场，因为不论战争如何可怕，它毕竟显示了人的精神的宏伟，他能够抗拒他最强大的敌人，抗拒死亡。在这个战场上，自由在鲜血浇洒的玫瑰上舞蹈，跳着热情的新娘之舞！法兰西那时是新郎，邀请全世界都参加婚礼，就像歌中所唱的：

　　　嗨嗨，在新婚前夜，
　　　人们不去摔碎坛坛罐罐，
　　　而去把贵族的脑袋砸烂。

　　唉！人类每前进一寸，就要付出血流成河的代价；这个代价不是过于昂贵了吗？个人的生命难道不也是和整个族类的生命同样值钱吗？因为每一个孤立的人，就是一个世界，与他同时降生，和他同时死亡，每块墓碑下面都有一部世界史——别提这个，不然在此阵亡的死人就要说话，而我们活着，愿意在这神圣的人类解放战争中继续战斗。

　　"有谁现在还想着马伦哥！"当我们驱车驶过这片荒芜的田地时，我的旅伴，那个利夫兰的俄国人说道，"现在所有的眼睛都注视着巴尔干半岛。我的同胞狄比契[1]在那儿把土耳其人狠狠地教训了一顿，我们今年还要占领君士坦丁堡。您的俄语说得可好？"

我在任何地方都比在马伦哥战场上更愿意回答这个问题——我在晨雾中看见一个头戴三角小帽，身披灰色军大衣的人[2]，他像一道思想飞速驰过，快得和幽灵一样，在远方响起一阵使人毛骨悚然的甜蜜的歌声："前进，祖国的儿女们！"[3]——尽管如此我还是答道："是的，我俄语很好。"

的确，在这伟大的斗争中，由于口号和代表性人物奇妙地更换，结果，革命最狂热的朋友，只有在俄罗斯取得的胜利中看到世界的救星，不得不把沙皇尼古拉[4]视为自由的旗手。稀奇古怪的变换！两年前我们还把这个职位交付给一位英国大臣，托里党上层对乔治·坎宁[5]仇恨怒号当时导致我们作出这样的抉择，他当年所受到的贵族的卑劣的侮辱，我们视为他忠诚的保证。当他作为殉道者死去之时，我们大家全都为之服丧，8月8日成为自由的日历上的一个神圣的日子。但是我们又把那面旗子从唐宁街[6]拿走，把它插在彼得堡，选择沙皇尼古拉做它的旗手，这位欧洲骑士保护希腊的寡妇们和孤儿们免遭亚洲野蛮人的侵袭，在这样一场善良的斗争中崭露头角。自由的敌人们又一次过于明显地暴露了自己，我们又利用他们仇恨的犀利目光，来认识我们自己的最大利益。这一次又显出了通常的现象：我们得到自己的代表性人物，与其说是靠

---

1 汉斯·卡尔·弗里特里希·安东·封·狄比契-萨巴尔康斯基，俄国元帅，在征讨土耳其的战役中崭露头角。
2 指拿破仑。
3 这是《马赛曲》的第一句歌词。
4 俄国沙皇尼古拉一世。
5 英国政治家，1822年任外交大臣，1827年任首相。
6 伦敦街名，英国首相府所在地。

我们自己的选择，毋宁说是多亏了我们敌人的多数票。我们观察那帮奇妙地七拼八凑的团体，他们为土耳其的幸福和俄罗斯的衰亡虔诚地向天祷告，于是我们不久就注意到，谁是我们的朋友，或者不如说谁是使我们敌人惊恐万状的人物。亲爱的上帝在天上听到威灵顿，伊斯兰教大教长，教皇，罗特希尔特一世[1]，梅特涅，以及一大帮小骑士，股票投机商，僧侣和土耳其人，在同一时间为同一事业，为半月[2]的幸福而祈祷，真不知会笑得多么厉害！

危言耸听者老是喋喋不休地说，由于俄罗斯过分强大，我们危机四伏，险象环生，这派胡言愚不可及。至少我们德国人毫无风险，既然可以赢得最高奖励，从封建主义和僧侣主义的残余下解放出来，多一点或少一点奴性，我们已不在乎。有人用皮鞭的统治来威胁我们，但是我若确切知道，我们的敌人也挨一顿鞭挞，我很乐意忍受几下皮鞭抽打。我敢打赌，他们将故技重演，冲着新的主子摇尾乞怜，脸上堆着优雅的微笑，不惜去干最可耻的勾当，既然挨打在所难免，那就赢得享受荣誉皮鞭的特权，就像暹罗的贵族，若受到惩罚，就被塞进一个绸子的口袋，用洒了香水的棍棒敲打，而不像那些该受惩罚的市民，只能得到一个麻布口袋，也得不到这样香味芬芳的责打。好吧，这种特权既然绝无仅有，我们就赏给他们吧，只要他们，特别是英国贵族老是挨打。不论人家如何努力回忆，就是这些英国贵族，从专制主义那里夺来了大宪章，尽管英国保持了市民阶级的等级不平等，可是保障了个人自由，当专制主义压迫整个大陆时，英国是一切思想自由人士的避难所——但这一切已成往事！英国连同它的贵族反正现在已穷途末路，思想自由人士如今必要时会找到

---

[1] 为当时著名的百万富翁家族，银行遍布德法两国。
[2] 土耳其的旗徽。

一个更好的避难所；即使整个欧洲变成一个因牢，现在依然有另一个洞口可以逃脱，这就是美洲。赞美上帝！这个小洞竟比牢狱本身还大得多！

然而这一切全是可笑的奇思怪想；倘若从自由方面把英国和俄国相比，那么即便是最为忧心忡忡的人也无疑会知道该向着谁。在英国自由是从历史事件中衍生出来的，而在俄国却是从原则中产生，无论是那些事件，还是其精神的结果，全都带着中世纪的印记。整个英国已经滞留在生气全无的中世纪各种机构之中，贵族阶级就躲在这些机构后面，等待着殊死的斗争。而产生俄国自由，或者不如说使俄国自由每天继续发展的那些原则，是我们最新时代的自由主义思想；俄国政府浸透了这些思想，它那无限制的专制主义毋宁说是一种为了让这些思想直接进入生活的独裁手段。这个政府并非根植于封建主义或者僧侣主义，它是直接对抗贵族和教会的势力的。卡塔琳娜女皇[1]就已经限制了教会的势力，俄国贵族是由国家职务中产生的；俄罗斯是个民主国家，我甚至要称它为一个基督教国家，如果我想在最为甜蜜最为广泛的意义上来使用这个往往被人滥用的字眼的话，因为俄国人的帝国版图辽阔已经摆脱了异教民族感的狭隘性，他们是世界主义者，或者至少是六分之二的世界主义者，因为俄国差不多占了有人居住的世界的六分之一。

的确，倘若有那么一个德意志俄国人，就像我那利夫兰旅伴，他故作爱国主义姿态，吹嘘我们俄国和我们的狄比契，我就仿佛听到一条鲱鱼把汪洋大海称作它的祖国，把鲸鱼称作它的同胞。

---

[1] 俄国女沙皇，又译叶卡杰琳娜。

第三十一章

"我的俄语很好。"我在马伦哥战场这样说着,从马车上下来,做了几分钟晨祷。

太阳仿佛从一座由浓密的云层组成的凯旋门下冉冉升起,一副胜利进军的姿态,欢快、稳健,预示着晴朗的一天。而我的心情似乎像可怜的月亮,脸色惨白地待在天上。它在寂寞的夜里,走着它那孤独的行程,这时幸福已经酣睡,只有幽灵,猫头鹰和罪人在兴妖作怪。现在,新的一天展现风采,发出欢快的光芒,披着飘浮的朝霞。现在它不得不离去——向那壮丽的世界之光再忧伤地瞥上一眼,然后像轻飘的雾气,倏而消逝。

"今天准是个好天!"我的旅伴从马车里冲我叫道。是的,今天准是个好天,我的正在祈祷的心灵轻轻地重复了一遍,由于哀伤和快乐而颤抖。是的,准是个好天。自由的太阳比群星组成的贵族阶级更加幸福地温暖着大地;一代新人将茁壮成长,这代新在自由选择的拥抱中而不是在强制的婚床上在教会税吏的控制下制造出来的。随着自由的出生,人们心里的自由思想和感情也随之诞生,我们这些天生的奴才对此是无法想象的——啊!他们将同样很少预感到,黑夜是多么可怕,我们不得不生活在黑夜的阴影里,我们必须和那些丑恶的鬼魂,迟钝的枭鸟和伪善的罪人进行多么恐怖的斗争!啊,我们这些可怜的战士!我们不得不在这样的斗争中虚耗我们的岁月,当凯旋之日破云而出光照四方时,我们已经疲劳不堪,脸色灰白!东升旭日的烈焰,不再能染红我们的面颊,不再能温暖我们的心,我们将像悄然逝去的月亮阒然长逝。——人生的旅程实在过于短暂，尽头是那无情的坟墓。

我的确不知道，是否值得人家日后用月桂花环来装饰我的棺木。不论我如何热爱诗歌，它对我来说始终只是一个神圣的玩具，或者是为了达到崇高目的的神圣手段。我从来也不过于重视诗人的荣誉，人们对我的诗歌究竟是褒是贬，我都不在乎。但是请你们在我的棺材上放一把宝剑，因为我曾是人类解放战争中的一名勇敢的战士。

英吉利片断（选译）

泰晤士河上的谈话

我一看见泰晤士河翠绿的岸边，待在我灵魂各个角落里的夜莺都苏醒过来，这时，那位黄衣人挨着我站在甲板上。"自由的国度，"我叫道，"我向你致意！——向你致意，自由，你这再现青春的世界的年轻太阳！那些年老的太阳，爱情和信念，业已枯萎，冷却，不能再发射光芒，使人温暖。古老的桃金娘树林，从前百鸟栖息，如今已经荒芜，只有呆傻的雏鸠在细柔的灌木丛中营巢筑窝。极端虔诚的一代人当年曾想把他们的信念造进天国里去，于是把教堂构筑得高若巨人，如今这些古老的教堂纷纷坍塌，它们业已朽坏，衰败，教堂里的神明已经不再相信自己，诸神已经活到尽头，我们的时代没有足够的想象力，创造新的神明。人的心胸的全部力量如今已变成对自由的热爱，自由也许是新时代的宗教，这又是一种不向富人宣讲，而向穷人宣讲的宗教，它也有自己的福音布道师，自己的殉道者和自己的叛教者！"

"年轻的狂热分子，"黄衣人说道，"您不会找到您在寻觅的东西。您说自由是个传遍全球的新宗教，这话也许有理，不过，就像从前，每个接受基督教的民族，都按照自己的需要和自己的性格来塑造它，那么，每一个信奉新宗教，信奉自由的民族，也只接受符合地区需要和民族性格的东西。"

英国人是个恋家的民族，过着与世相隔、深沟高垒的家庭生活；在家人的范围内，英国人寻找那种灵魂的舒适，由于天生不善社交，在家门之外，他是得不到这种灵魂的舒适的。因此英国人满足于那种保障他个人权利，无条件保护他的人身、财产、婚姻、信仰甚至保护他的古怪念头的那种自由。在家里，没有一个人比英国人更自由，用句名言来说吧，他是他四堵墙壁之内的国王和主教，他常用的格言说得不错："My house is my castle"[1]。

如果英国人主要的需要是个人自由，那么法国人必要时大概可以放弃这种个人自由，倘若有人能让他充分享受我们称之为平等的那部分普遍自由。法国人并非恋家的民族，而是一个社交的民族。他们不喜欢默默无言地围坐一堂，他们管这叫做"une conversation anglaise"[2]。他们一面聊天，一面从咖啡馆跑到赌场，从赌场跑到沙龙，他们轻快的流淌着香槟酒的血液以及天生的交际才能驱使他们去过社交生活，而社交生活的首要的和最终的条件，是啊，社交生活的灵魂乃是平等。因而在法国随着社交性的培养，也必然产生了对平等的需要。尽管爆发革命的原因应该到财政预算中去寻找，可是首先由那些卓有才智的非贵族人士来鼓吹革命。这些人在巴黎的沙龙里似乎和显贵们处于平等地位，但是人家不时提醒他们那巨大的、屈辱的不平等依然存在，虽然富有贵族气派地微微一笑，几乎难以觉察，但因而更加伤人。这些非贵族的流氓胆敢砍掉那些显贵的脑袋，也许与其说是为了继承他们的财产，毋宁说是为了继承他们的祖先，即以贵族的平等来代替市民的不平等。尤其因为法国人不久在他们伟大皇帝[3]的统治下感到幸福而满意，我们更可以相信，这种对平等的追求乃是革命的主要原则。皇帝注意到法国人尚未成年，就把他们所有的自由都置于他的严格监护之下，只给他们以享受一种光荣的完全平等的快乐。

因而英国人容忍那些享受特权的贵族，比法国人更加耐心；

---

[1] 英文：我的家便是我的城堡。
[2] 法文：一种英国式的聊天。
[3] 指拿破仑。

英国人自我安慰,说他自己拥有使贵族无法干扰他享受家庭舒适、实现人生要求的权利。那些贵族表面上也没有大陆上的贵族享有的那些权利,在伦敦的大街上和公开的娱乐厅里,只有在妇女的帽子上才有五彩缤纷的绸带,只有在仆役的衣服上才有金色和银色徽章。那种美丽的花里胡哨的制服在我们这里[1]标志着享有特权的军人等级,而在英国绝非荣誉的标志;就像一个演员演出之后卸妆,英国军官值勤完毕,就忙着脱下他那红色外套,穿上朴素的绅士外衣,于是他又是一位绅士。只有在圣·杰姆斯[2]剧院里,那些从中世纪的垃圾堆里保存下来的服装、道具才依然有效。那里勋章的绶带飘飘,星章闪闪,绸子长裤和缎子拖裙飒飒作响,金制的马刺和古法语的词句轧轧连声,骑士招摇过市,小姐卖弄风情——但是在圣·杰姆斯演出的宫廷喜剧与自由的英国人何干!他从未受到此事的骚扰,没有人阻止他在自己家里也同样演出喜剧,让他家里的辅祭们[3]在他面前下跪,用厨娘吊袜带调情——honny soit qui mal y pense[4]。

至于德国人,那他们既不需要自由,也不需要平等,他们是个耽于空想的民族,是些思想家,思前想后的思想家,梦想家,只生活在过去和未来,却没有现在。英国人和法国人有现在,他们每天都在进行自己的斗争和反斗争,都在创造自己的历史。德国人没有

---

[1] 指欧洲大陆。
[2] 海涅一语双关,称这座1691年建造的王宫为剧院。这里指王宫里举行的典礼。
[3] 神父做弥撒时有人辅祭,在此指他家里的管事、仆役、帮手。
[4] 法文:谁想到歪处去,就该倒霉。这是1350年成立的裤带骑士团的格言,该骑士团为英国最高骑士团。据说在一次舞会上,英王爱德华三世的情人把吊袜带丢了,国王拣起带子,系在自己的左膝上,说道:谁想到歪处去,就该倒霉。该团骑士都把用金字写着这一格言的蓝色天鹅绒带子系在左膝下面。

什么可为之斗争的东西。当他开始假想，可能有些东西是值得拥有的，他的哲学家们便充满睿智地教导他们，对这些东西的存在表示怀疑。不容否认，德国人也热爱自由，但是爱的方式和别的民族不同。英国人爱自由则犹如爱他的合法妻子，他拥有它，尽管待它也并不特别温柔，可是在紧要关头，他会像个男子汉一样地保卫它。那个身穿红色上衣的小子——不论是作为风流种子还是作为法庭差役，胆敢侵入它那神圣的卧室，可就活该倒霉了。法国人爱自由犹如爱他选中的未婚妻，他为它迸发热情，为它燃起爱火，他匍匐在它的脚下信誓旦旦，表明心迹，为它进行殊死斗争，为它去干千百件傻事。德国人爱自由犹如爱他年迈的祖母。

人可真是稀奇古怪！在祖国我们嘀嘀咕咕，那儿的每一件蠢事，每一件颠三倒四的事情都使我们义愤填膺；倘若我们终于走到遥远的地方，那么我们又觉得那里过于遥远，我们暗地里又常常怀念故乡的狭隘的蠢事和颠三倒四的事情。我们又想坐在那里熟悉的旧日的房间里，若是可能，就在炉子后面盖幢房子，暖暖和和地蹲在屋里，读德国人的《总汇报》。我到英国去旅行时，心情也是这样。德国的海岸刚在我眼前消失，心里对那些条顿睡帽和假发怀有的古怪的眷恋之情便在我心里倏而苏醒，虽然我刚刚离开它们时心里非常恼火。祖国刚从我眼前消失，我又在心里找到了它。

因此我回答那位黄衣人时声音听上去大概有些柔和："亲爱的先生，请您别向我责骂德国人！尽管他们是些梦想家，他们当中有些人还是做过一些美梦，我可不愿拿它们来和我们邻居的清醒的现实相交换。既然我们大家都在睡觉，都在做梦，那么我们也许可以不需要自由；因为我们的暴君也同样在睡觉，只不过他们梦想的乃是他们的专制暴政。只有当信天主教的罗马人剥夺了我们做梦的权利时，我们才清醒过来；于是我们采取行动，取得胜利，又躺了下去，进入梦乡。啊，主啊！你们可别嘲笑我们的梦想家，他们有时像梦游者似的在睡梦中说些奇妙的事情，他们说的话将变成自由的种子。谁也不能预见事物的转变。脾气古怪的英国人，讨厌他的妻子，也许有一天会在她脖子上套根绳子，把她带到斯米施费尔特[1]去卖。轻浮成性的法国人也许会对他心爱的未婚妻不忠，把她抛弃，一面唱歌，一面跳着舞步去追逐王宫（palais royal）里的宫廷命妇（courtisanes）[2]，而德国人则永远不会把他年迈的祖母完全推出门外，他总会给她在炉边留个位子，她就在那儿给那些竖起耳朵倾听的孩子们讲她的故事。——倘若日后自由从整个世界消失——上帝保佑可别这样——那么一位德国的梦想家会在他的梦里重新发现它。"

　　汽船逆流而上，我们在船上谈话，这时太阳已经西沉，落日的余晖映照着格林威治医院，一幢雄伟的宫殿似的大楼，原来是由两翼构成，两翼之间一片空地，从旁驰过的人，可以看见一座绿树葱茏的山，山上有座精致的小王宫。现在水上航船增多，越来越挤，我奇怪的是，这些庞大的船只互相避开，非常灵巧。船只相遇，一些真诚友好的面孔向你致意，一些你从未见过、也许也不会再见的面孔。船只从旁驰过，挨得很近，简直可以伸出手去相握，同时表示欢迎和送别。看见这么多鼓起的船帆，不由得心潮澎湃。岸边传来杂乱的哼唱，遥远的乐声和水手低沉的喧闹，你会心情奇妙地激动起来，然而蒙着夜雾白色的轻纱，各种事物的轮廓逐渐模糊，只有长长的光秃的桅杆高耸入云，宛如森林，还能看见。

　　黄衣人还一直站在我的身边，沉思着仰望高处，仿佛想在夜雾迷漫的天空寻找苍白的星星。他一面仰望高空，一面把手搭在我的

---

[1] 伦敦的牲口市场，原先为行刑地。
[2] 王宫为当时巴黎的一个热闹场所，有赌场、商店、咖啡馆，18世纪末是巴黎社会的享乐之徒聚集之地和妓女的活动场所；"宫廷命妇"影射的是卖笑女郎。

肩上，和我说话，说话的口气，仿佛是把隐秘的思想不由自主地变成了话语："自由和平等！在地上找不到，甚至在天上也没有，天上的星星也不平等，这一颗比那一颗更大，更明亮。没有一颗可以自由运行，大家都服从规定的铁的法则，奴役遍及天上人间。"

"那就是伦敦塔[1]！"我们旅伴中突然有人指着一个高耸的建筑物叫了起来，它像一个鬼气森然的阴沉的梦，在雾气笼罩的伦敦拔地而起。

---

1 古代曾作幽禁重要囚犯的监狱，因而闻名于世。

伦 敦

我见到了这个世界上最奇特的东西,它使人惊愕不已,我看见了它还一直为之惊讶——这由房屋组成的石头森林依然凝固在我的记忆里,房屋之间是活生生的人脸汇成的汹涌澎湃的急流,带着五花八门的激情,它们的爱情,饥饿和仇恨都匆忙得可怕——我这说的是伦敦。

派一个哲学家到伦敦去:千万别派诗人!派哲学家去,把他放在琪普赛德[1]大街的一个拐角处,他在这儿学到的东西将比从最近一次莱比锡博览会上所有的图书里学到的东西更多。正如汹涌的人流在他四周喧嚣翻腾,新思想的汪洋大海也在他眼前渐渐涌起。在海上漂浮的永恒的精神将向他迎面吹拂,社会制度隐藏得最深的秘密将突然向他展现。他将清晰地听到并且清楚地看到世界的脉搏,因为如果伦敦是世界的右手,那活跃的、强劲的右手,那么从交易所通向唐宁街的那条马路,便可以视为世界的大动脉。

可是别派诗人到伦敦去!这种浸透一切事物的严峻无情,惊人的单调,机器似的动作,快乐本身的憎恶,这放纵无度的伦敦扼杀人们的想象力,撕碎人的心。你们若甚至于派一个德国诗人前去,一个梦想家,他会在任何现象面前都停住脚步,譬如站在一个衣衫褴褛的丐妇或者一家珠光宝气的金匠铺子面前不走——啊!这下他可就惨了,他会被人家从四面八方推来搡去,甚至被人轻轻地骂一

---

[1] 这是伦敦最热闹的大街之一。

声 God damn[1]！给推倒在地。God damn！这该死的推搡！我很快就发现，这个民族有许多事情要做！他们过惯了阔绰的日子，尽管这个国家的衣食比我们那儿昂贵，他们却想比我们吃得好穿得好；故作高贵，也就负债累累，尽管如此，为了摆阔装富，他们有时也大肆挥霍大量金币，付钱给别的民族，为了自己高兴而让他们互相殴打。此外还给这些国家可敬的君王们一道精美的甜食——因此约翰牛[2]只好不分白天黑夜拼命干活，为了挣钱支付这些开销。他白天黑夜都得绞尽脑汁，发明新的机器，满头大汗地坐在那里算来算去；目不旁骛地连奔带跑，从码头到交易所，从交易所到海边。倘若他在琪普赛德大街的拐角处，把一个站在画店前面傻看、拦住去路的可怜诗人颇为粗暴地撞到一边，那也完全情有可原。"God damn！"

在琪普赛德大街拐角处傻看的那幅画乃是《法兰西人渡过贝雷西娜河》[3]。

我从观赏中惊醒过来，再往人头攒动的大街瞥上一眼，那里男男女女，孩子，马匹，驿车，色彩斑驳地搅在一起，其中还有一个送葬的队伍，它们喧闹，喊叫，呻吟，车声隆隆，向前滚动，这时我觉得仿佛整个伦敦便成了一座贝雷西娜大桥，每个人为了苟且偷生，怕得要死，都想挤过去。大胆放肆的骑兵，把可怜的步行者踩倒在地。谁若倒了下去，就算永远完蛋。最好的伙伴也毫无感情地一个踩着另一个的尸体匆忙地跑过去，而成千上万精疲力竭、浑身

---

[1] 英文：真该死。
[2] 英国人的绰号。
[3] 贝雷西娜为俄国境内第聂伯尔河支流，在明斯克省，1812年12月4日拿破仑大军从俄罗斯溃退，在渡贝雷西娜河时受到重创，渡桥断裂，死伤无数，损失惨重，标志着拿破仑侵俄彻底失败。海涅在此指以此历史事件为题材的一幅画。

流血的人想要紧紧抓住桥上的木板，可是徒然，结果全都跌进死亡的冰穴之中。

相反，在我们亲爱的德国是多么明朗欢快，多么舒适宜人啊！事物的运行在这里是何等徐缓，如在梦中，又是何等安详，如在安息日一样！卫兵安安静静地上岗，制服和房屋在宁静的阳光下闪闪发光，燕子在瓷砖墙上翩跹，胖乎乎的司法顾问官的太太们在窗前微笑，静得发出回声的大街上有足够的地方：狗儿碰在一起可以互相嗅个痛快，人们可以舒服地站住脚步议论剧院的演出，深深地鞠躬，并且深深地致意，这时有一位高贵的小无赖或者一位次等小无赖从旁走过，穿旧了的小外套上挂着花花绿绿的小绶带，或者有一位头上扑粉身穿锈金衣衫的宫廷小侍卫长一边仁慈地回礼，一边踩着舞步似的从旁走过。

我原来下定决心，对于伦敦的绝妙之处不表示惊讶，对此我已颇有所闻。可是我和那个可怜的学童情况相同，他决心对他该挨的板子不去感觉。情况原来该是这样，他原来期待着人家用平常的板子，以平常的方式，平平常常地在他的背上痛打一顿，可情况不是如此，他在不平常的地方，让人家用一根细藤条，给了他一顿不平常的痛打。我期待着宏伟的宫殿，看见的却尽是些矮小的房屋，但是恰好是这些小屋的式样单调及其难以估算的数量给人以深刻的印象。

这些砖砌的房屋受到潮气和煤烟的侵蚀获得同样的颜色，都变成略带褐色的橄榄绿。它们建造的式样雷同，通常都是两三个窗户宽，三个窗户高，屋顶上有一个小小的红砖烟囱，看上去就像一颗颗刚拔出来的血淋淋的牙齿。这些房屋构成的宽阔整齐的马路就像是两排其长无比的军营里的营房。之所以如此，原因在于每个英国家庭，哪怕只是两口之家，都想要住一整幢房子，拥有他们自己的城堡。有钱的投机商迎合这种需要，就建造了整条整条的街，然后又把那里的房子一幢一幢地出售。城市的主要大街,是伦敦的商业和手工业行会所在地,那里还有古色古香的房子分散在新房子之间。房子的正面直达屋顶,覆盖着几尺长的姓名和数字,通常是金色的浮雕:在那里房屋单调划一的特点不那么引人注目,尤其因为商店的橱窗里陈列着的新奇美丽的产品琳琅满目,使外国人目不暇接,因而更加无人在意。不仅是这些陈列的物品自己产生最大的效果,因为英国人总把自己提供的产品做得尽善尽美,每件奢侈品,每盏星灯,每只靴子,每把茶壶和每条女裙总是那么精致完美,讨人喜欢。便是陈列的艺术,色彩的对比和花式的繁多也赋予英国商店以特有的魅力,即便是最普通的生活必需品也显出使人感到意外的魔力。平常食品也通过新式照明而吸引我们,甚至生鱼,经过加工也显得招人喜爱,那鱼鳞的彩虹似的光泽使我们赏心悦目,生肉像是画在彩色小瓷盘里,四周圈着新鲜的芹菜,是的,一切都像是画出来的,让我们想起弗朗茨·米里斯[1]的光彩夺目可又如此质朴的画幅。只有这里的人不像在这些荷兰画幅上那样开朗欢快,他们神情极端严肃地出售最快活的玩意儿,他们服装的式样和色彩同他们的房屋一样单调。

在伦敦的另一端,人们称之为西边,the west end of the town[2],住着比较高贵而又不大忙碌的阶层,在那里房屋的单调更为明显;可是这里有整条整条长长的、宽阔的大街,所有的房子都像宫殿一样宏大,但是外观绝不出众,只不过这些房子和伦敦一切不甚简陋的住房一样,二楼的窗户安装了有铁栏杆的阳台,在底层也有一道黑色的铁栏杆,用来保护低于地面的地下室住宅。在城市

---

1 弗朗茨·米里斯(1635—1681),荷兰画家,以画小型风俗画和肖像画著称。
2 英文:城市的西边。

的这一部分也有宽大的广场：像上面所描写的，一排排房屋组成一个四边形，中间便形成一个四周用黑色的铁栏杆围起来的花园，里面放着一座什么人的塑像。在所有这些广场和大街上，外国人的眼睛会看到摇摇欲坠的贫困的茅屋，到处都充斥着财富和高雅。穷人连同褴褛的衣衫和苦涩的眼泪，被挤进偏僻的小巷和阴暗潮湿的过道。

因此只在伦敦宽阔的大街上徜徉而没有闯进真正贫民窟的外国人，对于伦敦究竟有多少苦难毫无觉察，或者见得很少。只有偶尔在一条阴暗小巷的巷口，默默地站着一个衣衫褴褛的女人，干瘪的胸前抱着一个婴儿，在用眼睛乞讨。这双眼睛还是美丽的明眸时，也许你还会看上一眼，而现在你在她眼里看到一片苦难，会大吃一惊。乞丐一般都是老年人，大多是黑人，他们站在街角，或者为行人扫出一条小路——这在遍地垃圾的伦敦非常有益——从而要一个铜板。穷人得到晚上才从他藏身的角落里悄悄地溜出来，伴随着他们的是罪恶和罪行。他们的苦难和到处炫耀的富人的骄纵越是形成对比，他们就越发害怕白昼的光芒。只有饥饿迫使他们有时在中午从阴暗的小巷里出来，这时他们睁着一双沉默无语却又不住诉说的眼睛站在那里，抬起头来凝望着那兜里钱币叮当乱响，忙忙碌碌，急匆匆地从旁走过的富商，或者凝望着那无所事事的爵士，他像一位怡然自得的天神，骑着高头大马四处游荡，偶尔向他身下拥挤的人群投去冷漠而高贵的一瞥，仿佛他们全是渺小的蚂蚁，或者只是一堆低等的造物，他们的快乐和痛苦跟他的感情毫无共同之处——因为英国的贵族飘浮在这些紧贴着地面的贱民之上，他们就像是高级的生物，把小小的英国只视为他们歇脚的旅店，把意大利视为他们消夏的花园，把巴黎视为他们社交的客厅，是啊，把整个世界视为他们自己的财产。他们无忧无愁，无拘无束地向前飘浮，他们的黄金是护身符，会用魔力使他们最疯狂的愿望得以实现。

可怜的穷人！你的饥饿不知使你多么痛苦，别人却以嘲弄的神情，穷奢极欲，纵情享受！倘若别人无动于衷地随手扔块干面包皮到你怀里，你用来泡软它而流下的泪水会是多么苦涩啊！你用你自己的泪水毒害了你自己。你当然有理由去与罪恶罪行为伍。遭到社会唾弃的罪犯往往比那些生性冷漠、无瑕可击、俨然美德化身的市民心里怀有更多的人性，在那些美德化身的市民苍白的心里邪恶的力量业已熄灭，但是善良的力量也荡然无存。甚至罪恶也并非永远是罪恶。我看见过一些妇女，她们的脸上画着罪恶的红晕，而天国的纯洁却寓于她们心中。我看见过这些女人——我真希望，还能再见到她们！

回忆录

事实上，亲爱的夫人，我已经设法尽可能真实而又忠实地记载了我这时代值得记述的事件，只要我个人作为观众或者受害者和这些事件有关的话。

我洋洋自得地把这些记录冠以《墓中回忆录》的标题，可是这些记录差不多有一半又不得不毁掉，一部分是由于可恶的有关家族的顾忌，一部分也是因为宗教上的顾忌。

从此以后我想方设法把由此产生的空隙勉强补上，可是我担心，我身后的义务或者一种自我折磨的厌恶情绪会迫使我，在我死前把我的回忆录再次付之一炬。幸免于这场火刑的篇页，也许永远也不会重见天日，公开发表。

有些朋友受我委托，照管我的手稿，并且执行我与此有关的遗嘱。我要留神，不要提及他们的名字，我不愿意暴露他们，使他们在我辞世之后，受到无所事事的公众的追逼骚扰，从而做出不忠于他们委托人的事情。

这种不忠的行动我是永远也不能原谅的。一个作家自己不打算公之于众的文字，哪怕只是发表一行，也是一种未经许可，极不道德的行为。尤其涉及写给私人的信件。谁若予以付印或者出版，就犯下了值得鄙视的背叛罪。

在我这番坦白陈述之后，亲爱的夫人，您就容易认识到，我不能如您所愿，让您阅读我的回忆录和我的信件。

但是，我一直是折服于您的爱娇的臣仆，不能断然拒绝您的欲望，为了表示我的善良愿望，我愿以另外一种方式来满足您温柔的好奇心，这种好奇心出自对我的命运的亲切关怀。

我就是本着这个目的写下了以下的篇页。您将在这里找到大量您感兴趣的传记文字。一切重要的、特性鲜明的事情都在这里忠诚地相告，外部事件和心灵波动之间的相互影响向您显示了我的存在和性格的印记。心灵的外壳脱落，你可以看见我的灵魂处于美丽的赤裸裸的状态。上面没有斑斑污点，只有累累伤痕。唉！只有伤口，那是朋友的手而不是敌人的手打下的伤口！

黑夜静寂无声。外面只有雨点落在屋顶上，噼啪地作响，阵阵秋风吹过，哀伤地呜咽。

可怜的病人的卧房此刻简直笼罩在神秘的氛围中，令人愉悦，我坐在巨大的软椅里，没有感到丝毫痛楚。

这时你温柔的身形走进房来，居然门把也没有摁动，你坐在我脚边的软垫上。把你秀美的头靠在我的膝上，侧耳静听，不要抬头仰望。

我要向你叙说我这一生的童话。

倘若有时有巨大的水珠滴落在你的鬓发之上，你还是静静地待着；这不是从屋顶上渗漏的雨点。不要哭泣，只要默默不语地握着我的手。

…………

一位教会的君王[1]，俯视人头攒动挤得水泄不通的市场，成千上万的人群脱了帽子满怀虔诚地在那里跪在地上，期待着他的祝福，看到这番景象，想必有一种崇高的感情会使他心潮激荡！

在宫廷顾问莫里茨[2]撰写的意大利游记里我曾经读到过那种场景的描绘。我此刻同样想起在那个场合发生的一件事情。

莫里茨叙述道，他看见跪在那里的当地民众之中，有一个山里来的到处兜售念珠的小贩特别引起他的注意。这些念珠贩子用一种褐色的木头刻出精美无比的念珠，在整个罗马涅阿[3]地区以更加昂

---

1 指教皇。
2 卡尔·菲利普·莫里茨（1757—1793），德国作家，著有意大利游记和《一个德国人在英国的旅行》。
3 罗马涅阿，意大利历史地名，在意大利北部亚平宁山脊和亚德里亚海滨之间的地区。

贵的价钱卖出，因为他们会在上述的节日让念珠得到教皇亲手祝圣。

这个人虔敬地跪在地上，可是高高举起宽边毡帽，里面放着他的商品，那些念珠。教皇摊开双手进行祝福，那人就晃动他的帽子，在里面来回搅动，就像卖栗子的小贩在火上炒栗子时干的那样；他似乎认真地设法使盛在帽子里的几串念珠都能得到一些教皇的祝福，每串都同样均匀地得到祝圣。

我情不自禁地在这里插进这段虔诚的天真无知的动人事件，再继续抓住我的自白的线索，这些自白和我以后不得不经历的精神发展过程都有关系。

最早的开端也就解释了最后的现象。在我十三岁那年就已经听人讲述过了自由思想家的一切体系，这点肯定是意义重大的。讲述的是一位值得尊敬的神父[1]，他丝毫也没有忽略他的神义的本职义务，以至于我在这里早就看到，宗教和怀疑如何平静无扰地并行不悖，从而在我心里不仅产生了不信宗教的思想，也产生了最为宽容的无所谓的态度。

地点和时间也是重要的因素：我是出生在倾向怀疑的18世纪末，我出生的那个城市，在我童年时代不仅驻扎着法国人，法国精神也居统治地位。

我必须承认，我认识的法国人让我接触的那些书都很不干净，使我对整个法国文学都怀有成见。

即使后来我也从未喜欢过法国文学像它应该受到的喜爱程度，我对法国诗歌的态度最不公正，从我青年时代起，我就讨厌它。

大概这首先是那个该诅咒的多努阿修士的过错。他在杜塞尔多夫的中学里教授法语，一个劲地想迫使我用法文写诗。就差一点，我不仅对法文诗几乎是对诗歌整个的倒了胃口。

---

[1] 指夏尔迈耶校长。

多努阿修士是位流亡神父[1]，年纪不轻，个子矮小，面部肌肉分外灵活，他戴着一顶褐色的假发，只要他一发怒，假发就立即歪到一边。

他编写了若干本法语语法和诗选，里面收集了德法两国古典作家的选段，供不同年级的学生翻译。为了最高年级，他也发表了 *Art oratoire*（法文：雄辩术）和 *Art poetigue*（法文：诗艺）这两本小书，其中第一本包含了选自昆蒂利安[2]的训练口才的妙法，应用于弗莱希哀，马西利翁，布尔达鲁和波苏埃[3]的布道词中的例子，倒并不使我感到特别厌烦。——可是另一本小书却包含了诗的定义：*L'art de peindre par les images*（法文：用形象绘画的艺术），巴多[4]的古老学派的淡而无味的残屑，还有法国韵律学和法国人全部的音韵学，这是一个什么样的噩梦啊！

我就是现在也不知道还有比法文诗的音韵体系更倒胃口的东西，这种 art de peindre par les images 就像法国人为它下的定义那样，这种颠三倒四的概念也许就导致了法兰西诗歌中的形象永远沦为绘画的诠释。

他们的音韵学肯定是普罗克鲁斯特斯[5]所发明；它对思想来说真是一件强制精神病人穿的紧身外套，思想柔顺温和，肯定用不着

---

1 法国大革命爆发后，有的神父从法国逃亡德国。
2 昆蒂利安，拉丁文姓名为马尔库斯·法比乌斯·昆蒂利阿鲁斯（30年左右—96年左右），古罗马演说家。
3 哀斯普利·弗莱希哀（1632—1710），法国著名的布道师、演说家。让·巴普蒂斯特·马西利翁（1663—1742），法国神学家，著名传道士。路易·布尔达鲁（1632—1704），法国学者，教授哲学、雄辩学、道德神学。雅克·贝尼涅·波苏埃（1627—1704），法国最享盛名的演说家，神学家和主教。
4 查理·巴多（1713—1780），法国美学家。
5 普罗克鲁斯特斯，古希腊传说中一个妖怪的名字，他用暴力把一切陌生人的脚伸长或缩短，使之适合他的床的长度，故以普罗克鲁斯特斯之床形容一种强令适应的条件。

这样一件外套。诗歌的优美就在于如何克服音韵学造成的困难,这是一条可笑的法则,出于同一个愚蠢的源泉。法文的六音步诗,这押韵的连声打嗝儿,我真的感到非常厌恶。法国人自己也对这种违拗自然的产物极为反感,觉得它远比所多玛和蛾摩拉[1]的恶行更为罪孽深重,他们优秀的演员得到指示,朗诵诗歌要读得这样平稳,就仿佛它们是散文一样——那么干吗多此一举,把它们变成韵文?

我现在这样想,我在少年时代就有这种感觉,可以想象,当我向这顶褐色的假发套宣布,我根本不可能写法文诗时,在我和他之间必然会爆发公开的敌意仇视。他宣称我对诗歌毫无感受,称我是托埃托堡森林[2]里的一个野人。

我现在想起来还不寒而栗,这位教授要我从他编撰的诗集里把该亚法[3]向公会[4]的致辞从克洛卜斯托克的《救世主》[5]的六音步诗体译成法语的亚历山大诗体!这真是残忍到刁钻古怪的地步,远远超过救世主自己所经受的一切苦难和痛苦,就是基督自己也未必能平心静气地忍受下去。求上帝宽恕,我诅咒这世界和一切外国压迫者,他们想把自己的音韵学强加给我们,我差一点变成了一个生啖

---

1 《圣经》中的两座城市,城中居民罪孽深重,受到天谴。参看《旧约全书·以赛亚书》第1章第9节。
2 公元9年,日耳曼各族在托埃托堡森林中和入侵的罗马帝国军队发生激战,击溃罗马兵团,摆脱异族统治。
3 该亚法,公元前18—36年时的犹太大祭司,在审讯后把基督送到比拉多的衙门去,参看《新约全书·马太福音》第26章第57节,《约翰福音》第18章第4节。
4 公会,《圣经》中耶路撒冷的犹太民族最高司法行政机关,相当于贵族元老院,由七十一名法利赛人中的最杰出的学者组成。《圣经》故事里,耶稣基督,彼得和保罗均先后被送到公会去进行审判,参看《马太福音》第26章第59节,《使徒行传》第4章第5节,同上第22章第30节。
5 克洛卜斯托克以基督受难为题材的诗篇。

法国人者。

我可以为法兰西而死,可是写法文诗——决不!

通过校长和我母亲,这个冲突平息了。我母亲根本就不满意我学习写诗,哪怕只学习写法文诗。因为她当时最怕我一心想当诗人,她一直说,这是我能碰上的最糟糕的事情。

当时人们和诗人这个名字联系在一起的概念都不是非常光彩的,诗人是个衣衫褴褛的穷鬼,为了几枚金币给人家写首应景的诗,最后在救济院里咽气。

我母亲脑子里却为我设想了青云直上的宏伟前程,一切教育计划都冲着这些目标。在我的发展史上她扮演着主要角色。她为我的各科学习制订规划,早在我出生之前,她的教育计划就已经开始。我温顺地服从她直言不讳地表示出来的各种愿望。可是我得承认,我在市民阶级的各种位置上所作的尝试和努力,大多毫无结果,这可是她的过错,因为它们从来也不符合我的天性。而我的天性远比世界上发生的重大事件对我的前途起着更大的决定性作用。

我们的幸运之星是在我们自己心里。

首先是帝国[1]的火山烂辉煌使我母亲目迷神眩,我们这一地区有位铸铁厂老板的女儿是我母亲的好友,她摇身一变,当了公爵夫人,并且告诉我母亲,她的丈夫打了许多胜仗,不久就要擢升为国王,——于是我母亲就梦想着我获得了金光闪闪的肩章,或者皇帝宫廷里极端荣耀的官职,她打算让我完全致力于为皇帝服务。

因此我得优先学习有助于这一前程的各项科目,尽管文科中学里要我学习的数学知识已经足够了,可爱的布莱维教授已经给我喂饱了几何学,静力学,流体力学,应用流体力学,让我在对数和代数中恣意游泳,我还得邀请家教,在类似的学科中对我进行辅导,

---

1 指的是拿破仑皇帝统治下的法兰西帝国。

据说,这些学科可以使我成为一个伟大的战略家,或者必要时在被征服的各省成为行政长官。

随着帝国的崩溃,我母亲也不得不放弃她为我梦想的锦绣前程,针对这一目的的各项课程也就此告终。奇哉怪也!它们在我的精神上居然也没留下任何痕迹,它们对我的精神是如此的陌生。这只是一种用机械的方式获得的知识,我把它们像毫无用处的破衣烂衫一样地扔掉。

我的母亲于是从另外一个方向来为我梦想一个锦绣前程。

我父亲和罗特希尔德[1]过从甚密,这一家在当时已经开始兴旺发达起来,犹如奇迹一般;其他的银行大王和工业巨头也在我们身边崛起。我母亲宣称,有头脑的人在商界取得非凡成就,跃上世俗权力最高峰巅的时刻业已来临。她于是决定让我变成一个金融巨头,现在我得学习各种外语,尤其是英语,地理,簿记,简而言之,我得学习与陆地和海上贸易以及商科有关的各种学问。

为了对汇票贴现业务和海外特产略知一二,我后来不得不去访问我父亲认识的一位银行家的账房和一家杂货店的拱形地窖。对前者的访问延续了三个礼拜,对后者的访问则长达四周。

可是我趁此机会只学会了怎样签发汇票以及豆蔻的果实究竟是什么样子。

我本想在一位著名的商人那里变成一个 *apprenti millionaire*(法文:见习百万富翁),他说,我对经商毫无天才,我哈哈大笑,承认他大概说得很对。

---

[1] 罗特希尔德,国际著名的德国银行家家族,其创业者为麦厄·阿姆谢尔·罗特希尔德(1743—1812),在18世纪60年代即设总行于美因河畔的法兰克福,他的五个儿子,被奥地利皇帝册封为贵族,分别领导设在伦敦、巴黎、维也纳和那不勒斯的分行。

不久爆发了一次巨大的贸易危机，和我们许多朋友一样，我父亲也倾家荡产，经商的肥皂泡比帝国肥皂泡破裂得更快更惨，我母亲于是不得不为我的前程另作梦想。

她现在认为，我非学法律不可。

原来她注意到，法学家这一阶层早在英国就权力强大无比，后来在法国和立宪的德国也是如此，特别是律师通过当众演讲的习惯，扮演着饶舌絮叨的主要角色，从而进入政府最高的部门。我母亲观察得非常正确。

当时正好新办了波恩大学，最负盛名的教授们在该校法律系任教，我母亲立即把我送到波恩，不久我就坐在马克尔代和维尔克尔[1]脚下，啜饮着他们知识的玉液琼浆。

我在德国的几所大学里度过了七年，通过对罗马良心学、法学这极端非自由主义的科学，足足浪费了我三年美好的青春年华。

Corpus Juris（拉丁文：法典即罗马法）一书，这本利己主义的圣经，是一本何等可怕的书啊！

无论是罗马人还是他们的法典，我都深恶痛绝。这些强盗想要安置他们劫得的财物，便设法用法律来保护他们用宝剑掠夺来的一切。因此罗马人既是士兵，也是律师。于是便产生了令人反感已极的一种混合物。

关于所有制的理论我们当真应该归功于这些罗马窃贼，先前所有制只是作为事实存在，这一学说连同它卑鄙已极的结论一旦建立便是那部备受赞扬的罗马法，成为我们今天一切立法机构，甚至可说是一切现代国家机关的基础，尽管它和宗教、道德、人情和理性

---

[1] 费迪南·马克尔代（1784—1834），德国法学家，著有《德国民法讲演》等各种法学著作。维尔克尔，不详。

形同水火，互相矛盾。

我修完了那门天谴神咒的学科，却一直下不了决心，利用这样一种学习成果，或许也因为我感觉到，别人很容易在律师行业诉讼伎俩上远远超过我，我便脱下了法学博士的方帽，扬长而去。

我母亲这次的表情比平素更为严肃。可是我已经完全长大成人，已经到了必须摆脱母亲监护的年龄。

这善良的女人也同样年事渐高。经过这些失败，她一方面放弃了指引我人生的领导权，另一方面恰如上文所述，后悔没有把我奉献给教会去当神职人员。

她现在已是87岁高龄的老人，她的精神并未因年迈而衰退。她从未提出非分要求，想要控制我真正的思想方法，她对我来说一直意味着体贴和慈爱。

她笃信自然神论，这和她思想中占主导地位的理性完全符合。她是卢梭的女弟子，读过卢梭的《爱弥儿》[1]，自己哺育子女，最热衷于教育。她自己就受过学识高深的教育，是她哥哥的伴读。这个哥哥日后成为名医，不幸夭折。她还是少女时就不得不把一些拉丁文的博士论文和其他学术文章念给她父亲听，往往提出一些问题，使老人惊讶不已。

她的理性和她的感觉都无比健康，我对光怪陆离和罗曼蒂克之物的感受并非从她那里继承得来，她对诗歌怀有恐惧，发现我手里有本长篇小说，她就劈手夺去，一次也不许我看戏，禁止我参加任何民间节日活动，监视我和别人的交往，使女对我讲鬼故事，我母亲就严词呵责。简而言之，她想尽办法，把迷信和诗歌从我身边撵走。

---

[1] 《爱弥儿，或论教育》，法国作家卢梭（1712—1778）的长篇小说，发表于1762年，集中体现了卢梭的教育思想：人天性善良，将被文明和社会所腐化。须受正确的良好的教育，使之恢复天性。因而要改革教育。

她生性节俭，但这只限于她个人。为了使别人快乐她可以大肆挥霍。既然她并不爱财，只是知道钱的价值，她便随便地把钱财赠送给别人，其好心和慷慨往往使我瞠目结舌。

她为儿子做出了多少牺牲啊！在困难时期，她不仅为儿子制订学习计划，还提供实现计划所必需的金钱！我上大学时，父亲的商店不景气，我母亲卖掉了她非常值钱的首饰、项链和耳环，保证我在大学开头四年的开销。

话说回来，在我们家里，我并不是第一个在大学里大吃宝石吞咽珍珠的人。我母亲告诉我，我外祖父也试验过这同一个艺术绝技。装饰他已故母亲的祈祷书的珍宝，不得不用来偿付他在大学里学习的费用。他父亲，老拉撒路斯·德·格尔登，和他已经出嫁的姐姐打了一场争夺遗产权的官司变得穷困不堪，他本来从父亲那里继承了一大笔财产，数额惊人，一位姨姥姥对此给我讲了许多难以置信的奇事。

姨姥姥谈到好些宏伟的宫殿，波斯壁毯，硕大的金银器皿，这个在选帝侯和选帝侯夫人的宫廷里享有莫大荣誉的好人如此悲惨地失去了这一切，这在孩子听起来总像是《一千零一夜》里的童话。他在城里的房子是坐落在莱茵大街的大旅馆。现在在新城的那座医院和格拉文堡的一座府邸也同样曾经为他所有，而到末了，他居然落得上无片瓦下无立足之地。

我在这里要插入一个故事，可以构成上述故事的旁枝，我的一位同行的母亲遭到诽谤，这个故事可以在公众舆论中为这位母亲恢复名誉。我有一次在可怜的狄特里希·格拉伯[1]的传记里读到，他毁于酗酒的恶习，而这个恶习是他自己的母亲很早就培植在他身上

---

[1] 狄特里希·格拉伯（1801—1836），德国剧作家，海涅的朋友。

的，他少年时代，甚至在他孩提时期，他母亲就拿烧酒给他喝。传记的编撰人从满怀敌意的亲戚嘴里听到的这个控诉是彻头彻尾错误的。我回忆起已故的格拉伯多次说到他母亲的那些话，他说，他母亲常常警告他不要喝"那汤水"，措辞极为严峻。

这位母亲是个粗鲁的女人，是个狱卒的妻子。她爱抚起她的小狼狄特里希来，有时候可能会用一头母狼的爪子把他抓破一点，但是她确有一颗真正母亲的心，她儿子到柏林去上大学时，她证明了这一点。

格拉伯告诉我，临别时，他母亲把一个小包裹塞到他的手里，包里用软软的棉花包着半打银勺，还有六只喝咖啡的小银勺和一只盛汤的大银勺，一份值得骄傲的传家之宝，民间妇女舍弃这份宝藏没有心里不流血的。这就像是一套银质的布景，使她们以为自己有别于那些平凡的、粗俗的贱民。我结识格拉伯时，他已经把大汤勺吃掉了，他称这大汤勺为歌利亚[1]。我有时问他，景况如何，他额上布满阴霾，简短地回答道：我已经吃到我的第三个勺子了，或者说，我已经吃到第四个勺子了。他曾叹息道，大勺都已吃完，轮到喝咖啡的小汤勺时，也就没几口饭可吃了，等到这些小勺也都消失，那就一口饭也吃不上了。

可惜他说得不错，他可吃的东西越少，就喝得越多，结果变成了酒鬼。起先是贫穷，后来是家里的苦闷驱使这个不幸的家伙在酩酊醉意之中去寻找欢快或者忘怀，最后就像别人抓起手枪来结束苦难一样，他大概就一把抓起酒瓶。格拉伯的一位天真的威斯特法伦地方的同乡曾经对我说过，"他酒量很好，他并不是因为酗酒而死，

---

[1] 参看《旧约全书·撒母耳记〈上〉》第17章，歌利亚，为非利士人中的一位身材高大骁勇善战的战士，以色列人大卫用机弦投石击中歌利亚的前额，歌利亚应声倒地，被大卫杀死。

而是因为想死才酗酒;他是死于自饮身亡。"

上面这段挽救一位母亲名誉的文字,肯定绝非不合时宜。我拖延至今才说出这番话来,是因为我原想在描绘格拉伯性格时才说,可是我没能对他进行性格描绘,即使在我的《德意志论》一书中我提起格拉伯也用墨不多。

上面这段诠释更多的是针对德国读者而不是针对法国读者,我在这里只想对法国读者说,上面提到的狄特里希·格拉伯是最伟大的德国诗人之一,在我们所有的戏剧诗人当中他可说是和莎士比亚最为亲近的一个。他七弦琴上的琴弦可能比别人略少,也许别人因而就胜他一筹,但是他所拥有的琴弦发出的音韵,只可能在那位伟大的不列颠人[1]那里才能听到。他具有和莎士比亚同样突兀迸涌的感情,同样来自自然的天籁,使我们惊讶、震撼和心情欢愉。

然而他的一切优点都由于趣味不高、玩世不恭和放荡不羁而蒙受阴影,这些特色超过了人的头脑曾经表现出来的极度疯狂最为可憎的东西。但是此人所创造的并非疾病,诸如寒热或痴呆,而是天才的一种精神中毒。就像柏拉图曾经非常贴切地把狄奥杰尼斯[2]称做疯狂的苏格拉底一样,可惜我们有双倍的理由也可以把我们的格拉伯称做醉酒的莎士比亚。

那些怪诞畸形的念头在他业已发表的戏剧里,已经大为减弱,但在《高特兰特》一剧的手稿中却触目惊心令人骇然。这是从前,我还完全不认识他的时候,他交给我的,或者毋宁说是扔在我脚下的一出悲剧。他说:"我原想知道,我有什么天赋,就把这部手稿交给古比茨教授,他看了直摇头,为了摆脱我的纠缠,他打发我找您,

---

[1] 指莎士比亚。
[2] 狄奥杰尼斯,有三位古希腊哲学家叫这名字,这里指的是奥伊阿昂达的狄奥杰尼斯,生活在公元前2世纪。

据他说，您脑子里也和我一样，装满了疯狂的奇思怪想，因而一定能更好地理解我，——喏，这就是那票货！"

说完这番话，也不等我回答，这个傻气可掬的家伙又步履蹒跚地走了。我正好要去见梵恩哈根夫人，就带着这部手稿，让她能对一位诗人的新作先睹为快；因为我读了几段就发现，作者确是一位诗人。

诗艺的猎物单凭气味就可认出。但是这一次对于妇女的神经来说，气味过于浓烈。很晚了，快到午夜时分，封·梵恩哈根夫人派人把我叫去，求我着在上帝的份上，把这部可怕的手稿拿走，只要这部手稿还在这屋里，她就怎么也睡不着。格拉伯的产品以它原始的形态就给人留下这样一个印象。

这个对象本身可以为我辩解，我何以在上文中离开本题。

拯救一位母亲的名誉在任何场合全都合适，格拉伯关于那位把他生到世上来的可怜的、遭到诽谤的女人说了上述的那些话，善感的读者一定不会把这些话看成旁生枝节的闲笔。

我对一位不幸的诗人尽了义务表示了虔敬之情之后，现在，我又要回到我自己的母亲和她的亲属身边，继续讨论这方面对我的精神教育所发生的影响。

除了我的母亲之外，特别关心我的精神教育的乃是她的哥哥，我的西蒙·德·格尔登舅舅。他去世已经二十年。他是个怪人，外表很不显眼，甚至有些傻气。身材矮小肥胖，脸色苍白，表情严肃，虽说长了根挺直的希腊型的鼻子，可是肯定比希腊人通常长的鼻子要长出三分之一。

据说，这个鼻子在他年轻时长短适中，只是由于他有不断拉扯鼻子的恶习，鼻子才给拉长到这不恰当的程度。我们这些孩子问舅舅此话是否当真，他就十分激动地驳回这种目无尊长的话语，然后又去拉扯他的鼻子。

他按古老弗兰肯地方的方式穿着打扮，穿着齐膝的短裤，白色长筒丝袜，装了环扣的皮鞋，依照旧日时尚戴了一根相当长的发辫。这个小人儿在街上踏着碎步急行，这根辫子就从一个肩膀跳到另一个肩膀，来回乱跳，做出各种怪相，似乎在后对自己的主人百般奚落。

往往在这位好心的舅舅坐在那里凝神深思或者翻看报纸时候，我心里一种恶作剧的欲望便油然而生，只想悄悄抓住他的小辫，扯它几下，就像这是拉门铃的绳索，舅舅气得要命，他大呼小叫，绞着双手，大骂这小鬼什么都不尊敬，无论是人的权威或是神的权威都无法对他有所约束，最后准会亵渎最神圣的东西。

倘若是此人的外表无法使人对他肃然起敬，那么，他的内心，他的心灵就更加值得尊敬，这是我在这世上见到过的最善良最高尚的心灵。在此人身上有一股浩然正气，使人想起古代西班牙戏剧[1]中崇尚荣誉的严正主义，他的忠诚也和古代西班牙戏剧中的主人公相似。他从无机会，充当"荣誉的医生[2]"，可是作为"坚贞不屈的王子[3]"同样具有骑士风度的伟岸气概，虽然他不用四音部的抑扬格吟诵诗句，更不渴慕死后的棕榈，他身上穿的并非光彩夺目的骑士大氅，而是一件毫无光泽的缀有鹡鸰尾巴的小外套。

他绝非反对感官享乐的禁欲主义者，他热爱每年一度的教堂落成纪念日年市，和店主拉希亚的酒店，他特别喜欢在那里吃配上刺柏果的田鸫鸟——但是如果事关他认为真理和善良的思想，他可以高傲地毅然决然地牺牲掉这个世界上所有的田鸫鸟和人间所有的生活乐趣。他以这样平易随和，甚至腼腆羞怯的神气作出这种牺牲，竟无人觉察，在这滑稽可笑的皮囊下面原来是一个隐秘的殉道者。

---

1 指西班牙古典戏剧家卡尔德隆（1600—1681）的剧本。
2 卡尔德隆同名的剧本。
3 同上。

按照世俗的观念，他是虚度此生。西蒙·德·格尔登在耶稣会修士的讲堂里学的是所谓的人文主义的学科，Humaniora（拉丁文：人文科学），可是在他双亲去世之后，人生的道路完全听凭他自由选择之时，他可不作任何选择，并且放弃到外国大学去学习任何一种所谓的可以谋生的学科，宁可待在家里，留在杜塞尔多夫的"诺亚方舟"里。这是他父亲遗留给他的那幢小屋，大门上刻了一幅"诺亚方舟"的画像，看上去刻得颇为精致，色彩鲜明斑斓。

他一刻不停，极端勤奋，全身心地献身于他那些学识高深的癖好和琐琐屑屑的玩意，收藏图书的嗜好，尤其是舞文弄墨的疯劲，这股劲头特别发泄在各种政治性的报纸和毫无名气的杂志上。

捎带说一句，他不仅呕心沥血地写作，还竭尽心力地思考。

这种写作的疯劲也许是产生于一种为公众谋福利的强烈欲望？他参与一切日常的问题，阅读各种报纸和小册子直到疯狂的地步。邻居们管他叫"博士"[1]，其实并不是因为他博学多识，而是因为他的父亲和他的哥哥都是大夫。老太太们不容分说，直认定那个多次把她们治愈的老大夫的儿子，不可能没有继承到他父亲的医术。她们一生病，就拿着盛尿的瓶子去找他，哭哭啼啼地求他仔细看看这些瓶子，告诉她们，患的是什么病。可怜的舅舅若正在潜心研究，受到这样的打扰，定会火冒三丈，让这些老娼妇带着尿瓶见鬼去，把她们统统撵走。

就是这个舅舅对我的精神教育产生过巨大影响，在这方面我从他那里获益良多。我们的观点尽管大相径庭，他在文学方面虽然成就甚微，说不定在我心里却激起了试笔的兴趣。

舅舅写的是旧式僵硬的公文文体，耶稣会学校里以拉丁文为主

---

[1] "大夫"和"博士"在德文中是同一个字。

科教的就是这种文体，不容易适应我的表达方式，他觉得我的表达方式太轻浮，太佻达，太不庄重。可是他向我提供有助于取得精神进步的材料时，热忱可掬，对我极有益处。

他把最优美最珍贵的作品馈赠给我这少年，把他自己的藏书供我支配，其中有许多经典著作和重要报刊，他甚至允许我爬上"诺亚方舟"的屋顶贮藏室，在存放已故外公的旧书和文件的几个箱子里翻来翻去。

这屋顶贮藏室其实是个大阁楼，孩子可以成天待在那里，真是心花怒放，心里充满了神秘的欢乐。

那儿并非美丽的去处，唯一的住户是只肥硕的安哥拉母猫，并不特别在乎整洁，难得用她的尾巴掸一掸破旧什物上的尘土，那儿堆放了不少陈年旧物。

可是我的心儿年轻，朝气勃勃，透过小小天窗射进来的阳光明朗欢快，我觉得屋里的一切似乎都照耀着奇幻瑰丽的光线，甚至那头老迈的母猫我看上去也如中了魔法的公主，大概会突然摆脱动物的形态，再现往日的美丽和辉煌，而这间阁楼也会变成一座金碧辉煌的宫殿，就像魔幻故事里经常发生的那样。

可是古老美好的童话时代已消失得无影无踪，母猫依然还是母猫，"诺亚方舟"里的阁楼依然是一间积满尘土的什物间，无可救药的家居杂物的医院，陈旧家具的 Salpetriere（法文：巴黎的一家养老院和医院），这些家具业已朽坏，由于对它们有种多愁善感的依恋之情或者照顾到与之相连的虔诚回忆，还不得把它们扔到门外。

那儿有一只散了架的摇篮，我母亲从前就睡在里面摇来摇去；现在摇篮里放了我外公的一顶官方假发，早已霉烂不堪，似乎因为年迈苍苍反而显得稚气十足。

外公的一柄锈迹斑斑的佩剑和一把缺只胳臂的火钳，还有另外一只残缺不全的铁制器皿挂在墙上。在旁边一张摇摇晃晃的床上站着已故外婆的一只塞了棉花的鹦鹉,羽毛已经完全脱落,身上不是绿色,而呈灰色,只剩下仅有的一只玻璃眼睛,看上去着实阴森可怕。

这里还有一个挺大的绿色瓷器哈巴狗,里面中空,屁股上掉了一块,母猫对于这件来自中国或者日本的艺术品似乎满怀敬意,在它面前恭顺地连连弯腰鞠躬,也许把它当作一个神祇;母猫生来总是那么迷信。

一个角落里躺着一支笛子,从前归我母亲所有。她还是少女时曾经吹过这支笛子,为了让老先生,她父亲工作时不至为音乐所打扰,或者怪她女儿多愁善感、浪费时间而生气冒火,她就选中这间阁楼做她的音乐厅。现在母猫把横笛选作最心爱的玩具,拽着系在笛子上的那根褪了色的玫瑰色绸带把笛子在地板上滚来滚去。

阁楼的旧货当中还有几个地球仪,奇妙已极的行星图,好些大型烧杯和曲颈瓶,使人想起星象学和炼金术的研究。

在箱子里外祖父的书籍当中,也有许多文章和这些秘密的科学有关。大部分书籍自然是医学古籍。也不乏哲学书籍,可是除了极端理性的卡尔台西乌斯[1]的著作之外,还有帕拉契尔苏斯、梵·海尔蒙特[2]这样耽于空想者的著作,甚至还有阿格里帕·封·奈特斯海姆[3]的作品,我在这里第一次见到他的《Philosophia occulta》(拉丁文:隐秘的哲学)。他献给修道院长特里特姆的书翰使我这个孩子看了都忍俊不禁,院长的回信也附在后面,这位同伙在信中对另

---

[1] 即法国哲学家笛卡尔(1596—1650)。
[2] 帕拉契尔苏斯,原名台奥弗拉斯图斯·彭巴斯图斯·封·霍恩海姆(1493—1541),医生和自然研究家。弗朗齐斯库斯·麦尔库里乌斯·梵·海尔蒙特(1614—1699)自然哲学家,对莱卜尼茨有影响。
[3] 阿格里帕·封·奈特斯海姆,原名海因里希·科尔内利乌斯(1486—1535),哲学家,神学家,医生,在德国、法国、英国过冒险生活,反对经院主义的学说。

一位江湖骗子极度夸张的溢美之词加倍奉还。

我在这些布满灰尘的箱子里发现的最精彩最珍贵的宝贝乃是一本笔记本，出自我外祖父的一个弟弟的手笔。人家管他叫骑士或者东方人，老奶奶们对于此人大有可以歌吟可以讲述的事情。

这位叔公同样也叫西蒙·德·格尔登，想必是位奇特的圣人。他获得"东方人"这个绰号，因为他曾经多次在东方长途旅行，回来时总是穿着东方的服饰。

他似乎在北非的一些海岸城市尤其在摩洛哥国内待的时间最为长久。他在那里跟一个葡萄牙人学会了锻造武器，并且从事这门手艺颇为走运。

他到耶路撒冷去朝圣，祈祷时欣喜若狂，在莫里亚山[1]上看到了幻象，他看见了什么？他从没透露过。

一个独立的贝督因人部落，不信伊斯兰教，而信一种摩西教[2]，在北非沙漠的一个无人知晓的绿洲里落脚宿营，这个部落选我的叔公做他们的首领或者酋长。这个骁勇善战的小部落和邻近各个部落交恶，是一切骆驼队的煞星。用欧洲话来说：我已故的叔公，莫里亚圣山上亲眼见过幻象的虔诚信徒，变成了强盗头子。在这美丽的地方他也获得了养马的知识和精湛的骑术，回家来到西方之后，曾以骑术引起人们的激赏和赞美。

他在各国宫廷里待过很长时间，以他个人的俊美伟岸也以他东方服饰的富丽豪华而光彩照人，尤其对太太们魅人无穷。他最最令人侧目而视的大概是他自称拥有秘密的知识，谁也不敢在他身居高位的恩主们面前说三道四，贬抑这个精通巫术的全能术士。擅长阴

---

1 《旧约全书》中说，人们在莫里亚山上见到耶和华。按照犹太传说，此山在耶路撒冷。
2 即犹太教。

谋诡计之辈害怕掌握犹太教神秘哲学的能人。

只有他自己的胆大妄为才能使他陷入灾难之中,老奶奶们摆出稀奇古怪的神秘兮兮的样子频频摇晃她们白发苍苍的小脑袋,悄声细语地讲起这"东方人"和一位门第非常显赫的贵妇人之间发生了香艳缠绵的恋情。事发之后,他被迫急如星火地离开这个宫廷和这个国度。抛弃全部财产,逃之夭夭,这才九死一生,逃得一命,多亏他那久经考验的卓越骑术他才得以获救。

经过这番冒险经历他似乎在英国找到了一个安全然而寒碜的藏身之地。我从叔公在伦敦发表的小册子作出这样的推论,这份小册子是我当年在杜塞尔多夫的图书室里爬到最高的书架上去偶然发现的。这是用法文诗句写的一部圣剧,题为《摩西在霍累普山上》[1],也许和前文提到的幻象有关,前言可是用英文写的,标明写于伦敦;诗句犹如一切法文诗句,尽是压韵的不冷不热的温吞水,可是前言的英文散文却流露出一个高傲的男子身处困境之中的愤懑之情。

从叔公的笔记本里我未能查出很多确有把握的材料;也许为了谨慎,笔记本里写的大多是阿拉伯文、叙利亚文和古埃及科普特文的字母,其中有法文引文出现,真是够古怪的,譬如常常出现这句诗:

"Ou I'innocence perit c'est un crime de vivre"(法文:哪里童贞毁灭,活着便是罪行。)

有些思想,同样用法文所写,也使我深受感动,法文似乎是撰写者惯用的语言。

这位叔公是个谜样的人物,难以理解。他过的那种奇特的生活,只有在18世纪初期和中期才有可能;他半是梦想家,为各式各样世界主义的、造福人类的乌托邦作宣传,又半是冒险家,在感觉到

---

[1] 在《圣经》中,霍累普山即西奈山。

他个人力量之际,便突破或者越过一个腐朽社会的朽坏不堪的藩篱。反正他是一个完人。

我们并不否认他玩江湖骗术,但这并非卑下的骗术。他并非寻常的江湖郎中,在市场上给农民拔牙,而是勇敢地闯进帝王公侯的重重宫殿,拔下他们最坚固的臼齿,犹如从前于翁·封·波尔多骑士[1]对巴比伦的苏丹干的那样。俗话说,人有手艺必须大肆吹嘘,生活也是手艺,与其他手艺无异。

哪一位重要人物不是或多或少是个江湖郎中?谦虚谨慎的江湖郎中貌似谦卑实则倨傲,是最糟不过的江湖郎中!谁若真想对民众发生影响,须要兼有江湖郎中的本事。

为达目的,不计手段。亲爱的上帝在西奈山上宣布他的法律时[2],不是自己也并不耻于趁此机会雷电交加,大造声势,尽管这法律超群出众,尽善尽美,照理完全可以不必添加任何闪光耀眼的松香树脂,震耳欲聋的隆隆鼓声。但是吾主熟知他的观众,他们带着成群的牛羊,咧开大嘴站在山下,物理学上的一点巧妙的特技肯定比永恒思想的一切奇迹都更能赢得他们的赞赏。

不论怎么说,这位叔公大大激起了这孩子的想象力。人们谈到他的一切,都给我年轻的心灵留下了难以磨灭的印象。我深深沉浸于他的历险和命运之中,以至于有时候青天白日,我会产生一种阴郁的心情,就仿佛我自己就是我已故的叔公,我的生活只是那位早已故去者的生活的延续!

晚上这种心情又反射到我的梦中。我的生活当时就像是一份大

---

[1] 德国诗人克里斯多夫·马丁·维兰(1733—1813)的诗剧《奥贝龙》中的人物。
[2] 《旧约全书·出埃及记》第19、20章记载,上帝在西奈山上向摩西宣布他的诫命时,雷电交加,鼓角轰鸣。

报纸，上面那部分是现代，以每日的报导和每日的辩论包含当天的新闻，而下面那部分则是连续不断的夜梦，就像副刊里连载的长篇小说光怪陆离地映现出诗意盎然的往事。

在梦中我完全和我叔公融为一体，我同时惊恐万状地感觉到，我是另一个人，属于另一个时代。有些地方我先前从未见过，有些情况我从前一无所知，但是我步履稳健举止得体地徜徉于斯。

我遇到的人都身穿五彩斑斓的奇装异服，面容古怪，令人生厌，可我还是像见到故交，和他们握手。我懂得他们极为陌生从未听过的语言，令我惊讶的是，我甚至还能用同样的语言回答他们的问题，同时情绪激动地作着手势，我可从来没有这种特点，我甚至说了一些东西，按照我平时的思维方法，我会对此异常反感，绝口不提。

这种奇特的状况大概持续了一年。尽管我又完全恢复自我意识，但是秘密的痕迹依然留在我的灵魂里。有些特异性，有些完全不符合我天性的令人憎恶的同感和反感，甚至有些和我的思维方式正好发生矛盾的行动，我便把它们当作那个梦幻时期的后果来向我自己进行解释，那时我是我自己的叔公。

我若犯了错误，我觉得发生错误的原因无法理解，我就把它算在我那东方双身人的账上。有一次为了掩饰我的一个小过失，我把这种假设告诉我父亲，他神情狡黠地说道：他希望我的叔公没有签发汇票，日后人家可能会拿来让我付款。

没有人把这种东方汇票拿来让我付款。我自己的西方汇票已经把我弄得焦头烂额。

但是先人遗留下来要我们偿还的，除了金钱债务之外肯定还有更糟糕的债务。每一代人都是另一代人的继续，要对这代人的行动负责。文曰：父辈吃了没有成熟的葡萄，孙子们的牙齿因而发麻。

几代人之间有种团结精神，代代相传，不错，依次进入竞技场的各国人民之间，也接受了同样的团结精神，整个人类到末了清算了过去时代留下来的一笔巨大遗产。在约沙法山谷[1]里，那本大账簿将被销毁，或者说不定在这之前就毁于全球性的破产。

犹太人的立法者[2]深刻认识到这种团结精神，特别在继承法中予以法律上的承认；对他来说，人死之后也许不存在个人的延续，他只相信家庭的不朽。一切财富都是家庭的财产，谁也不能把它们完全转让给别人，以至于它们到一定的时间没有再转回来落到这个家庭成员的身上。

和摩西法的这种对人友好的思想截然相反的是罗马法，它在继承法里同样表达了罗马性格的利己主义。

我不想对此进行探讨。依照我个人的信条，我更想利用这里提供给我的机会，通过实例再次显示，最为无伤大雅的事实有时会被我的敌人利用来作为最为恶毒的暗示。原来我的敌人自以为，发现我在叙述生平时谈我母亲的一家甚多，而对我父亲的家族和亲戚却只字未提，他们把这说成是故意突出一方，对另一方则故意缄默，责备我和已故的同行沃尔夫冈·歌德同样虚荣心切，怀有不可告人的隐情。

不错，歌德在回忆录里，常常特别愉快地谈到他的祖父，而对他的外祖父则只字未提，他祖父是个为人严正的乡绅，担任法兰克福市议会的主席，而他外祖父则是波肯海默巷里的一个诚实可敬的缝缝补补的小裁缝，蹲在他的手工桌前，修补共和国的旧裤子。

关于这一疏忽，我无法代表歌德说话，可是谈到我自己，我想就此对那些恶意的，往往被人广为利用的解释和暗示予以纠正：倘若我在文章里从未谈起我的祖父，可不是我的过错。原因非常简单，

---

1 参看《旧约全书·约珥书》第3章。耶和华说，他要在约沙法谷聚集万民，进行审判，按照罪行的大小，予以判决。
2 指摩西。

我能谈他的事情不多。先父到我出生的城市杜塞尔多夫来时，完全是个外乡人，在这里没有任何亲戚，没有那些老姑妈、表姐妹，这些女性行吟诗人，每天以单调的叙事方式向这年轻的小子歌吟陈年往日的家庭传说，苏格兰的行吟诗人歌吟时必须以风笛相伴奏，她们则以浓重的鼻音取而代之。从她们那里只有我母亲家族的那些伟大战士们给我这年轻的心灵留下最早的印象，我专心致志地侧耳谛听，老布洛恩勒或老布隆希蒂斯[1]讲的故事。

我父亲天生的沉默寡言，不爱说话，我小时候，平时在圣芳济修士的修道院学校里上学，可是礼拜天却待在家里，有一次我利用在家的机会问我父亲，我的祖父是谁。对于这个问题，我父亲一面哈哈大笑，一面口气生硬地回答道："你爷爷是个小犹太，长了一部长胡子。"

第二天我走进教室，发现我的小同学们已经聚集在那里，便忙不迭地马上把这重要的新闻告诉他们：我爷爷是个小犹太，长了一部长胡子。

我刚说完，这事便立即传开，用各种声调重复转述，并且夹杂着装出来的各种动物的叫声。小家伙们跳上桌子板凳，把乘法九九表从墙上扯下，连同墨水瓶全都滚到地上，与此同时，他们又笑又嚷，羊叫、牛叫、狗叫、鸡叫，混成一片——真是地狱演戏，群魔乱吼，循环反复的一句始终是：爷爷是个小犹太，长了一部大胡子。

我们班的级任老师听见喧哗走进教室，气得满脸通红，立刻盘问，谁是这场喧闹的罪魁祸首。碰到这种情况，历来都是如此：每个人都噤若寒蝉，力图洗刷自己。调查结果，责任都落在我这个倒霉蛋身上，是我讲了关于我爷爷的情况引起了这场喧闹，为了补赎我的过错，我给狠狠地揍了一顿。

---

[1] 相当于老奶奶甲或老奶奶乙。

这是我在这个世界上第一次挨揍，我趁这机会进行哲学观察，亲爱的上帝创造了殴打，凭他仁慈的智慧也该设法让那揍人的人末了疲惫不堪，不然到末了会揍得人难以忍受。

用来揍我的那根棒是根藤条，呈黄色，而它在我背上落下的条条伤痕，则成青色，我没有忘记这些伤痕。

这样无情地把我狠揍一顿的老师，我也没有忘记。他是狄克夏特神父；不久他就被撵出这所学校，其理由我也同样没有忘记，但是我不愿说出口来。

自由主义者诽谤神父阶层的次数已经相当频繁，但这纯属冤枉，倘若他们当中有个不争气的成员犯了罪行，而这些罪行归根到底只是由于人的天性或者更多的是由于扭曲了人的天性，那么现在大概可以对他们宽容一些。

就像这个第一次揍我的人的姓名我难以忘却，同样，使我挨揍的原因，也就是关于我家族系谱学的不幸的通报也留在我的记忆之中。少年时代早期的印象是如此深刻，每逢人家谈到长大胡子的小犹太时，那阴森可怖的回忆就爬上我的背脊，令我毛骨悚然。俗谚说，"被开水烫过的猫害怕煮沸的锅。"从此之后我没有多大兴趣去追问我那可疑的祖父和他的家谱的情况，或者向广大的公众宣告与此有关的各种事项，犹如当年向小型公众披露，这谁都很容易理解。

我祖母的情况我也同样知之甚少，可我不愿对她略而不提。她姿色出众，是汉堡一位银行家的独生女，这位银行家因为财产丰盈遐迩闻名。这些情况使我估计，那个小犹太把这个美人从家财万贯的双亲家里娶到他居住的汉诺威来，除了那部大胡子外，想必还具备一些非常值得称道的品质，是个颇为令人尊敬的人物。我爷爷英年早逝，留下年轻的遗孀，带着六个孩子，年纪都非常幼小。奶奶回到汉堡，在那里溘然长逝，也未得享高龄。

在我汉堡的叔叔所罗门·海涅的卧室里我曾看见过奶奶的肖像。

画家按照伦勃朗的画风，追求光与阴的效果，他给肖像配了一个修女式的黑色头盖，一身几乎同样严肃的深色长袍，漆黑的背景，结果那张面颊丰腴、带着双下巴的脸庞宛如一轮满月，从夜空的云雾中浮现出来。

她脸上的线条还带有当年绝色容颜的痕迹，既温和又严肃，尤其是肤色的滋润柔和赋予整个脸庞一种特殊的高贵表情；倘若画家在这位夫人的胸前再画上一只钻石的大十字架，你会以为，看见了一座新教贵族神学院的哪一位出身侯门的女院长的肖像。

据我所知，在我奶奶的孩子当中，只有两个继承了她那超群出众的美丽，这就是我父亲和我叔叔所罗门·海涅，汉堡同名银行的已故老板。

我父亲的美有点过于柔软，缺乏个性，几乎有些女人气。他的弟弟却更有一种男性美，确实是个男子汉，性格的坚强表现在他那高贵完美、匀称端正的面部轮廓之中，真是相貌堂堂，有时甚至令人惊愕。

他的孩子都长得很美，毫不例外，令人极为愉悦，可是死神都在华年夺去了他们的生命，在这束美人组成的花束当中现在只有两朵尚还健在，那就是银行的现任老板和他的妹妹，一个罕见的现象……

这几个孩子我都非常喜欢，我也爱他们的母亲，她也同样容貌美丽，辞世甚早，他们都让我洒下许多泪水。此时此刻我大概需要晃动我那带铃铛的小丑尖帽，以便用铃声掩盖我那直想哭泣的思想。

我在前面已经说过，我父亲的美有点女人气。我说这话绝不想暗示他缺乏男子气。再说他青年时代常常对此作出证明，说到底，我自己便是他男子气的一份证书。我说的话并非用辞不当，我心里想的只是他身体的外形并不结实坚硬，而是柔软圆润。他脸上的轮廓也并不线条分明，而是模糊不清，没有定型。他晚年有些发胖，不过即使在他青年时代他似乎也并不消瘦。

有张肖像证实了我的这一估计,后来我母亲的住处失火,这幅肖像被火烧毁。它画的是我父亲大约在十八九岁时的模样,他身穿红色制服,头上扑了粉,戴了一个发袋。

这幅肖像幸好是用五彩粉笔作的画,我说幸好,是因为粉笔的彩色比配上亚麻布油漆的油彩可以更好地把那些扑粉的人脸上的花粉一一再现出来,并且巧妙地掩盖他们脸上线条的模糊不定。上述的这幅肖像画里画家把玫瑰色的脸庞镶嵌在扑了白粉的头发和同样雪白的领结之中,通过对比赋予这张脸庞更为强烈的色泽,使之更加鲜明地显突出来。

同样,上衣的猩红颜色若在油画上会让我们感到刺目可怖,而在这里则相反,起到良好的效果,脸上的玫瑰红晕得以冲淡。

这幅肖像画上的线条所表现出来的那种美既不使人想起希腊艺术品上那种严格贞洁的理想特色,也不会使人回忆起那种具有唯灵主义的热烈激情,但又蕴藏着异教健康情绪的文艺复兴时期的风格,上面提及的那幅肖像画完全代表了一个恰好没有特性的时代的特征,这个时代喜欢俏丽爱娇,轻佻秀气甚于喜欢美丽,这个时代居然把索然无味提高到诗意盎然的地步,这就是那个甜蜜动人雕琢华丽的罗可可时代,也称为发袋时代,这个时代也的确以发袋为标记,不过不是把它戴在额前,而是戴在脑后。倘若上述肖像画上我父亲的画像更像一幅袖珍工笔画,人家会以为,它是出于才华超群的伐多[1]的手笔,四周围上光怪陆离的阿拉伯式的藤蔓形花纹,缀以五光十色的宝石和金光闪烁的饰物,放在蓬巴杜夫人[2]的一把扇

---

1 让-安多阿纳·伐多1684—1721),法国画家,被认为是罗可可风的代表。
2 蓬巴杜侯爵夫人,原名约娜·安多纳特·波阿松(1721—1764),路易十五的情妇。

子上供人观赏。

也许值得注意的是：我父亲就是在他往后的岁月里也依然忠于这种古老的弗朗克地方扑粉的风习，直到他仙逝之日他都叫人每天给他头发扑粉，尽管长了一头令人艳羡极为美丽的头发。一头金黄色的头发，简直金光闪闪，而且柔软已极，只有中国蚕丝才会这样柔软。

他肯定同样也乐于保留他的发袋，可是大步前进的时代精神严酷无情。处于这种困境之中，我父亲找到了一个缓和矛盾的权宜之计。他只牺牲形式，那黑色的小口袋，发袋；此后他就把长长的鬈发像个大发髻似地用一把小梳子固定在头上。由于头发柔软，再加扑了白粉，几乎根本看不出发辫，所以我父亲基本上并未背叛老式的发袋制度，只不过像有些秘密的正统分子表面上屈从于这残酷的时代精神。

上述的肖像画上画我父亲身着红色制服，表示我父亲曾在汉诺威服役。法国革命初期，我父亲在孔伯朗的恩斯特亲王[1]麾下，参加了弗朗德尔和布拉邦特的战事，担任粮秣官，或者军需官，或者像法国人说的，Officier de bouche（法文：管吃饭的军官）；普鲁士人称之为："面粉虫"。

这个年轻力壮的小伙子的真正职务却是亲王的宠儿角色，一个 au petit pied（法文：长着秀脚纤纤），不戴浆硬领带的布吕梅尔[2]，他最后也分享了这类君王所宠爱的玩物的命运。我父亲虽说一辈子坚信不疑，日后成为汉诺威国王的那位亲王从未把他遗忘，可是他

---

1 指汉诺威的亲王恩斯特·奥古斯特（1771—1851），英王乔治三世之子，1837年任汉诺威国王。
2 指乔治·布吕梅尔（"俊美的布吕梅尔"）为威尔士亲王（即英王乔治四世）的宠臣，19世纪初的时装权威。

也永远无法向自己解释，亲王为何从未派人去找过他，从未派人打听过他，因为亲王无法知道，他当年宠信的人儿是否生活在困厄之中，也许会需要他的帮助。

我父亲在那次出征时养成的一些不良癖好，我母亲只可能逐渐帮他戒掉。譬如说他很喜欢贸然从事高级游戏，保护戏剧艺术，或者更多的是保护献身此道的女法师们，养马玩狗更是他热衷的嗜好。他来到杜塞尔多夫，爱上了我的母亲，就此作为商人安顿下来。他来时，带来了十二匹英挺漂亮的骏马。根据他年轻太太的强烈愿望，他卖掉了这些马匹，太太向他提出，这笔四脚财产吞吃燕麦太多，并无丝毫收益。

我母亲要把马夫也打发走，这可就难多了。这个粗壮矮胖的放肆家伙经常从外面找个混蛋来和他一起躺在马厩里，和他玩牌。最后他自动离去，随身带走了我父亲的一只报时金表和其他一些值钱的财物。

我母亲摆脱了这个废物之后，把父亲的猎犬也都打发走，除了一只奇丑无比名叫约利的小狗之外。我母亲对它开恩是因为它身上毫无猎犬的特点，可以变成一只像市民一样忠心耿耿具有美德的家犬。它的住处就是我父亲停在空荡荡的马厩里的那辆旧的轻便马车，父亲在这里和它相遇，便互相投以意味深长的目光。接着我父亲叹口气："唉，约利。"约利便哀伤地摇摇尾巴。

我想，这狗是个伪君子。我父亲有一次看到他的宠物挨了一脚叫唤得特别可怜，便情绪恶劣地承认，这混蛋装蒜。末了约利长了一身疥癣，浑身长满了虱子，非把它淹死不可，我父亲只好听之任之并无异议。人们牺牲自己的四脚宠物就像君王们牺牲他们的两脚宠物同样的态度漠然。

大概也是从他参加征讨之时起，我父亲养成了对士兵阶层，或者不如说对士兵游戏的无限偏爱，迷恋那种快活懒散的生活，金光闪闪的饰物和猩红刺眼的布片可以掩盖内心的空虚，醉酒痴迷的虚荣心可以装出勇气百倍的神气。

他身边的那批贵族，既没有军人的严肃性，也没有真正的荣誉心。英雄主义更是无从谈起。他觉得主要的事情便是卫兵列队检阅，剑带铿锵有声，制服紧贴身体，对于俊美的男子匀称合身。

因此当杜塞尔多夫建立起市民卫队，我父亲作为卫队的军官可以穿上配着天蓝色天鹅绒翻领的深蓝色漂亮军装，走在队列前面从我家门口经过时，他是多么高兴啊。我母亲满脸红晕，站在窗前，我父亲便以无比优美彬彬有礼的姿势向我母亲敬礼。他三角帽上的羽毛迎风摇摆，神气十足，他的肩章在阳光下闪耀，光芒四射。

我父亲当时更高兴的是，轮着他在指挥所里担任司令官，负责全城的安全。碰到这些日子，指挥所里最出色的那几年酿造的两种名酒吕德斯海默和阿斯曼霍埃色便畅流不止，全都记在司令官的账上，他的市民卫队，他手下的蟹兵虾将对他的慷慨解囊简直赞不绝口。

我父亲受到他们爱戴的程度也不亚于老近卫军围着拿破仑皇帝欢呼时的热情。皇帝当然善于以别的方式来使他麾下的将士陶醉。我父亲的卫队也并不缺乏某种勇敢精神，在需要向一排口径最大的酒瓶发起冲锋时尤其如此。但是他们的英勇和我们在皇帝的老卫队那里看到的英勇品种完全不同。后者战死而不投降，而我父亲的卫队总是活着，而且常常投降。

我父亲在指挥所充当司令的那些夜晚杜塞尔多夫城的安全大概是颇为令人担心的。虽说他也派人出去巡逻，这些巡逻兵却唱着歌，刺马针碰得乱响，朝着不同的方向走遍全城。有一次两队巡逻兵碰在一起，在黑暗中一队想要把另一队当做酗酒的醉鬼和扰乱治安者关押起来。幸好我的同胞天性欢快与人无害，他们醉酒之后脾气温和，"ils ont le vin bon"（法文：他们喝足了好酒），没有发生不幸事件，他们互相向对方投降。

无限的生活乐趣是我父亲性格中的主要特点，他耽于享乐，性情欢快，脾气和蔼。他的心情总是像在过节。尽管有时候舞蹈的音乐不甚喧闹，可是小提琴始终演奏个不停。他总是情绪开朗，犹如湛蓝的晴空，轻佻的喇叭之声不绝。无忧无虑，忘记昨日，也从不愿去想明天早上。

这种天性和他严肃平静的脸上以及他举止和身体的每个动作里表现出来的端庄形成奇妙已极的对比。谁若不认识他，第一次看见他严肃的头上扑粉的形象和这神气俨然的表情，肯定会以为，瞥见了希腊的七位贤人之一。可是和他熟识之后大概会发现，他既非泰勒斯[1]亦非为宇宙构成学的问题冥思苦索的朗普萨库斯[2]。那份端庄神气虽说并非借自别人，但它使人想起那些古希腊浅显浮雕上表现的一个欢快的孩子把一张悲剧的面具套在脸上。

他的确是个大孩子，有着孩子的天真烂漫，在那些肤浅的表现理智的能手看来，很容易被认为是愚蠢，可有时他会随便说句思想深邃的话，暴露出极了不起的静观的能力（直觉）。

他以那精神的触角觉察到聪明人通过沉思才慢慢理解的事情。他与其说用头脑毋宁说用心灵思考，而他拥有你能想象的最可爱的心灵。有时候在他嘴边掠过的微笑，和上面提到的端庄神气形成滑稽优美的对照，这微笑是他心地善良的美丽反映。

他的嗓音虽然洪亮，富有男子气概，却带有孩子气，我甚至想说，使人想起林中的鸟声，譬如想起了红胸鸲的啁啾；他若说话，他的声音便直达你的心窝，仿佛完全无需取道耳朵。

---

[1] 米勒特的泰勒斯（前650左右—前560左右），古希腊哲学家。
[2] 大概指的是朗普萨库斯地方的彼塔科斯，公元前684年左右出生，为所谓的希腊七贤之一。

他说一口汉诺威的方言,这座城市及城南邻近地区,说的德语最为纯正。这对我来说可是一大优点,这样,早在童年时代我的耳朵通过我父亲就习惯于标准的德语发音,而在我们城里都说下莱茵地区的那种讨厌的乱七八糟的语言,在杜塞尔多夫还多少可以忍受,而在邻近的科伦城真是听了叫人恶心。在德语典型的蹩脚发音里科伦是托斯卡那[1],科伯斯和玛丽彻比尔[2]用一种方言互相对话,听上去就像两枚臭蛋发出声响,简直可说发出臭味。

你可以觉察到杜塞尔多夫人的语言在向荷兰沼泽地里的青蛙叫声过渡。我丝毫不想否定荷兰语特有的优美,我只承认,我没有耳朵欣赏它们。我们自己的德语,也许真像尼德兰的一些爱国主义的语言学家所声称的,只是蜕变了的荷兰语而已,这使我想起了一位世界主义的动物学家说的话,他宣称猴子是人类的祖先;按照他的意见,人只不过是受过教育,不错,受过太多教育的猴子而已。倘若猴子会说话,它们大概会说,人只是蜕变了的猴子,人类是变坏了的猴类,就像德语按照荷兰人的意见是一种变坏了的荷兰语一样。

我说:倘若猴子会说话,尽管我并不确信它们果真不会说话,塞内加尔的黑人坚定不移地保证,猴子是人,完全和我们一样,可是更加聪明。它们放弃说话,为了不至于被当作人,被逼着去干活;它们开的滑稽可笑的猴子玩笑全是狡猾的鬼主意,这一来它们可以在世上的当权派眼里显得不适合像我们这些人一样地受到剥削。

这些人全然抛弃虚荣心,使我不由得对他们作出高度评价。他们默默地保持隐姓埋名的状态,也许正在嘲笑我们单纯傻气。他们

---

[1] 托斯卡那是意大利北部地区,与罗马相比,算是外省。
[2] 科伯斯(即雅可伯),玛丽彻比尔(即玛利亚·西比拉):为科伦木偶剧中的人物。

自由自在地待在树林里,永远也不脱离自然的状态,也许真有权利声称,人是一只蜕变的猴子。

也许我们的先辈在18世纪已经预感到这点,他们本能地感到,我们外表光滑的过度文明只不过是抹了假漆的一堆腐朽,有必要返回自然,他们便试图又重新接近我们原来的类型,那自然的猴类。他们竭尽一切可能为了最后完完全全成为猴子,只是还缺少一根尾巴,于是便装上辫子来弥补这一缺陷。所以辫子时髦乃是一种严肃需要的重要标志,而不是一种轻佻的游戏——每当我想起我已经仙逝的父亲,我就不禁悲从中来,我试图以我小帽[1]上的铃铛声来压倒我的悲哀,可是徒劳。

在这世上所有的人当中我最爱的就是他。现在他已经去世二十五年多了。我从未想到会失去他。即使是现在,我也难以相信,我的确已经失去了他。要确信我们深深热爱的人已经死去,确是非常困难。不过他们也的确并未死去,他们继续活在我们身上,并且就寓于我们心灵之中。

从此以后,没有一个夜晚,我会不想我已故的父亲。早上醒来,我还常常以为听见了他说话的声音,犹如听见一个幻梦的回响。于是我就觉得,仿佛我得赶紧穿好衣服像小时候那样下楼到大屋里去见我的父亲。

我父亲习惯于很早起床,处理业务,不分冬夏,都是如此。我通常看见他已经坐在写字台前,头也不抬,把手伸给我亲吻。这是一只美丽的手,秀气高贵,他一直用杏仁滓洗手。我至今还看见这只手在我眼前,我至今还看到那蓝色的微血管,流过这只白得耀眼的大理石手。我此刻觉得,那杏仁香味又扑入我的鼻腔,我的眼睛

---

[1] 海涅自称头戴小丑的带有铃铛的小帽。

湿润起来。

有时候不仅让我吻手,我父亲把我抱到他的双膝之间,吻我的额头。有一天早晨他特别温柔地拥抱我,说道:"昨天夜里我梦见你做了些美好的事情,我对你非常满意,我亲爱的哈利。"他一面说着这些天真的话语,一面嘴角泛起一丝微笑,似乎在说:不管哈利在现实生活中多么不乖,我为了能心情欢畅地爱他,还是一直会梦见他做了美好的事情。

哈利是英国人对那些名叫亨利的人的爱称,完全符合我受洗礼时得到的德国名字亨利希。亨利希的爱称在我故乡的方言里非常难听,简直滑稽可笑,譬如海因茨,海因茨欣,欣茨。海因茨欣往往也用来称呼那些在家里作祟的小鬼小妖怪,木偶戏里穿皮靴的公猫或者民间寓言中的公猫统统都叫"欣彻"。

但是并不是为了摆脱这些窘境,而是为了对他在英国的一个最好的朋友表示敬意,我父亲把我的名字英语化了。哈利先生是我父亲在利物浦的经理人(Korrespondent),认识当地最好的生产天鹅绒的工厂,天鹅绒是我父亲非常关心的一种产品,与其说是出于利己心,毋宁说是出于荣誉心,因为尽管他声称他在这种产品上赢利甚多,这可始终很成问题。倘若我父亲能比他的竞争者推销掉质量更好数量更多的天鹅绒,他说不定还会赔上些钱呢。我父亲虽说一直在算个不停,可他根本就没有精于盘算的商人精神,经商对他来说更多的是一种游戏,就像孩子玩士兵的游戏或者玩过家家一样。

他的活动其实就是整天忙碌。于鹅绒特别是他的玩偶,每当巨大的货东卸货,还在开箱的时候邻近地区的买卖的犹太人就已经挤满了前厅,我父亲就高兴了。因为这些犹太人是他最好的顾客,他的天鹅绒在他们那里不仅销路最好,而且备受赞赏。

亲爱的读者,你也许不知道"天鹅绒"为何物,所以我不揣冒昧,向你解释,这是一个英文字,意思是绒织的东西,人们就用这个字来标志用棉花纺织的一种绒布，用来制作非常漂亮的长裤、背心，甚至短上衣。这种衣料也根据首先生产这种料子的工厂所在的城市命名为"曼彻斯特"。

既然我父亲的这位极为善于购买天鹅绒的朋友名叫哈利，我也就获得了这个名字，于是我们家人，朋友和邻居就管我叫哈利。

直到现在我还非常喜欢听别人叫我这个名字，尽管我童年时代的许多苦恼，也许是最令人痛苦的烦恼都由此而生。现在，我已不再生活在生者之中，一切社交上的虚荣心已在我心里熄灭，我才能无拘无束地谈论这件事情。

我一到巴黎，我的德国名字"Heinrich"，在法国就给译成了"Henri"，我只好认了，临了我在这儿也不得不这样称呼我自己，因为 Heinrich 这个字法国耳朵听起来不受用，而法国人把世上万物都给自己弄得舒舒服服。"Henri Heine"这个名字他们也从来念不好，对大多数人来说，我就叫 Enri Enn（法文发音如：昂利·昂）先生，许多人干脆把它连成 Enrienne，有些人就称呼我 Un rien（法文：不名一文）先生。

这在某些文学方面很有害处。可是也有一些好处，譬如我在巴黎的那些高贵的同胞们当中，有些人颇愿在这里对我大肆诽谤，可是他们总是用德文说我的姓名，法国人便怎么也想不到，那个遭到这样厉害的诟骂的恶棍和伤风败俗的教唆犯，竟然不是别人，而是他们的朋友 Enrienne 先生。那些高贵的灵魂大肆发泄他们对美德的热忱，可是白费力气，法国人并不知道，他们说的是我，美德越过莱茵河涌流而来白白地射出了一切诬蔑诽谤的箭矢。

但是已如前述，乱念我的名字也有一些坏处。有些人在这种情况下表现得极其敏感。我有一次开玩笑问老刻鲁比尼[1]，听说拿破

---

[1] 路易琪·刻鲁比尼（1760—1842），意大利作曲家，因歌剧和合唱曲而蜚声乐坛。

仑皇帝总是把他的名字念成谢鲁比尼，而不是念成刻鲁比尼，尽管皇帝对意大利文有足够的了解，不会不知道，意大利文的 ch 应该念成 que 或者 K，不知这事是否属实。听我这一问，这位年迈的大师以极为可笑的愤怒情绪大谈一通。

我从来没有过类似的感情。

亨利希，哈利，亨利——所有这些名字都很好听，只要出自美丽的嘴唇。当然最好听的是 Signor Enrico（意大利文：恩利科先生）。在那个高贵而不幸的国家的缀满了巨大的银色星星的夏夜里我就叫这个名字[1]。这是美女的故乡，涌现了拉菲尔·桑契阿·封·乌尔比诺[2]，乔阿契诺·罗西尼[3]和克里斯蒂娜·贝尔乔约索公主[4]。

既然我身体的状况剥夺了我一切重过社交生活的希望，社交界对我也的确不复存在，所以我也就挣脱了那种个人虚荣心的锁链，每一个不得不混迹于人群之中，混迹于这所谓的社交界的人，都为这种虚荣心所困扰。

因而我现在可以无拘无束地讲述我的不幸命运，它和我的名字"哈利"紧密相连，使我一生中最美好的青春岁月变得痛苦不堪。

情形是这样的。在我的故乡住着一个人，名叫"垃圾米歇尔"，因为他每天早上带着一辆驴车在城里穿街走巷，停在每家每户的门前，把使女们扫成一小堆一小堆的垃圾都装在车上，运到城外的垃圾地里去。这人看上去就像他干的这个行当，而那头驴看上去又酷

---

[1] 恩利科相当于英文的亨利，德文的亨利希。
[2] 拉斐尔·桑契阿·封·乌尔比诺意为出生于乌尔比诺的拉斐尔·桑契阿（1483—1520），即意大利文艺复兴时期的大画家拉斐尔。
[3] 乔阿契诺·罗西尼（1792—1868），意大利著名作曲家，创作著名歌剧《威廉·退尔》等。
[4] 克里斯蒂娜·贝尔乔约索公主（1808—1871），意大利女作家，革命家，海涅的女友。

似它的主人。这驴一动不动地停在各家门前,或者迈步疾走,全看米歇尔吆喝它的那声"哈——吕"的声调如何。

这声吆喝究竟是那头驴的真实姓名,抑或仅仅是个暗号?我不知道。可是有一点是肯定的,由于那声吆喝和我的名字哈利相似,我可吃足了我的同学和邻家孩子的苦头。为了调侃我,他们大叫我的名字,就像垃圾米歇尔吆喝他的驴一样,我为此大为生气。这些坏蛋有时便装出一付天真无邪的表情,要求我教他们,为了避免混淆,该怎样念我的名字,又该怎样念那头驴的名字。他们又假装老学不会,说那个米歇尔惯长总是把第一音节拖得很长,第二音节总是一出声就戛然而止;在别的时候,则正好相反,这一来那吆喝声听起来又完全和我的名字相仿了,这些男孩极其荒谬地搅混一切概念,把我和驴又把驴和我混淆不清,于是出现了一片疯狂的Coq-a-l'ane(法文:思想跳跃),每个人为此都笑不可抑,可我自己却非哭不可。

我到母亲那儿去诉苦,她说,我只应该多多学习,变得聪明伶俐,这样人家就永远不会把我和驴混为一谈了。

可是我跟那只卑下的长耳朵同音异义,始终对我是场噩梦。大孩子们走过时向我打招呼:"哈——吕!"小一点的孩子向我致以同样的问候,可是保持一段距离。在学校里这同一个题目被他们挖空心思极端残忍地发挥得淋漓尽致,只要话题一涉及驴,他们就斜着眼偷偷瞅我,我总是满脸通红,这些学童竟然到处都能找出或者发明损人的话来,这真不可思议。

譬如说,一个问另一个:"如何区别斑马和波尔之子,巴兰的驴?"回答是:"前者说策伯来文[1],后者说希伯来文[2]。"——于

---

1 斑马在德文是Zebra,所以他们据此杜撰出"策伯来文"。
2 "巴兰"是《旧约全书》中的以色列人,故说"希伯来文"。

是又提出一个问题："可是垃圾米歇尔的驴和它同名者又如何区别呢？"那无耻的回答是："我们不知道有什么区别。"我于是便想挥拳相向，可是大家跑来给我消气。我的朋友狄特里希善于制作极其美丽的小圣像，后来也变成了一个著名的画家，有次碰到这样一种情况他就试图来安慰我，答应送张圣像给我。他给我画的是一幅圣米歇尔像——可是这个坏蛋把我狠狠地嘲弄了一番。这个天使长有着垃圾米歇尔的面部轮廓，他的骏马活像垃圾米歇尔的驴，他的长矛刺透的不是一头凶龙，而是一只死猫的尸体。

甚至那个长着一头金色鬈发，性格温柔、活像女孩的弗朗茨，我非常爱他，可他也曾背叛过我：他伸开双臂和我拥抱，把面颊温柔地贴着我的面颊，长时间温情脉脉地偎依在我的胸上——突然大笑起来，在我耳朵里叫了一声"哈——吕！"一面逃跑一面不断地变着调子大叫这个恶劣的字眼，使得修道院的十字回廊里久久响起这个字的回声。

有几个邻家孩子，那些最最低级的弄堂瘪三对待我的方式更为粗野，我们在杜塞尔多夫管这些瘪三叫"哈路特"，研究词源的学究肯定会认为这个字是从斯巴达人的"赫洛特"（希腊文：国有的奴隶）派生而来。

小尤普就是这样一个"哈路特"，他名叫约瑟夫，我也要用他父亲的姓，弗拉德尔来称呼他，切不可让他和尤普·罗尔施混为一谈，后者是一个极乖的邻家孩子，我偶尔听说，他现在住在波恩，当了邮局官员。尤普·弗拉德尔手里总是拿着一根钓鱼竿，遇见我就用这鱼竿打我。他也经常喜欢用马粪蛋扔我的脑袋，这些马粪蛋刚从自然的烤箱里出炉，他从街上拣起时还是温乎的。但是他从来也不忘记叫一声那讨厌的"哈——吕！"而且总是变着调子叫。

这个邪恶的男孩是我父亲的当事人弗拉德尔老太太的孙子。他凶得要死，那可怜的祖母却善良得很，看上去穷困潦倒，备受苦难，并不令人憎恶，只是叫人心碎。她大概已经八十开外，高高的个儿摇摇晃晃的，煞白的脸，活像皮革，一双蓝眼睛，充满了忧愁，嗓音柔和，带有痰喘哀泣的声调，一直在无语哀告，听上去总是非常可怕。

每当弗拉德尔老太太来领月钱的时候，我父亲总给她一把椅子坐下。在这几天，我父亲作为贫民赈济人坐堂放赈。

我父亲担任贫民赈济人发放救济金的场面里，我只记得冬天放赈的情景。一大清早，天还没亮。我父亲坐在一张大桌子旁边，桌上摆满了大小不等的钱包；桌上没有放父亲惯常用的点着洋蜡的银烛台，因为他很有分寸感，不愿在穷人面前炫耀自己的银器。桌上放的是两个铜烛台，点着油脂蜡烛，烧得黝黑的粗粗的灯芯发出红色的火焰，颇为悲惨地照亮了在场的这些人。

这都是不同年龄的穷人，排着队一直站到前厅里。他们依次走过来领取他们的钱包，有些领到两个；大纸包装着我父亲的私人施舍，小纸包装着穷人赈济处的钱。

我挨着父亲坐在一张高高的椅子上，把纸袋递给他。原来我父亲要我学习如何给予，在这方面的确可以向我父亲好好学习。

许多人心眼不坏，但是不懂帮助别人。他们助人的愿望从心里走到口袋要走很久。从善良的企图到贯彻这企图之间，时间过得极为缓慢，犹如驿车像蜗牛似地爬行，而从我父亲的心到他的口袋之间似乎筑了铁路。通过这种铁路的运动，不言而喻他没有发财致富。在北方铁路线或者里昂铁路线上可以赚得更多。

我父亲大多数的当事人都是妇女，而且是老太太，即使在日后，他的境况已经开始极为不妙，他也拥有这么一批年迈苍苍的老太太作为当事人，他向她们发放小额的养老金。她们埋伏在各处，等他从旁走过，就像已故的罗伯斯庇尔当年，他也拥有这样一批老太太做他的秘密保镖。

在这批年迈苍苍的近卫军当中，有些荡妇之所以对他紧追不舍，并非是由于穷困潦倒，而是真正喜欢他这个人，真正喜欢他那始终和蔼可亲的模样。

我父亲的确待人殷勤亲切，不仅对年轻女子是如此，便是对年岁较大的妇女也是如此。那些受到伤害便显得极为残忍的老太婆，其实最会感恩，只要人家对她们表示关切，献点殷勤。倘若你想人家用奉承话相回报，那么你就发现，这些老妇人对此从不吝惜，而那些傲慢尖刻的年轻小姐对于我们的殷勤礼貌的回报只是微微地点点头。

美男子的特点就是他们长得英俊潇洒，渴望得到人家的奉承，不论这股乳香的氤氲来自玫瑰色的樱唇，还是憔悴不堪的嘴巴，只要香味浓烈，香雾浓重，既然如此，你就可以理解，我亲爱的父亲，虽然并未指望什么，可是在和老太太们的交往中却做了一笔好买卖。

这些老太太用来熏烤我父亲的香烟往往分量极大，而我父亲哪怕是最强烈的分量也都能受用，这简直难以理解。这完全是由于他脾气欢快，完全不是由于天真单纯。他知道得很清楚，人家是在吹捧他，但他也知道，被人吹捧的滋味总像糖一样甜蜜，他就像个孩子对母亲说：哄哄我，捧捧我，甚至过分一点也好！

我父亲和上述妇女们之间的关系还有一层更严肃的原因。原来他是她们的顾问，这也真是奇怪，这位先生对他自己也出不了什么好主意，可是需要对那些处于困境之中的人作出有益的忠告时，他简直就成了人生智慧的化身，一眼就看透了对方的处境。倘若忧心忡忡的女当事人向他解释，她干的那个行业每况愈下，他临了就说这么一句话——每当鱼水情况极糟时，我常从他嘴里听到这句话——那就是："在这种情况下就得另外再开一桶。"他是想劝人家一件事情业已失败就别顽固地坚持下去，而要另起炉灶，选择新的方向。老的酒桶里流出的是酸酒，而且流得又不通畅，不如把它彻底打烂,"另外再开一桶"。可是人家不去另开一桶,而是张着大嘴,懒洋洋地躺在干涸的栓孔下面,希望从那里流出味道更美流量更大的酒来。

哈娜老太太向我父亲抱怨,她的顾客越来越少,她已经没什么可吃的,而她更难受的是,没什么可喝的了,我父亲便先给她一个塔勒[1],然后思索片刻。哈娜老太太从前曾经是个极体面的收生婆,可是过了若干年,她就贪杯酗酒,特别爱吸鼻烟,她的红鼻子老是融冰化雪的天气,滴下的水珠把产妇们雪白的床单弄得黄斑处处,于是这个女人到处都被人辞退。

我父亲经过深思熟虑,最后说道:"那就得另外再开一小桶,这次可得是一小桶烧酒;我劝您在码头边一条稍微高级一点的,水手们常来光顾的街上开一家小甜酒店,一家卖烧酒的小店。"

这位前任收生婆听从了这一忠告,在码头上开了一家烧酒小店,生意做得很好,满可以挣上一大笔钱。不幸的是她自己竟是她最好的主顾。她也卖烟草,我常常看见她站在她的店铺门前,带着她那吸鼻烟吸得又红又肿的鼻子,是个活生生的广告,吸引着有些感情丰富的海员。

我父亲具有的优美品质当中,首先要推他的彬彬有礼。他作为一个真正品德高尚的人,不论对穷人还是富人一律礼貌相待。在上述赈济穷人的场合,我特别注意到这点。他把钱分发给穷人时,总要说几句客气话。

我可以从中学到点什么东西。事实上有些慈善家总是把钱包扔到穷人头上,人家拿到一个塔勒,头上也就打个窟窿。这些慈善家满可以向我彬彬有礼的父亲学到点什么。他向大部分穷苦妇女嘘寒问

---

[1] 德国当时的银币。

暖,他说惯了这句口头禅:"我不胜荣幸。"结果把有些心怀不满,唐突无礼的荡妇赶出门去时也会说上这么一句。

我父亲对弗拉德尔老太太最为客气。他总给她一把椅子,她也的确腿脚站立不稳,拄着拐杖一瘸一拐几乎迈不开步子。

她最后一次到我父亲这里来领她的月钱时,身体已经垮到这种地步,只好由她孙子尤普搀扶着。尤普看见我挨着我父亲坐在桌旁,向我投来一道奇特的目光。老太太除了那个小钱包之外,还从我父亲那里得到他私人施舍的大钱包,老太太老泪纵横,一个劲地祝福我们。

一个老奶奶痛哭流涕,真是可怕。我禁不住也要哭起来了。老太太似乎看出了这点,赞不绝口地说我长得多俊。她要祈求圣母,保佑我一辈子不会挨饿,不用向人家乞讨。

我父亲听了有些厌烦,老太太可是真心实意;她的目光里有一种鬼气森森的神情,可同时又显得虔诚充满爱心,最后她对孙子说:"去呀,尤普,去吻吻这亲爱的孩子的手!"尤普扮了一个酸溜溜的怪相,还是听从了奶奶的命令。我感到我的手给他灼热的嘴唇一碰就像让蝮蛇叮了一口。我很难说是为什么,可我从口袋里掏出我所有的小肥人,把它们交给尤普。他脸上露出粗鲁蠢笨的神气,把小肥人一个个数了一遍,然后从容不迫地把它们放进他的裤兜。

为了让读者明白起见我解释一下:"小肥人"是一种肥厚的铜板的名字,价值相当于一个 sou(法文:一分钱)。

不久弗拉德尔老太太去世,尤普在这之后倘若没给绞死,肯定还活着——这个邪恶的男孩真是本性难移。在我父亲那里见面之后的第二天,我在大街上遇见他。他手里拿着那根大家已很熟悉的长长的钓鱼竿走着。他又用这根竿子打我,又向我扔了几个马粪蛋,又叫了声讨厌的"哈——吕!"而且叫得声音很大,模仿垃圾米歇尔的声音那样逼真,以至于米歇尔的那头驴子恰好拉着车在旁边的一条小巷里，以为听见了他主人的吆喝声，欢快地大叫了一声"咿——啊"。

尤普的奶奶已如前述，不久之后就死去了，还顶了个巫婆的名声。她肯定不是巫婆，虽然我们的齐泊尔一口咬定，硬说她是巫婆。

齐泊尔是个年纪不算太老的女人的名字，她原来叫做西比勒，是我第一个保姆，后来也一直待在我们家里。那天早上弗拉德尔老太太对我说了那么多溢美之词并且大肆赞美我长得俊美，齐泊尔也碰巧在屋里见到了这个场面。她听见这番话，民间的迷信在她心里油然升起：受到这样的赞美，对孩子极为有害，他们不是生病就是碰到灾祸。为了把她认为正威胁着我的灾星引开，她就采用了民间信仰认为屡试不爽广为推荐的方法，那就是必须冲着那个受赞美的孩子吐上三口唾沫，她于是立即一步跳到我的身边，急急忙忙地向我头上啐了三口。

可这还只是暂时吐点口水，因为在行的人宣称，倘若那很成问题的赞扬是出自一个巫婆之口，那么这种邪恶的魔力只有另一个巫婆才能破掉。于是齐泊尔决定当天就去找她认识的一个巫婆，我后来听说此人曾经以神秘违禁的法术给她干过事。这个女巫在我头顶上剪去一些头发，然后用蘸了她自己唾沫的大拇指在我头顶上擦来擦去，别的地方她也同样拭抹，一边抹一边嘴里嘟嘟哝哝地胡念各式各样的符咒，所以我也许很早就被任命为魔鬼法师。

从此我就认了这个女人，等我长大成人，她又同样把我引入秘密法术之门。

我虽然自己并未变成巫师，可我知道，如何施展巫术，我特别知道，什么不是巫术。

人家管那个女人叫女师傅或者也叫她葛欣，因为她出生之地是葛赫，她死去的丈夫在那里有个住所，生前曾操遭人唾骂的刽子手的行当，被远近各地叫去执行公务。大家知道，他给他的遗孀留下了种种秘方，这女人也善于充分利用这个名声。

她最好的主顾便是啤酒店的老板，她把死人手指卖给他们，据她说，这些手指还是她亡夫的遗物。这是一个被绞死的小偷的几个手指，用它们可以使桶里的啤酒味道鲜美也可增加酒量。只要把被绞死的人，尤其是被冤枉绞死的人的一个手指用绳子捆着挂在酒桶上，这一来不仅啤酒的味道变得更加美味可口，而且可以从这个桶里取出比同样大小的平常的桶里多两倍，甚至多四倍的酒来。开明的啤酒店老板习惯于使用一种合乎理性的方法来增加酒量，但是这一来啤酒就减少了浓度。

这位女师傅也深受多情的年轻恋人的欢迎，她向他们提供爱情的魔汤。她那江湖郎中卖弄拉丁文的疯劲大发，想把拉丁文念得更有拉丁味，便命名这种魔汤为费尔特拉里乌姆[1]，男子若把魔汤给他的美人去喝，她就称他为费尔特拉里乌斯，那位女士就叫费尔特拉里阿塔[2]。

有时费尔特拉里乌姆失效，或者甚至引起相反的效果。所以譬如说有一个未能获得美人青睐的小伙子花言巧语地说服他那冷若冰霜的美人和他同饮一瓶葡萄酒，悄悄地把费尔特拉里乌姆倒进她的酒杯，等他的费尔特拉里阿塔一喝下去，他就发现佳人的举止发生奇特变化，脸上出现某种拘谨窘迫的神情，他把这视为春心大发，以为销魂的时刻近在眼前。可是唉！当他把满面羞红的美人使劲拥入怀抱之时，一股浓烈的气味扑鼻而来，这可不是爱神的馥郁芳香，他发现，费尔特拉里乌姆却是起了一种拉克撒里乌姆（Laxarium：

---

[1] Philtrumo 为拉丁文的魔汤，这个女人一夸大，把它念成 Philtrarium，似乎比拉丁文更有拉丁味。
[2] 这是把她杜撰的魔汤一词按照拉丁文的词尾变化派生出来的词。"里乌姆"为中性，"里乌斯"为阳性，"里阿塔"为阴性。

拉丁文泄药）的作用，一阵恶心使他激情顿时冷却。

女师傅为了拯救她法术的名声，宣称，误会了这位不幸的费尔特拉里乌斯的用意，以为他是想治愈自己的相思病。

这位女师傅赠给她的费尔特拉里乌斯们的忠告，比她的爱情魔汤高明；原来她劝他们口袋里总要带点钱，黄金非常健康，特别会给钟情的男子带来好运。谁在这里不会想起《奥赛罗》里诚实的雅哥对那堕入情网的罗德里哥说的话："Take money in your pocket！"[1]

我们的齐泊尔和这位伟大的女师傅葛欣关系密切。虽说她现在向这位女师傅购买的并非爱情魔汤，有时却需要葛欣的法术来向一个交好运的情敌进行报复，此人嫁给了齐泊尔过去的情郎，齐泊尔想通过巫术让她终生不育，或者让那薄情郎遭到最可耻的阉割。装上皮带便可达到使人不育的目的。这很容易：你到新婚夫妇正在举行婚礼的教堂里去，就在神父向新郎新娘说出婚配的套话时，就把藏在围裙底下的一把铁锁迅速扣上，于是新娘的子宫也像那把铁锁一样紧紧闭上。

阉割的仪式看起来肮脏已极，恐怖得令人毛骨悚然，简直无法言传。简而言之吧，病人并非在通常意义上变得软弱无力，而是在这个字的真正意义上被夺去了阳物。巫婆夺取此物之后就保存了这个 corpus delicti（拉丁文：丢失之物体），这个无名之物，她干脆就管它叫"这玩意"。患有拉丁癖的葛欣一直叫它 Numen Pompilius[2]，大概是为了纪念 Numa 皇帝，那位贤明的立法者，水

---

1 英文：把钱放在你的口袋里。见莎士比亚名剧《奥赛罗》第 1 幕第 3 场。
2 拉丁文：Numen 意为神性，神物，神意，而 Numa pompilius 则意为：神性的，Numa Pompilius 为罗马第二个皇帝的名字。

仙埃杰里娅[1]的学生,他大概绝对没有想到,他的诚实的名字会这样可耻地遭到滥用。

女巫的处理方法如下。她夺得那玩意之后,就把它放在一个空鸟窝里,把这鸟窝高高地固定在一株大树的树叶繁密的枝桠之间;她后来从别的男人身上夺得的同样的玩意,也放在这鸟窝里,但是绝不多于半打。起先这些玩意病恹恹的,一副惨相,也许是由于激动和乡愁,可是新鲜空气使它们强壮起来,发出蝉鸣一样的吱吱声。绕树盘旋飞翔的鸟儿们受到蒙骗,以为它们还是羽毛未丰的小鸟,出于仁慈之心,用鸟啄衔来食物,喂养这些失去母亲的孤儿,这些玩意也乐于享用,这一来就日益壮实,变得又肥大又健康,不再发出轻轻的吱吱声,而是大声啁啾。巫婆为之高兴已极。在凉快的夏夜,月亮带着德意志特有的感伤情调,俯照下尘,巫婆便坐在树下,侧耳倾听这些玩意的歌唱,把它们称作她甜蜜的夜莺。

施普伦格在他的《女巫之槌》,《malleus maleficarum》(拉丁文:即女巫之槌)一书中也提到了这帮邪恶女人有关上述魔法的此类恶行。谢卜勒在他的《修道院》一书中引证过的一位老作家,——他的名字我已忘怀,——告诉我们这些女巫往往被迫把她们的战利品送还给那些遭到阉割的男人。

女巫偷窃阳物,目的大多是借归还失物之机,向被阉割者敲诈一笔所谓的膳食费。归还被窃物件时,有时发生舛错,出现令人哑然失笑的张冠李戴现象。我知道一则关于某大教堂本堂神父的故事,他错拿了一枚 Numa Pompilius。这位神职老爷的女管家,也就是他的水仙埃杰里娅宣称,这玩意想必属于一个土耳其人,而不是属于一个基督徒的。

---

[1] 埃杰里娅,古罗马主管泉水和生育的女神。

有一次有位遭阉割的人催着要讨回失物,女巫就命令他拿一把梯子跟她到花园里去,爬上第四棵树,在筑在树上的一个鸟巢里重新找出他失去的财产。这个可怜虫按照指示行事,却听见那巫婆朗声大笑向他叫道:"您未免自视过高。您弄错了,您取出来的玩意,属于一位身材魁伟的神职老爷,要是丢失了它,我的麻烦可就大了。"

的确不是巫术使我有时到葛欣家去。我早就认识葛欣,大约在十六岁时,我比以往更为频繁地到她家去,吸引我的那种巫术,远比她所有标上拉丁文浮夸名目的 philtraria 更为强烈。原来她有一个侄女,也不满十六岁,可是突然出落得窈窕修长,似乎长大了许多。突然长个儿使她变得分外瘦削。她拥有我们在西印度群岛的夸特隆人[1]身上看到的那种窄细的蜂腰。她既然不穿紧身马夹,也不穿一打衬裙,她那紧贴身子的衣服就像是披在一座雕像上的湿漉漉的袍子。当然没有一座大理石雕像论俏丽可以和她匹敌,因为她显示了生命的活力,她的每一个动作,显示了她身体的韵律,我甚至要说,显示了她灵的音乐。尼婀伯[2]的女儿当中,没有一个脸上的轮廓更为高雅;她的脸色和她的肌肤都呈现出那种色泽微微变幻的白皙。她的一双深色的大眼睛看上去似乎发出一个谜语,正静静地等待着解答,而她那张有着两片向上高高挑起的薄唇,和两排雪白长形的牙齿的嘴似乎在说:你太愚蠢,猜也徒劳。

她长了一头红发,鲜红似血,长长的鬈发直垂肩上,可以在下巴下面扎在一起,看上去仿佛有人割断她的脖子,鲜血喷涌而出。

约瑟法或者红发"瑟夫卿"——人家这样称呼葛欣的这位美丽的侄女——她的嗓音并不特别柔美,而是音色朦胧,有时竟会喑哑

---

[1] 指当地欧洲人和黑人结合后生出的混血儿。
[2] 尼婀伯,古希腊神话中坦塔洛斯之女,底比斯国王的王后,生了七儿七女。

无声。可是一旦激情迸发,便突然迸涌出最为铿锵有力的音调,特别使我激动,此时约瑟法的嗓音和我的嗓音极为相似。

她说起话来,我有时大吃一惊,还以为听见我自己在说话,她的歌声也使我想起我的幻梦,我在梦中也听见自己用这种方式歌唱。

她熟悉许多古老的民歌,也许在我心里唤起了对这类文学作品的感悟,肯定对这个正在觉醒的诗人发生了最为强烈的影响,不久之后我创作的《梦中幻影》中最初的诗篇都有一种阴郁残酷的色调,就像我俩的关系当时向我年轻的生命和思想投下了血淋淋的阴影。

约瑟法唱的歌里,有一首民歌,是她从齐泊尔那儿学来的。在我童年时代,齐泊尔也常唱这首歌给我听,其中两节我牢记在心,我在现有的各种民歌集里都没找到这首歌,所以我更愿意记述在这里。诗文如下——起先是凶猛的特拉季希说道:

> 亲爱的奥蒂丽叶,我的奥蒂丽叶,
> 你大概不是最后一个——
> 你说,你是愿意吊在高高的树上?
> 还是游泳于碧绿的大海之中?
> 还是亲吻这把闪亮的宝剑
> 那亲爱的上帝的赐予?

奥蒂丽叶接着回答:

> 我不愿吊在高高的树上,
> 不愿游泳于碧绿的大海之中,
> 我愿亲吻这把闪亮的宝剑
> 那亲爱的上帝的赐予!

有一次红发瑟夫卿唱这首歌唱到这一节末了时，我注意到她内心的激动，我自己也深受震撼，突然号啕大哭，我俩呜咽着紧紧拥抱在一起，一句话也不说，足有一个小时之久，眼泪夺眶而出，我俩互相凝望，宛如隔着一层泪水的轻纱。

我请求瑟夫卿把那几段歌词给我写下来，她照办了，不过不是用墨水写，而是用她的鲜血。这份血红色的亲笔手迹我后来丢失了，这两节诗印在我的记忆里，拭抹不去。

葛欣的丈夫是瑟夫卿的伯父，瑟夫卿的父亲也是个刽子手，因为早逝，葛欣便收养了这个孩子。不久她的丈夫去世，她自己迁居杜塞尔多夫，便把孩子交给祖父，祖父同样是个刽子手，住在威士特法伦。

在这里，在这幢"自由之屋"——人们通常称刽子手的寓所为"自由之屋"——里，瑟夫卿一直待到十四岁，这时她祖父去世，葛欣又把这失怙的孤儿收留在自己身边。

由于出身卑贱，瑟夫卿从童年时代直到少女时期，始终过着孤独的生活，置身于祖父的自由庄园，完全与世隔绝。因此她怯于见人，一见生人就敏感地吓了一跳，神秘兮兮地沉思梦想，再加上倔犟无比，极端任性，野性十足。

说来也怪！甚至在睡梦中——她曾向我承认，她也不是生活在人群之中，而是只梦见野兽。

刽子手的寓所孤寂凄清，她只能阅读祖父的一些古旧书籍打发光阴，祖父虽然亲自教她读书写字，可是极其沉默寡言。

有时候祖父带着手下的伙计一连几天不在家里，孩子便一个人待在自由之屋里，这幢房子挨近刑事法庭，坐落在一个林木森森极为偏僻的地方。家里只有三个长着白发的老妪，脑袋不住摇晃，她们不停地摇着纺车，连声咳嗽，拌嘴吵架，喝下许多烧酒。

特别在冬夜，寒风撼动屋外古老的橡树，火光熊熊的巨大壁炉奇怪地呼啸，可怜的瑟夫卿待在这孤零零的屋子里，感到非常阴森可怕。也怕小偷光顾，倒不是害怕活的小偷，而是害怕死去的小偷，被绞死的小偷，他们挣脱绞架，敲打这屋子低矮的窗户，要求进屋，稍稍取暖，脸上装出那么可怜的受冷挨冻的怪脸。只有从铁器室里取出一把行刑的利剑来吓唬他们，才能把他们撵走，然后他们就像一阵旋风似地倏而散去。

有时候吸引他们的不仅是炉火，而是企图把刽子手从他们手上偷走的手指头再偷回来。要是房门没有闩严，那么他们即使已经死去，旧日偷窃的欲望仍驱使他们，从柜里和床上偷走床单。老太婆当中的一个有一次及时发现了这种偷窃行动，跟着那死去的小偷穷追不舍，小偷让被单迎风招展，跑到绞架底下，正想逃到绞架的横梁上去，这时老太婆一把抓住被单的一角，把偷去的东西又夺了回来。

只有在祖父准备举行一次大型行刑时，附近各地的同行都前来拜访，于是又煮又烤，大吃大喝，说话很少，绝不唱歌。大家用银杯喝酒，不像在他们经常出入的酒店里，只给刽子手和他的手下伙计递上一只盖着木盖的酒罐，而让其他所有客人用盖着锌盖的酒罐喝酒。有的地方，刽子手喝过的玻璃杯都被打碎，谁也不跟他交谈，人人避免和他有丝毫接触。这种羞辱殃及他的全体亲属，因此，刽子手家庭往往都是互相通婚。

瑟夫卿对我说，一个美好的秋日，她已年满八岁，有一大批客人来到祖父的庄园，尽管当时并无犯人需要处死，亦无其他官方刑事任务亟待完成。大约有十几个客人，都是年迈苍苍的小老头，有的小脑袋上全是雪白的头发，有的头发全秃，他们身披长长的红色氅，里面是行刑的利剑和节日的盛装，全是古老法兰肯地方的服装。他们说是前来"开会"，午餐时给他们端来了最美味的佳肴和最可口的美酒。

这是来自最偏远地区的一些年纪最大的刽子手，他们久未见面，彼此不停地握手,说话很少,往往以一种神秘的手势交谈,以他们的方式取乐,这就是说"moult tristement"(古法文:非常悲哀地)取乐,犹如弗路阿萨[1]形容那些英国人在波阿济埃[2]战役后大摆宴席。

夜幕低垂,主人把手下的伙计从屋里支走,命令年老的女管家,从地窖里取出三打最好的莱茵美酒,放在门外的石桌上,一些巨大的橡树构成半圆形,围着石桌,他下令把插着松脂火把的铁烛台也放在桌上,末了找个借口,把老女仆连同另外两个老婆子统统从屋里支开。他甚至用一张马毯堵上了小狗圈厚木板上开着的一个出入孔,用链子把狗仔细地拴住。

祖父让红发瑟夫卿待在家里,给她的任务是把那只硕大的银杯冲洗干净,放在上述的石桌上,杯上刻着海上诸女神连同她们的海豚和海螺喇叭——然后,他局促慌乱地说了一句,叫她立即回到小卧室里去上床睡觉。

红发瑟夫卿非常顺从地把那只海王星大酒杯冲洗干净,放在石桌上的那些酒瓶旁边——可是并没有上床,而是为好奇心所驱使,躲在那排橡树附近的灌木丛的后面,虽说听不真切,却可以把发生的事情看得一清二楚。

祖父打头,那些陌生人两个一排神气庄严地走来,围着石桌,形成半圆形,坐在高高的木墩子上,石桌上点燃了松明,把他们神情严肃、石头一样坚硬的脸庞照得阴森可怖。

他们坐着,久久沉默不语,充其量喃喃自语,也许是在祈祷。然后祖父给大酒杯斟满酒,每人喝干一杯,又重新斟满酒,把酒杯递给邻座,每喝一杯,便互相诚恳地握一握手。

---

[1] 让·弗路阿萨(1337—1410),记载"百年战争(1326—1400)的编年史家。
[2] 波阿济埃,法国地名,"百年战争"时,英法两军于1356年曾在此激战,英军获胜。

最后祖父致辞,瑟夫卿没听见几句,更不明白什么意思,似乎是讲一些非常悲哀的事物,因为大滴眼泪从老人眼里夺眶而出,其余的老人也开始大放悲声,景象极为骇人,因为这些人平素显得如此坚硬,久经风霜,宛如刻在教堂大门上的那些灰色的石像——现在从这些直勾勾的石头眼睛里涌出泪水,他们像孩子似的抽泣呜咽。

天上不见星光,月亮透过雾濛濛的轻纱看上去分外忧郁,那个躲在一旁偷听的小女孩因为同情,几乎心碎肠断。特别使她感动的是一个小老头的悲愁,他比其余的人都哭得更加伤心,他大声悲号,有几句话瑟夫卿听得非常清楚——他不停地呼喊:"啊上帝!啊上帝!这不幸延续得这样长久,人的灵魂再也受不了啦。啊上帝,你不公平,真不公平。"——他的同伴们似乎使了大劲才把他劝住。

最后与会者又全体起立,脱掉身上的红色大氅,臂下挟着行刑的利剑,两人一排,走到一棵橡树后面,那里已经放着一把铁锹,他们当中有一个人用这把锹三下两下就挖了一个深坑。这时瑟夫卿的祖父走了过来,他没像别人那样,脱去了红色大氅,从大氅里取出一个白色的盒子,非常狭窄,大约一个多布拉邦特码尺[1]长,外面缠着一张床单。他小心翼翼地把这包东西放进挖开的深坑,然后又急急忙忙地把坑填上。

可怜的瑟夫卿躲在隐蔽处再也待不下去,看到那神秘的葬礼她毛骨悚然,可怜的孩子吓得心惊胆战,拔腿就跑,跑进她的卧室,蒙上被子,沉入梦乡。

第二天早上,瑟夫卿觉得所有一切宛如一场幻梦,可是等她到

---

[1] 布拉邦特码尺,一种长度,约为 0.695 米。

那株熟悉的大树后面看到新挖掘过的地面，她发现，一切都是真事。她冥思苦索了许久，到底在那儿埋葬了什么：一个孩子？一个动物？一个宝藏？——可是跟谁也只字不提这夜里发生的事情，岁月流逝，这事已置之脑后。

直到五年之后，祖父去世，葛欣前来，把姑娘接到杜塞尔多夫去，她才敢向大娘敞开心扉。大娘听见这奇特的故事既不害怕也不惊诧，只是高兴已极，她说，埋在坑里的既不是孩子，也不是猫，更不是宝藏，大概是祖父行刑时用的一把旧剑。祖父用它砍下了上百个可怜罪人的脑袋。刽子手的习惯是，用来执行过一百回刑事事务的宝剑，不能再留在身边或者再加使用；因为这样一把行刑的利剑不同于其他宝剑，随着时间的推移，已经悄悄地获得一股灵气，最后也像人一样，需要坟墓里的安宁。

许多人认为，这样的宝剑由于流血过多，最后也会变得性格残忍，有时会渴望流血，午夜时分，往往可以清楚地听到它们在悬挂宝剑的柜子里激烈地互相撞击，铿锵有声，喧闹不停；是的，有些剑就和我们当中有些人一样的狡诈、邪恶，会使握剑在手的那个不幸的家伙晕头转向，竟然拔剑刺伤自己最好的朋友。在葛欣自己家里就有一个弟弟死于哥哥的剑下。

尽管如此，葛欣还是承认，用这样一把杀死过上百口人的宝剑可以做出珍贵无比的魔术。就在当天晚上她别无其他更急的事情要办，而是立即到那棵标明位置的大树旁边把埋在那里的行刑利剑挖了出来，从此把它保存在杂物室和其他魔术用品搁在一起。

有一次葛欣不在家，我求瑟夫卿给我看看这稀罕玩意。她没有让我多事恳求，就走进上述的那个房间，立刻取来那把可怖的宝剑，尽管她胳臂孱弱，她还是非常有力地挥动宝剑，一面带着调皮的威胁神气唱着这样的歌词：

> 你想亲吻这把闪亮的宝剑
> 那亲爱的上帝的赐予？

我用同样的声调答道："我不想亲吻这把闪亮的宝剑——我要亲吻红发瑟夫卿！"她怕这把不祥的钢剑会伤害我，便无法抵抗，只好听任我十分亲热地搂着她纤细的腰肢亲吻她那倔犟的嘴唇。尽管这把宝剑砍掉过上百个可怜无赖的脑袋，尽管流言说，谁若接触这不名誉的一家子，就将永远名誉扫地，我还是亲吻了刽子手的这个俏丽的女儿。

我吻她并非仅仅出于温柔的爱慕之情，也是出于对古老社会及其所有阴暗成见的嘲讽，此时此刻，在我心里熊熊燃起我对两种激情的最初的烈焰；我今后一生全都奉献给这两种激情：对绝色美女的爱和对法国大革命的爱，这是一种现代的 furor francese（意大利文：法兰西式的激情），在和中世纪的雇佣兵作战时，我也为这种激情所感染。

我不想进一步描写我对约瑟法的爱情，我至少想承认，她只是一阕序曲，是我更成熟时期的那些宏大悲剧的前奏。罗密欧在邂逅他的朱丽叶之前就是先为罗撒琳德神魂颠倒的。

在爱情里，也像在罗马天主教里，同样有一个暂时的炼狱[1]，人们在那里先习惯一下被烧烤的滋味，然后再跌入真正万劫不复的地狱。

---

[1] 按照天主教的神学，在天堂和地狱之间有个"炼狱"，亦译作"净界"，未经最终审判的灵魂都待在那里。

地狱？可以用这样不恰当的方式来谈论爱情吗？好吧，你们倘若愿意，我也愿意把爱情比作天堂。可惜永远无法调查清楚，爱情从何开始，和地狱或天堂有最大的相似之处，同样大家也不知道，我们在爱情中遇到的天使难道就不会是伪装的魔鬼，而那里的魔鬼难道有时候就不会是伪装的天使。

坦诚地说吧：爱慕女人是多么可怕的疾病啊！可惜我们已经看到，接种任何牛痘也无济于事。非常聪明经验丰富的医生劝我们换个环境，他们认为远离女魔法师，魔力也就此断绝。以女人治疗我们因女人而得的病，这种顺势疗法也许最为灵验。

亲爱的读者，你想必已经看到，我母亲在我少年时代试图让我接种疫苗、预防爱情，此法并未获得良好效果。书上写着，我身受这种巨大灾难，这心灵天花的伤害，远比其他凡夫俗子更为严重。因此我的心灵密密麻麻的，盖满了难以愈合的疤痕，看上去就像米拉波[1]死后的石膏面型，或者像光荣的七月革命后的马查林王宫的门面，或者甚至于就像那位最伟大的悲剧女艺术家[2]的声誉。

难道就真的别无药剂可治疗这讨厌的顽疾？最近有位心理学家认为，若在发病之初对症下药，可以控制这种疾病。可是这种规定使人想起古老的天真烂漫的祈祷书，里面有祈祷文对付各种威胁人的不幸事件，其中一篇长达好几页，在屋顶铺瓦的工人感到一阵晕眩，有从屋顶摔下的危险时就该诵读这篇祷告。

劝一个相思病患者躲开他心爱的美人，单身独处，在大自然的

---

[1] 米拉波（1749—1791），法国大革命时的政治家，是个麻子。
[2] 指的是"拉赫尔小姐"，也就是埃莉萨·拉赫尔·菲利克斯；海涅欣赏她的演技。

胸怀中寻求痊愈，也同样愚蠢。唉，在这茵绿的胸脯上他将只找到无聊，不如劝他——只要他的精力尚未全部消失——到全然不同的，晶莹白皙的胸脯上去寻找疗效强烈的骚动不宁，虽说找不到安宁；因为对付女人要以毒攻毒，最灵验的解药还是女人，当然，这就等于，用恶魔之王来驱赶撒旦，在这种情况下，药饵往往比疾病更为有害。但是无论如何，这总是一个机会，在钟情至深濒于绝望的情况下，换掉 Inamorata（意大利文：不可爱的女人）肯定是最可取的方法，我父亲在这种情况下完全有理由说：现在得打开一个新的酒桶。

是的，让我们回到我亲爱的父亲身边去吧，不知哪一位爱行善事的老太婆把我经常出入葛欣家并且爱恋红发瑟夫卿的事情向我父亲告密。这种告密别无其他后果，只是给我父亲机会显示他为人谦和、彬彬有礼。因为瑟夫卿不久就告诉我，她在散步道上遇见了一位非常高雅、头上扑粉的先生，由另一位先生作陪，那位陪同向他悄声耳语了几句之后，他就亲切友好地注视了她一会儿，走过她身边，就举帽向她致意。

经她进一步描述之后，我认出这个向她致意的先生就是我亲爱的善良的父亲。可是人家把我无意中脱口而出说的几句反宗教的嘲讽话告诉他之后，他可就没有表现出同样的宽宏大量了。人家控告我否认上帝，为此父亲把我训了一顿，这也许是他作的最长的一个训词，词句如下："亲爱的儿子！你母亲让你在夏尔迈耶校长那里学哲学。这是她的事。我个人不喜欢哲学，因为哲学全是迷信，我是个商人，需要有自己的头脑来做生意。你想当哲学家，可以去当。但是我请你，不要公开宣扬你想什么，因为倘若我的主顾知道，我有个儿子不信上帝，你就会损害我的生意；尤其是犹太人就不会再在我这儿买天鹅绒，他们都是些诚实的人，付钱爽快，他们也有理由维护宗教。我是你的父亲，比你年长，因而阅历也比你多，倘若我不揣冒昧地对你说，无神论是一大罪过，你完全可以相信我说的话。"

自　白

前 言

以下各页是写来扩充我的新版本 *De I'Allemagne*（法文：德意志论）的。我同样用德文发表了这些自白，而且是在法文版问世之前，估计其内容也会引起这里[1]读者的注意。一种所谓的翻译家的技巧迫使我采取这种审慎的态度，尽管我不久前在德文报刊上预告即将发表一部作品的原版，这些翻译家们仍然放肆地把我已经用法文在巴黎一家杂志上发表的一部作品的开头部分抓来译成德文作为特别的小册子加以出版，这样不仅伤害了作者的文学声誉，也侵犯了他的所有权。这种蹊径蟊贼远比绿林强盗更为可鄙，强盗至少还勇敢地冒着被绞死的危险，而这些蟊贼，胆小如鼠却逍遥法外，他们利用我们出版法的漏洞，可以肆意盗窃可怜的作家艰辛而又寒碜的生计，而不受任何惩罚。我不想在这里大肆渲染我方才谈到的这一特殊事例。我承认，这件丑事并未使我感到意外。我有过许多痛苦的经验，对德国人的诚实所怀有的古老信念或迷信在我心里已大为减弱。我不讳言，尤其在我寓居法国期间，我为这种迷信常常受害匪浅。我认识的，可惜因而吃足其苦头的骗子当中，绝无仅有的，只有一个是法国人，这是够奇怪的。就是这个骗子出生的地方也是过去从德意志帝国夺去的那些地区，我们的爱国主义者现在正要求收复这些失地。这些可敬的坏蛋掏空了我的腰包，倘若叫我以勒波累罗[2]的人种学方式为他们排一张有插图的名单，当然，一切文明

---

1 指法国。
2 勒波累罗为莫扎特歌剧《唐·璜》中的仆人。他开列名单、记下主人的各式各样的情妇。

国家都会在里面找到数量可观的代表,可是锦标依然归于我的祖国,它作出了意想不到的贡献。为此我可以歌吟一曲,歌曲末尾的重叠句为:

"可是在德国,却有一千零三!"

特点是,我们这些德国流氓身上总带有某种多愁善感的特点。他们并非冷漠的纯理性的坏蛋,而是有感情的恶棍。他们感情丰富,对于那些被他们偷窃的对象的命运关怀备至,你简直甩都甩不掉他们。即便是我们高贵的工业骑士也并非自私自利之辈,只知道为自己偷窃,他们是想牟取下贱的金钱来广行善事。业余时间,不再从事他们的买卖,譬如说,不担任波西米亚森林煤气照明公司的经理,他们便保护钢琴家和新闻记者,在他们彩绣辉煌,七彩缤纷的背心下面,有些人居然还揣着一颗良心。在这个心里世界痛苦的绦虫正咬啮着。以所谓的译文和小册子的形式出版我上述作品的企业家在译文里附了一段介绍我个人的文字,文中悲天悯人地为我可悲的健康状况表示惋惜,他把各式各样报刊上有关我目前形容憔悴的文章拼凑在一起,传达出最为令人感动的消息,从而把我从头到脚详加描绘,一位风趣的朋友读到这里简直可以扬声大笑:我们真的生活在一个颠三倒四的世界,现在是小偷公开贴出通缉令,追捕那个遭他盗窃的正直人士。

1854 年 3 月　写于巴黎

一位才智卓绝的法国人——几年前这几个字放在一起还是多余的废话——曾经称我为一个 romantique defroque(法文:背叛的浪漫派)。本人有疾,对一切富有才情的东西总是偏爱。这种说法虽然极为恶毒,我还是为此极为欣悦。它一语中的。尽管我对浪漫派大举讨伐,赶尽杀绝,我依然是一个浪漫派,其程度超过我自己的预料。我把德国对浪漫派诗歌的思想给予致命的打击之后,无限的思念又悄悄潜入我自己的心里,使我对浪漫派梦幻国度里的蓝花充满了憧憬。我拿起那着了魔的拨弦琴,歌吟一曲[1],对于过去如此为人钟爱的曲调里弥漫着的一切优雅娇媚的夸大言辞,一切月色朦胧的醉意和一切鲜艳繁茂的夜莺的疯狂神往陶醉。我知道,这是"浪漫派最后一阙无拘无束的森林之歌",而我是这一派最后一位诗人:德国人古老的抒情诗派随我而终,同时,新的诗派,现代德国抒情诗派又由我而开其先河。德国文学史家们赋予我这双重的意义。对此大放厥词,不符合我的身份。但是我有充分的权利说,在德国浪漫派的历史里应该好好地提我一笔。由于这个原因,在我写的《德意志论》[2]一书中,我本该论述一下我本人。在这本书里我试图尽可能详尽完整地对浪漫派的历史加以阐述。我没有这样做,于是便出现了一个空隙,要我弥补也不容易。撰写一篇自我描述不仅非常棘手,甚至无法进行。要是我在文中一味突出我所知道的我身上的优点,那我就成了一个虚荣成性的蠢货,而倘若我把我也许同样意识到的我的缺陷公之于众,那我岂不是一个天大的傻瓜。——再说,凭着天地良心,没有一个人会对自己的情况说出真话。而且迄今为止,还没有一个人,无论他是圣奥古斯丁[3],那位希波城虔诚的主教,还是日内瓦人让-雅克·卢梭[4]曾经成功地做到过这点,尤其是后者,做得最差。他自称为专讲真话、追求自然之士,可是骨子里他比他的同时代人更为虚假,更为矫揉造作。当然,他过于

---

1 指海涅的长诗《阿塔·特罗尔》。
2 即海涅的名著《论浪漫派》。
3 奥累利乌斯·奥古斯丁(354—430)北非希波地区的主教,著名神学家、哲学家,著有《忏悔录》,死后为罗马教廷尊为圣人。
4 让-雅克·卢梭(1712—1778)法国作家、思想家,生于日内瓦,著有《忏悔录》、小说《新爱洛绮丝》、《爱弥儿》及政治理论著作《民约论》等。

高傲，不会把一些优秀的品质，美好的行动错记在自己账上，他宁可编造一些可怕已极的事情来自我丑化。莫非他污蔑自己的目的是为了获得更加宏伟的诚实可信的表象，从而得以污蔑别人，譬如说污蔑我那可怜的同胞格林姆[1]？还是说，他作了一些虚假不实的自白，为了掩饰真正的错误？因为，众所周知，到处流传的关于我们的丑事恶闻，通常只有在包含真实情况时，才会触及我们的痛处。倘若尽是杜撰不实之词，我们的心灵受到的伤害要轻得多。所以我深信，那条使无辜的使女蒙受不白之冤、被主人赶走的饰带，让－雅克·卢梭并没有偷窃。卢梭肯定没有行窃的天赋，这头未来消闲宫里的笨熊，过于蠢笨，对此难以胜任。他也许干过其他别的坏事，但不是行窃。他也没有把他的孩子送到弃婴所里去，他送去的只是德蕾撒·勒伐色小姐的孩子。早在三十年前，德国最伟大的心理学家当中的一个就让我注意《忏悔录》中的一处。从这段文字肯定可以推断出，卢梭不可能是那些弃婴的父亲；这头虚荣成性的狗熊宁可把自己说成是一个生性野蛮的父亲，也不愿忍受人们的怀疑，说他根本没有生儿育女的能力。不过，这个在自己身上也污蔑了人的天性的人，要说到我们祖传的弱点，他倒又忠于人的天性了。我们祖传的弱点乃是，我们总希望在别人眼里显得和我们实际情况不同。卢梭的自画像便是一则谎言，画得令人赞赏不已，但却是一个光彩夺目的谎言。我最近在一篇非洲游记里，读到关于阿香蒂人的国王的许多趣事。这位国王要诚实得多。这位黑人君王的天真无邪的话非常发噱地总结了上面提到的人性的弱点，我愿在这里予以介绍。原来当波地契少校以一位公使的身份被好望角的英国总督派到南非

---

[1] 弗里特里·希麦尔肖尔·封·格林姆男爵（1723—1807），当时寓居巴黎的一个德国人，属于真正的启蒙主义者。自1753年起，在巴黎办杂志《文学、哲学、评论的通讯》二十年之久，主要为德国、北欧、俄国宫廷所阅读。

那位最有威力的君王的宫廷里去的时候，他试图以为人画肖像来博得廷臣们，尤其是宫廷贵妇们的欢心。这些贵妇虽然皮肤漆黑，可是姿色出众。国王对他画得惟妙惟肖表示赞赏，希望画家也为他画幅肖像，并且已经坐着让画家画了几次。国王常常跳起来去看肖像有什么进展，画家发现，在国王的脸上有几分焦躁不安和尴尬的窘态，就像一个人有个愿望就在嘴边，可是找不到语言来表达。画家催逼再三，希望陛下把他至高无上的渴望向他表露，最后这可怜的黑人国王嗫嚅着小声问道，画家是否能给他画张白脸？

事情就是这样。黑脸的黑人国王希望人家给他画张白脸。请诸位不要笑话这个可怜的非洲人——每个人都是这么一个黑人国王，我们每一个人都希望以另一种颜色出现在公众面前，截然不同于天命涂抹在我们身上的颜色。感谢上帝，我明白了这件事情，因此我将竭力避免在这本书里给我自己画幅肖像。我将在今后的篇页里找到足够的机会，尽可能审慎地突出我的个人，以此试图多少弥补一下由于缺少这幅肖像而产生的空隙。我给自己提出了一个任务，在这里补述一下这本书产生的过程，以及在此书写成之后在作者的脑子里发生的哲学和宗教的变奏，为了对我的《德意志论》一书新版的读者能有所裨益。

请诸位不必担心。我不会把我自己画得太白，也不会把我周围的人描得太黑。我将始终真实不误地显出我的颜色，以便大家知道，我在谈论其他颜色的人们时，该信任我的判断到何等程度。

我给我自己的书取了封·斯达尔夫人为她那本闻名遐迩的著作所取的同样的书名，她的那本书处理的是同样的题材，虽说我这样做是出于论战的目的。我毫不否认，这样一种论战的目的指引着我。不过我从一开头就声明，我提供的是一部党派性甚浓的作品，这样我就为那些真理的研究者们帮了大忙，这比我假装某种不冷不热的非党派性要有帮助得多，因为非党派性其实是一派谎言，对于那位受到攻击的作者，这比毫不含糊的敌意危险更大。既然封·斯达尔夫人是位天才作家，曾经发表过天才无性别的观点，这样我在谈论这位作家的时候不必像我们通常对待女士们那样要有骑士风度，手下留情。这种骑士风度归根结底只是对她们的弱点表示怜悯而已。

关于封·斯达尔夫人上述的那句话，外界流传着一则逸闻，我早在孩提时代听到帝政时期的谐语趣谈时，也听见过这句话。莫非这个庸俗的趣闻确是真事？据说还在拿破仑当第一执政的时候，封·斯达尔夫人闯到他的公馆里去求见。尽管值勤的门卫明确告诉她，主人有严格的指示，谁也不予接待，夫人还是毫不动摇，坚持要仆人立即通报他那声名显赫的主人。主人接着传话表示遗憾，无法接见这位尊敬的夫人，因为他正在沐浴。据说这位夫人便叫仆人把那句名言作为回答传给主人：这并不碍事，因为天才本无性别。

对于这个故事的真实性我不作担保；可是即便这个故事不真，它也编造得颇为巧妙。它描述了这位性格炽烈的人物对皇帝紧追不舍的逼人之势。她的崇拜使皇帝无处安身。她脑子里当时产生了一种念头：本世纪最伟大的男性也该和他同时代最伟大的女性在精神上或多或少地结合一下才对。可是当她询问皇帝哪个女人在他看来是他的时代最伟大的女性时，满心以为会得到一句奉承话，皇帝却回答：孩子生得最多的那位。这可没有骑士风度。不可否认，皇帝在女士们面前，从不表示那些法国女人特别喜欢的温柔殷勤的言辞和彬彬有礼的态度。不过法国女人也永远不会以极不得体的举止来激起人家说一句不客气的话语，就像这位大名鼎鼎的日内瓦女人那样。她在这个场合证明，尽管她肉体颇为灵活，并不能摆脱她家乡的某种笨拙。

当这位善良的女人发现，她百般追逼仍然一无所获，便像女人在这种情况下惯常做的那样，她向皇帝宣战，反对他那残暴的，缺乏骑士风度的统治，反对得这么长久，直到警察向她下逐客令为止。

于是她逃到我们这里，逃到德国，在这里收集资料写她那本遐迩闻名的著作。这本书把德国的唯灵主义捧为美奂绝伦的理想，和帝政时期法国的唯物主义正好相反。她在我们这里仿佛找到了一个巨大的宝藏。原来她在这里遇到了一位学者，名叫奥古斯特·威廉·施莱格尔。这是一位没有性别的天才。他变成夫人忠心耿耿的西塞罗，陪伴着她遍游德国文学所有的阁楼。夫人在头上扣了一顶其大无朋的头巾，现在成了思想界的女苏丹。她仿佛把我们的文人作家在精神上检阅一番，同时用诙谐的方法效法物质上伟大的苏丹[1]。就像后者看见士兵就问：您多大年纪？有几个孩子？当了几年兵？等等，这位夫人也这样问我们的学者：您多大年纪？写过什么作品？您是康德派还是费希特派？这类问题，夫人简直等不及人家回答。忠实的卫兵奥古斯特·威廉·施莱格尔，她的于斯当[2]便手忙脚乱地把我们的回答记进笔记本里。就像拿破仑把孩子生得最多的妇人当作最伟大的女性一样，斯达尔夫人也把著作最丰的男人当作最伟大的男性。简直难以想象，她在我们这儿引起了多大的骚动。前不久才问世的作品，例如卡罗琳娜·彼希勒[3]的回忆录，梵恩哈根夫人[4]和贝蒂娜·阿尼姆[5]的书信，以及爱克曼[6]提供的证明，都令人醒目地描述了这位精神上的女苏丹给我们造成的灾难，也就是在物质上的苏丹已经给我们带来足够的忧患的时候。这首先是对我们的学者进行精神上的强制宿营。这位超群出众的女人特别满意的文人学

---

1 指拿破仑。
2 拿破仑的贴身侍从。
3 卡罗琳娜·彼希勒（1769—1843），一位多产的女作家。
4 拉德尔·梵恩哈根（1771—1833），海涅的朋友梵恩哈根·封·恩色的夫人，海涅的《还乡集》和《诗歌集》都是献给她的。
5 贝蒂娜·封·阿尼姆（1785—1859），德国女作家，浪漫派作家阿希姆·封·阿尼姆之妻。
6 约翰·彼得·爱克曼（1792—1854），德国作家，因《歌德谈话录》而著名。

子，由于面孔的轮廓，或者眼睛的颜色博得夫人的青睐，可以指望很荣幸地被她在她的《德意志论》里提上一笔，犹如获得一枚荣誉团十字勋章。这本书始终给我留下一个既可笑又可厌的印象。我在这本书里看到这位热情激奋的女人弄得喧嚣不宁，我看见这阵身着女装的旋风扫过我们安静宁谧的德国，只见她到处欣喜若狂地高呼：多么令人赏心悦目的宁静在这里向我迎面吹拂！她在法国弄得热血沸腾，来到德国，希冀在我们这里使血液冷却几分。我们诗人们贞净的气息使她那灼热的，灿若烈日的胸脯感到多么舒服！她把我们的哲学家看作各色冰淇淋，把康德当作香甜的香草果汁冰淇淋，费希特当作开心果冰淇淋，谢林当作杂拌冰淇淋一口吞掉！——啊，在你们的树林里是多么清凉宜人啊——她不停地喊道！——多么令人心旷神怡的紫罗兰的芳香啊！金翅雀在它们德意志的雀巢里啁啾鸣啭多么平和安详！你们是一个秉性善良富有美德的民族，你们对我们这儿杜·巴克大街上丧风败俗的情景还一无所知。

  这位好心的夫人在我们这儿只看她愿意看的东西：一个雾霭沉沉、幽灵出没的国度，一些没有躯体、只有美德的人在茫茫雪原上漫步跋涉，只靠道德和形而上学颐养性灵！她在我们这里各个地方只看她愿意看的东西，只听她愿意听，也愿意重述的事情——而她听到的事情很少，从来没有听到真实情况，一方面是因为她老是只顾自己说话，另一方面是因为她提问唐突使我们谦卑拘谨的德国作家在和她讨论的时候神志昏乱、惊慌失措。"精神是什么？"她对那位蠢笨的布特威克[1]教授说道，一面把她肉鼓鼓的胖腿放到教授瘦骨嶙峋、瑟瑟直抖的腰上。唉，她接着写道："这个布特威克多么有趣啊！瞧他垂下了眼帘！在巴黎杜·巴克大街我的那些男士身

---

[1] 弗里特里希·布特威克（1766—1828），哲学教授，他的著作曾对叔本华发生影响。

上,我还从来没有看见过这种样子!"她到处都看见我们的唯灵主义,她赞美我们的诚实,我们的美德,我们的精神教养——而对我们的众多监狱、妓院、兵营却视而不见——她要大家相信,每一个德国人都该获得蒙蒂荣奖[1]——她做的这一切,都是为了诋垢皇帝[2],我们当时是皇帝的敌人。

仇恨皇帝是"*De I'allemagne*"(法文:德意志论)一书的灵魂,尽管皇帝的名字在书里一次也没提及,人们仍可看出,女作者每写一行字,目光都斜视着推勒里宫。这本书远比最为直截了当的攻击更使皇帝心里恼火,对此我毫不怀疑。因为再也没有比女人细小尖刻的针扎对男人的伤害更甚的了。我们准备别人用宝剑对我们猛劈狠刺,可是人家却在我们最敏感的地方挠得我们奇痒难熬。

啊,女人!我们得多多原谅她们,因为她们爱人很深,甚至也爱人很多。她们的仇恨其实只是一种改头换面的爱情。有时候她们也试图加害于我们,因为她们想借此向另一个男人表示爱恋。她们动笔写作,总把一只眼睛瞅着纸,另一只眼睛却盯着一个男人。一切女作家都是如此,只有抗-抗伯爵夫人例外,她只有一只眼睛。我们这些男性作家同样也是事先便怀有同情,我们写作不是赞成便是反对一个事业,不是赞成便是反对一个思想,不是赞成便是反对一个党派;妇女们则相反,她们写作总是赞成或者反对一个男人,或者说得更确切些,是由于一个男人的缘故才去写作。她们的特点是胡搅蛮缠,党同伐异。这种作风也带到文学里面。我觉得这远比男人的最粗野的污蔑狂热更为可憎。我们男人有时也撒谎。女人,天生的都是被动性格,不大会凭空杜撰,可是她们善于把现成

---

[1] 蒙蒂荣奖:由法国蒙蒂荣男爵设立的每年颁发给"有道德的行动"以及撰写了在道德上有益的文章的人士。
[2] 指拿破仑。

的事情肆意歪曲，结果她们对我们的伤害远比恣意胡诌的谎言更为狠毒。我的朋友巴尔扎克有一次唉声叹气地对我说：la femme est un etre dangereux（法文：女人是祸水）。我深信他言之有理。

是的，女人是祸水；不过我必须补充一句，美丽的女人并不像那些精神上的优点多于肉体上的优点的女人那样危险。因为前者习惯于男人向她们频献殷勤，而后者则要去迎合男人矜持的自爱，用阿谀谄媚来赢得比美貌女子更多的追随者。我说这话绝无含沙射影之意，仿佛在影射封·斯达尔夫人容貌丑陋。但是美女完全是另外一副模样。夫人身上的各个细枝末节都令人愉悦，可是合成整体却极为使人不快，对于神经质的人特别无法忍受，例如对已故的席勒便是如此。夫人喜欢把一根小木棍或一个纸兜夹在手指缝里转个不停——这个动作弄得可怜的席勒头晕目眩。绝望之余，他便伸出手去握住夫人美丽的手，想把它稳住。封·斯达尔夫人以为，这位感情丰富的诗人完全被她个人的魔力所吸引。夫人的手的确非常美丽，人家对我说，她的始终裸露着让人观赏的胳臂也其美无比；可不是，米洛的维纳斯就拿不出这样美丽的胳臂。夫人的牙齿要论白皙远远盖过阿拉伯最名贵的骏马的牙口。夫人拥有一双秀丽的大眼睛，有一打小爱神满可以在她的樱唇上找到位子，她的嫣然巧笑据说也极为娇媚动人。所以说她绝不丑陋，——没有一个女人是丑陋的——我们至少可以这样说：倘若斯巴达的美女海伦娜长成这副容貌，整个特洛埃战争就不会发生，普里阿姆斯的城堡就不会烧为灰烬，荷马就永远也不会再歌吟彼琉斯之子阿克琉斯的愤怒了。

如上所述，封·斯达尔夫人向伟大的皇帝宣战，和皇帝打起仗来。但她并不限于著书立说反对皇帝，她还试图以非文字性的武器来和他作战：有一段时间，她是一切贵族和耶稣会修士制定的阴谋的灵魂，冲在反拿破仑联盟前面。她像一个货真价实的女巫一样，蹲在热气腾腾的火锅旁边，她的朋友们，那些配制毒药的外交家们塔勒朗、梅特涅、波错·第·波尔哥、卡色累[1]等等都在锅里精心炮制皇帝的毁灭。这个女人手执仇恨的汤勺在这口可怕的锅里搅个不停,锅里同时烹煮着全世界的灾难。皇帝兵败之后,封·斯达尔夫人便带着她的"*De l'Al lemagne*"一书,在几十万德国人的陪同下,作为胜利者进入巴黎,这些德国人就仿佛是她这本书的宏丽壮观的插图。这样用生动的活人作为插图之后,这部著作的真实可靠性便大为增加。你在这里可以亲眼看见,作者对我们德国人和我们爱国主义的美德进行了极为真实的描绘。那位布吕歇老头[2]用作封面的铜雕画,多么精美的珍品。这个老赌徒,粗俗不堪的倔老头据说曾经下过一道命令,口吐狂言,他若生擒皇帝,就把皇帝枭首示众。我们的奥·威·封·施莱格尔也被封·斯达尔夫人带到巴黎。此人可是德意志的天真烂漫和英雄力量的模范标本。查哈里亚斯·魏尔纳[3]也同样追随着她。这位是德意志纯洁无瑕性的样版,王宫[4]赤身露体的美女们跟在他身后边跑边笑。当年穿着德国服装展现在巴黎人面前的人物形象当中,最有趣的还有格雷斯、杨和恩斯特·莫里茨·阿伦特先生,这三位最享盛名的生啖法国人者[5]属于滑稽突

---

1 波错·第·波尔哥(1764—1838),科西加人,在沙皇处任外交官,拿破仑的死敌之一。罗伯特·斯蒂沃厄·卡色累(1769—1822),英国政治家,拿破仑战争期间,先后任国防部长、外交部长,为英国反对拿破仑的政治领袖。
2 盖卜哈德·封·布吕歇(1742—1819),普鲁士陆军元帅,在滑铁卢一役击败拿破仑的将军之一。
3 查哈里亚斯·魏尔纳(1768—1823),德国浪漫派诗人。
4 王宫即 Palais Royal,巴黎妓女活动的场所。
5 约翰·约瑟夫·格雷斯(1776—1848),德国政论家;弗里特里希·路·特维希·扬(1778—1852),德国爱国主义者,人称"体操之父";恩斯特·莫里茨·阿伦特(1769—1860),德国作家。以上三人都有民族主义倾向,仇视法国,故被称做"生啖法国人者"。

梯的嗜血狗类，大名鼎鼎的爱国主义者波尔涅[1]在他的著作《生啖法国人者门策尔》一书中给这几位取了这么一个名字。方才提到的门策尔[2]，绝不像有些人所想的那样，是个假想的人物，他确确实实生活在斯图加特，甚至还出了一份报纸。他在这份报纸里每天宰杀半打法国人，并且把他们连毛带皮全都吞下。等他吃了六个法国人之后，有时候照例还要生啖一个犹太人，以便嘴里还留下美味，pour se faire la bonne bouche（法文：以便余香在口）。现在他早已狂吠得精疲力竭，齿牙脱落，一身疥癣，在施瓦本某个书店堆放废纸的角落里到处磨蹭。在巴黎充当封·斯达尔夫人扈从的标准德国人当中，也有弗里特里希·封·施莱格尔，此人肯定代表的是美食的禁欲主义或者烤鸡肉的唯灵主义，陪伴着他的是尊贵的夫人多罗苔娅，娘家姓门德尔逊，前夫姓弗埃特。我在这里不能对这类人物中的另一个插图，施莱格尔兄弟的一位特殊的祭坛侍僧保持缄默，不提一笔。这是一位德国男爵，受到施莱格尔兄弟的特别推荐，在巴黎代表日耳曼学。他生在阿尔托那，出身于当地最有名望的以色列家族之一。他的家谱一直追溯到亚伯拉罕，泰尔斯之子，犹太和以色列之王大卫的祖先，这足以赋予他自称为贵族的权利。他既然就像背弃犹太教一样的，后来也背弃了耶稣新教，并且郑重其事地脱离了后者，投入罗马天主教这唯一使人幸福的教会怀抱，自然也有资格要求获得一个天主教男爵的头衔。他就以这个身份，在巴黎创办了一家报纸，名叫：Le catholique（法文：天文教徒），为了代表封建主义与教会的利益。这位博学多识的贵族，不仅在这份报纸上，也在高贵的郊区几位虔诚的身份显赫的寡妇的沙龙里经常谈论菩萨，老谈菩萨，他旁征博引精细入微地论证，存在过两个菩萨，

---

1 路特维希·波尔涅（1786—1837），德国激进的爱国主义作家。
2 沃尔夫冈·门策尔（1798—1873），德国政论家，出版家，民族主义倾向严重。

法国人单凭他以贵族身份担保，也就对此信以为真。他指出，天主教关于三位一体[1]的教条早就存在于印度的三位一体的信条之中，他引证《罗摩衍那》、《摩诃婆罗多》、《乌卜奈卡特》，母牛萨巴拉和国王维斯马米特拉，鼾声如雷的埃达，还有许多尚未发现的化石和猛犸象的骨头，引经举典之际，语气古奥，枯涩乏味，恍若来自洪荒时代，而这总使法国人目迷神眩。他动不动就追溯到菩萨，也许把这个字念得滑稽可笑，轻浮无礼的法国人最后就管他叫菩萨男爵。1831年我在巴黎找到他的时候，他就叫这个名字。我听他以一种神父的、几乎可说是犹太寺庙法师的庄严气概，絮絮叨叨地讲述他的渊博学问，使我想起哥尔德斯密斯[2]的《威克菲尔德的牧师》中的那位滑稽人物，我想，此人名叫简金生先生，他每次遇见一位学者，想欺骗一下，便把马奈托、贝罗苏斯和桑却尼阿通[3]引证一通；梵文当时还没有发明。一位更理想型的德国男爵是我可怜的朋友弗里特里希·德·拉·莫特·福凯[4]，他当时属于封·斯达尔夫人的搜集物之中，正骑着他那高高的坐骑罗撒南特，进入巴黎。他从头到脚都是唐·吉诃德；读他的作品，就击节赞叹——塞万提斯。

但是在封·斯达尔夫人的法国武士当中有些高卢唐·吉诃德，发起傻劲来，绝不居于我们日耳曼骑士之后，例如，她的朋友夏朵布里昂子爵，这个头戴系着小铃铛的黑色便帽的丑角，在那浪漫派高奏凯歌的时代，他正虔诚地朝圣归来。他把一大瓶水从约旦河带到巴黎，用这瓶圣水为革命期间又变成异教徒的同胞施行洗礼，被

---

1 根据天主教的教理，上帝系由圣父、圣子、圣神（又译作圣灵）三者组成，是为三位一体。
2 奥利弗尔·哥尔德斯密斯（1730—1774），英国作家。
3 马奈托写了一本纪元前2世纪的埃及史，贝罗苏斯在公元前3世纪写了一本巴比伦史，桑却尼阿通在公元前1250年写了一本腓尼基和埃及史。
4 弗里特里希·德·拉·莫特·福凯男爵（1777—1843），德国浪漫派作家，海涅的朋友。

水浇过的法国人现在变成真正的基督徒,摒弃撒旦及其美奥壮丽,他们在人世间未能征服的土地,在天国得到补偿,其中譬如包括莱茵地区,这一来我就变成了普鲁士人。

我不知道,这故事是否得到证实,封·斯达尔夫人在百日期间让人向皇帝提出申请,倘若皇帝愿意把法兰西欠她父亲的两百万金币[1]偿付给她,她愿意以她的笔襄助皇帝。皇帝深知法国人的秉性,对待他们的金钱总比对待他们的鲜血更为节约,据说并没有进行这番交易,这位阿尔卑斯山的女儿便证实了老百姓的这句俗话:point j'argent, point de Suisses。(法语:没有钱就没有瑞士人)。话说回来,这位才气横溢的夫人即使提供援助对皇帝的大局也收效甚微,因为不久之后就发生了滑铁卢战役。

我在上文已经提及,在那一个可悲的情况下我变成了一个普鲁士人。我是在上世纪最后一年出生在杜塞尔多夫的,这是贝尔格公国的首府,当时隶属于普法尔兹选帝侯。到普法尔兹归并到巴伐利亚王室,巴伐利亚公爵马克西米利安·约瑟夫被皇帝擢升为巴伐利亚国王,他的王国由于并吞了蒂罗尔的一部分和其他毗邻的国家而扩大疆土之时,巴伐利亚国王便把贝尔格公国转让给皇帝的妹夫,约阿细姆·缪拉。等到毗邻的各省也归并到他的公国之后,缪拉便作为贝尔格大公爵受到尊崇。在当年升官晋爵迅速异常,时隔不久,皇帝便封他妹夫缪拉为那不勒斯国王。缪拉便放弃贝尔格大公国的主权,使之臣属于法朗梭阿王子,这位王子是皇帝的侄儿,荷兰国王路特维希和美丽的俄当斯王后的儿子。既然这位王子从未放弃过他的权利,他那遭到普鲁士侵占的公国 de jure(拉丁文:根据法律)在他去世之后便归于荷兰国王的儿子,路易·拿破仑·波拿

---

[1] 斯达尔夫人为瑞士银行家雅克·奈克(1732—1804)之女,奈克曾任路易十六的财政部长。

巴王子的名下，所以这位王子——现在也是法兰西人的皇帝——便是我的合法君主。

我在别处，在我的回忆录里，比在这儿更详尽地讲述过我如何在七月革命之后迁居巴黎，并且从此安宁而满意地生活于斯。我在王政复辟时期所做的事，所受的苦，将同样在适当时候相告，那时，讲述这些事情并无自私目的这点，将不至遭人怀疑，或有任何嫌疑。——我做了很多事，受了很多苦。当七月革命的太阳在法国升起，我正好疲惫不堪，需要休养。故乡的空气对我来说，也变得日渐更不健康。我必须认真考虑变换气候。我有种种幻象；云朵使我心惊胆战，它们向我装出各式各样吓人的鬼脸。我有时觉得，太阳是一枚普鲁士的徽章；晚上我梦见一头长相丑陋的兀鹰，在吞噬我的肝脏，我的心情变得非常凄凉。另外我又认识了柏林一位年老的法律顾问官，他在斯潘道城堡[1]度过多年光阴，他告诉我，冬天若是非要带上铁制的镣铐不可，将是多么的不舒服。我觉得，不把铁镣给人家弄暖和一点，那的确是非常有违基督圣训的行径。倘若给我们把铁链稍稍加温，铁链给人的印象也就不会这样令人不快；那么即使是动辄冷得发抖的人也能很好地忍受它们。也应该使用谨慎的措施，在铁链上喷上玫瑰和月桂的香精，就像在此地做的那样。我问我的那位法律顾问官，他在斯潘道是否常有牡蛎食用？他说不行，斯潘道离开大海距离太远。便是肉类，他说，在那里也很稀罕，在那里别无其他飞禽，除了掉进你汤里的苍蝇。同时我也结识了一位法国的 Commis voyageur（法文：旅行商贩），他为一家酒行到处漫游，他向我赞不绝口地夸奖，现在生活在巴黎是何等快活，在那儿天上挂满了提琴，人们从早到晚歌唱《马赛曲》、《我们向前进军》和《那满头白发的拉法耶特》，在所有的街头巷尾都写着

---

[1] 斯潘道城堡为柏林的一座监狱。

自由、平等、博爱;他也称赞他那酒行的香槟酒,他给了我一大批他酒行的地址,并且答应为巴黎最好的一批饭店给我写介绍信,倘若我为了欢愉情绪想访问这座首都的话。既然我确实需要使情绪欢快一下,斯潘道又离开大海太远,在那儿吃不到牡蛎,而斯潘道的禽类汤又不太吸引我,外加普鲁士的铁链在冬天又非常之冷,对我的健康有损无益,于是我便下定决心,前往巴黎,到香槟酒和《马赛曲》的祖国去痛饮香槟,听人歌唱《马赛曲》、《我们向前进军》和《那满头白发的拉法耶特》。

1831 年 5 月 1 日我渡过莱茵河。我没看见那年迈苍苍的河神,莱茵老爹,只好把我的名片扔进水里去给他。据说,他坐在水底深处,又在学习麦丁格[1]的法语语法,因为他在普鲁士统治期间,法语大为退步,现在想重新练习 eventualiter(法语:使之可能)。我觉得,听见他在水下练习变位:J'aime Tuaimes, il aime, nous aimons(法文:我爱,你爱,爱,我们爱)——可他爱什么呢?反正绝不爱普鲁士人。我只在远处眺望了一下斯特拉斯堡大教堂;摇晃着脑袋,就像那年迈的忠诚的埃卡特[2],看见一个年轻的轻浮少年向维纳斯山走去而频频摇头。

在圣代尼[3],我从甜蜜的晨睡中醒来,第一次听见郊区马车夫的叫声:巴黎!巴黎!以及卖甘草饮料的小贩的铃铛声。在这里已经呼吸到在天边隐约可见的首都的空气。有一个打短工的老滑头想说服我,去参观国王的陵墓,可是我到法国来,并不是为了瞻仰死去的国王;我只是勉强凑合着,让那位西塞罗给我讲述一下当地的

---

[1] 约翰·瓦伦哥·麦丁格写的《法语实用语法》发表于 1783 年。海涅中学时曾用过这部语法。
[2] 忠诚的埃卡特为德国中世纪传说中的人物,他守在维纳斯山的进口处,向人发出警告,勿去维纳斯山。
[3] 巴黎郊区。

传说,也就是那凶残的异教徒的国王如何下令把圣代尼的脑袋砍下,后者如何手里拎着脑袋从巴黎跑到圣代尼来,为了安葬在这里,并且以他的名字命名这个地方。给我讲故事的人说,想想这段距离,这人居然没有脑袋徒步走了这么远的路程,就不得不为这一奇迹惊叹不已——可是他面带古怪的微笑补了一句:dans des pareis, il n'y a que le premier pas qui coute(法文:在类似的情形下,只有第一步是算钱的)。这番话值两个法郎,pour l'amour de Voltaire(法文:看在伏尔泰的份上)我把钱给了他。过了二十分钟我通过圣代尼大道上的凯旋门到达巴黎,这座凯旋门原来是为了表彰路易十四而建造的,可现在却是用来庆祝我进入巴黎。打扮得光彩艳丽的人群使我着实大吃一惊,他们的衣着高雅入时,就像时装杂志上的图画。使我肃然起敬的是,他们大家都说法语,在我们那里可是高雅社会的标志;这么说,在这里全体老百姓都很高雅,就像我们那里的全体贵族一样。男子全都彬彬有礼,美丽的妇女全都巧笑嫣然。倘若有人冷不丁地撞我一下,而不马上道歉,我敢打赌,他准是我的一位同胞;倘若有哪位美女看上去面容过于酸涩,那么她若不是吃了酸菜,就是她能阅读克洛卜斯托克的原文。我觉得一切都是如此有趣好玩,天空是如此湛蓝,空气是如此亲切可爱,如此欢快热烈,与此同时,或此或彼还不时闪耀着7月艳阳的光辉,美丽的卢苔齐娅的娇靥还因为接受过这骄阳火辣辣的亲吻而布满红晕,在她胸前,新娘的花束还没有完全枯萎。当然在街头巷尾有的地方Liberté, égalité, fraternité(法文:自由,平等,博爱)又已经拭去。我立即造访人家介绍我去的饭馆餐厅;那些饭店老板向我保证,即使没有介绍信,他们也会对我殷勤接待,因为我的外表是如此的诚实出众,它本身已作自我介绍。从来没有一个德国的饭店厨师对我说过类似的话,即使他心里也是这样想的。这样一个放肆的家伙认为,令人愉悦之事必须瞒着我们。他那德国式的坦率使他有责任，只把令人反感的话冲着我们当面说出来。在法国人的风俗习惯里，甚至在他们的语言里，都有那么多令人惬意的奉承谄媚，值钱不多，可是让人舒服，使人心旷神怡。我的灵魂，我那可怜敏感的灵魂，因为害怕祖国的粗野缩得那么厉害，听见法国温文尔雅的令人心情欢畅的琴声又欣然开放。上帝给我们舌头是为了让我们说些令人愉快的话给我们的同类听。

在我来到法国的时候，法语还说得不甚流畅。可是在歌剧院的通道里和一个身材娇小的卖花女聊了半小时，我那自从滑铁卢战役之后就生了锈的法语又变得流利起来，我又结结巴巴地进行最为风流倜傥的法语变位，向那娇小的女郎非常清楚明白地解释林纳[1]体系。按照这一体系花卉是根据雄蕊的花丝进行分类的。小姑娘则依照另外一种方法，把花卉分为香气馥郁的和臭气喷鼻的。我相信，她在男人身上也进行同样的分类。她看到我尽管年轻，却颇有学问，感到不胜惊讶，在整个歌剧院的通道里，大肆宣扬我博学多识的盛名。我在这里也十分欢快地痛吸奉承的芳香，感到非常有趣。我漫步花丛，一些烤鸽子飞进我张得老大的嘴里。在我到达这里时我看到了多少有趣逗乐的东西啊！引起公众欢悦和公开受人嘲笑的一切名流。神气俨然的法国人最最逗乐。我看见了阿尔那尔，布菲[2]，台雅才[3]，德比罗，峨德里[4]，乔治斯小姐[5]，和残废军人宫的伟大的大锅[6]。我看见了陈尸所，法兰西学院有许多无名尸体也同样在

---

1 卡尔·封·林纳（1707—1778），瑞典科学家，他奠定了植物学的专业用语，因分析植物类别的林纳体系而著称。
2 哀济埃纳·阿尔那尔和雨葛-德西莱-玛丽·布菲，均为著名演员。
3 鲍林娜·台雅才，著名女演员。
4 让·德比罗和查理·峨德里，均为当时著名演员。
5 玛格里特·乔治斯小姐，著名女演员。
6 七月王朝时，"残废军人饭店"的大锅吸引了许多好奇的人。

那里展览，最后看到了卢森堡宫[1]的死人之城，在那里一切发伪誓的木乃伊们，都待在那里，带着他们向法兰西法老的列代王朝所发的抹了香油的虚假誓言。我在Jardin-des-Plantes（法文：植物园）看见了长颈鹿，三只脚的公山羊和袋鼠，叫我特别觉得好玩。我也看见了拉法耶特[2]先生和他的白发，这白发我是单独看见的，因为它放在一个小金盒里，挂在一位美貌淑女的脖子上，而他自己，这位威震两大世界的英雄，则像一切法国老人，头戴一顶褐色的发套。我参观了王家图书馆，在这里看见了刚被盗走的小金盒的保管者；我在那儿一条阴暗的走廊里也看见了邓德拉的黄道带[3]，它曾经引起过很大的轰动。在同一天我也看见了雷加米哀夫人[4]，梅罗文王朝时期最著名的美女，也看见了巴朗施先生，他属于夫人美德的pièces justificatives（法文：辩护书）之列，不知从何时起，夫人不论到哪儿，都把他随身带着。可惜我没有见到夏朵布里昂先生，他一定会使我感到逗乐。可我在那"宏伟的小草棚"[5]里看到了拉依尔老爹，正好在他bougrement en colère（法文：极为光火）的瞬间。他刚好把两个身穿高高翘起的白色美德背心的小罗伯斯庇尔

---

1 七月王朝的贵族院所在地。
2 玛丽·约瑟夫·拉法耶特（1757—1834），法国政治家，军人，参加过美国独立战争和法国大革命，被称为"两世界的英雄"。
3 黄道带为天文学上名词，指天球上黄道南北两边各9°宽的环形区域。月球和一些主要行星（冥王星除外）的轨道都是在中世纪晚期的希腊文献中最早出现的（以上根据《简明不列颠百科全书》）。海涅在此指的是1820年法国人在东特拉神庙的天花板上发现的黄道带。邓德拉是位于上埃及的一个村庄。
4 朱丽·雷加米哀夫人（1777—1849），是法国当时著名的美女。彼耶尔-西蒙·巴朗施（1776—1847）为夫人的崇拜者。
5 "宏伟的小草棚"为当时著名的歌舞厅。拉依尔老爹为当年拿破仑大军中的掷弹兵，作为歌舞厅主人，不用警察帮助就能维持场内的秩序和安静。

的衣领一把抓住，扔到门外，把一个虚张声势的小圣·鞠斯特[1]往那两个扔了过去，拉丁区的几个漂亮的Citoyennes（法文：女公民）抱怨她们的人权受到损害，差点遭到同样的命运。在另外一个相似的酒店里，我看见了著名的西卡尔[2]，著名的皮革商人和康康舞[3]舞蹈家，他身材四四方方，有点虚胖的红脸庞，和他那白得耀眼的领带形成绝妙的对照；他举止僵硬，神情严肃，活像一个市长的助手，正在用花环装饰一位美德超群的人物。我欣赏他的舞蹈，我对他说，他的舞蹈和古代的西莱诺斯的舞蹈极为相似，在酒神节就跳这种舞，它得名于酒神的值得尊敬的导师西莱诺斯。西卡尔先生对于我的渊博学识百般奉承，把我介绍给他认识的几位淑女，她们也同样不遗余力地到处称赞我的彻底的知识，以至于不久之后，我在巴黎便遐迩闻名，各家杂志的经理纷纷前来造访，争取我的合作。

在我到达巴黎之后不久见到的人士之中还有维克多·波海因[4]。我愉快地回忆起这个快快活活的、才智卓绝的人物，他给人以可爱的启发，为驱散德国梦幻者额上的阴霾，使其阴郁的心灵得以领略法兰西生活的欢快，贡献良多。他当时创办了 *Europe littéraire*（法文：文学欧罗巴）杂志，作为该杂志的经理他来探访我，问我是否可以为他的刊物撰写一些封·斯达尔夫人那类的关于德国的文章。我答应为他撰稿，但是明确指出，我的文章的风格将和她截然相反。"这对我无所谓"——他笑着回答——"我和伏尔泰一样，除了 genre ennuyeux（法文：令人生厌的风格），任何风格我都允许。"为了使我这个可怜的德国人不至染上令人生厌的风格，波海因朋友常

---

1 圣·鞠斯特，为罗伯斯庇尔的助手。
2 指的是被叫做西卡尔的舞蹈家勒维克（1801—1871）。
3 康康舞，一种大胆奔放的舞蹈。
4 维克多·波海因（1805—1856）在七月革命前是《费加罗报》的老板。

常请我吃饭，并且以香槟酒浇灌我的精神。吃饭点菜，谁也不如他那么在行，你不仅享用最佳烹调，也受用最佳妙的谈话。谁也不会像他那样出色地作为主人奉承宾客，谁也不会交际应酬如此出众，像维克多·波海因那样。他肯定也有理由向他的《文学欧罗巴》的股东算几十万法郎的交际费。他的太太非常漂亮，养了一头猎犬名叫吉吉。甚至他的木腿也对此人的幽默有所增长，当他瘸着腿极为讨人喜欢地围着桌子向客人们斟酒的时候，他就活像火神伍尔康[1]在欢声雷动的群神会上担任侍酒女神希伯斯的职务。他现在何处？我已经好久没有听到关于他的消息。我最后一次见到他大约在十年前，在格朗维勒城的一家酒店里。他正从英国回来，他住在英国为了研究数目庞大的英国国债，并且乘此机会忘却一下他为数微小的私人债务。他过海到下诺曼底的那座小城来上一天。我就在那儿看见他坐在一张小桌旁，傍着一瓶香槟和一位宽肩粗壮额头很低、嘴巴大张的市侩，他正向那个市侩解释他的一桩生意，波海因列举数字，极有说服力地证明，这笔生意可以有一百万的赚头。波海因的投机精神总是非常巨大，他若想出一桩买卖，总有一百万的利润在望，绝不会少于一百万。所以朋友们也管他叫"百万先生"，就像当年马可波罗从东方回来，在圣马尔科广场的连环拱廊之下向那些瞠目结舌的同胞讲述他在他游历过的国家，在中国、鞑靼王国、印度等等，看到的数以百万、亿万计的居民时，威尼斯人称呼他的那样。长期以来，人们把这位著名的威尼斯人当作吹牛大王，最新的地理又使他重获殊荣。关于我们那位巴黎的百万先生，我们也可以说，他的工业项目总是构想得妙不可言，十分正确，完全是由于偶然情况才在执行过程中遭到失败。有些项目如果落在那些不善于像他那

---

[1] 火神伍尔康是个瘸子。

样善于奉承,不善于像他,像维克多·波海因那样自我表现的人手里,确实盈利甚丰。就是《文学欧罗巴》也是一个出色的构想,成功似乎确有保证,它的衰退我一直无法理解。在运转失灵的前夕,维克多·波海因还在刊物编辑部的客厅里举行了一个光彩炫目的舞会。他和他那三百名股东一起在舞会上跳舞,就和当年莱奥尼达斯[1]和他的三百名斯巴达武士在台尔莫彼楞战役前一天跳舞一样。每当我在罗浮宫的画廊里看到大卫[2]描绘这一古代英雄场面的画幅,我就想到维克多·波海因上述的这次最后的舞蹈,就跟大卫画上的那位视死如归的英勇国王一样,他也单脚独立;这是同一个经典性的姿势。——漫游者!你在巴黎若从昂丹大道往下走向各条大道,最后走到一个名叫 rue basse du rempart(法文:城墙根路)的肮脏谷地,你要知道!你在这儿就站在《文学欧罗巴》的台尔莫彼莫山坳前面,维克多·波海因和他的三百股东就在此壮烈捐躯英勇阵亡!

我为那家杂志撰写并在该刊发表的文章,已如前述,使我得以继续尽情论述德国及其精神发展,从而写出了一本书,这就是,亲爱的读者,你现在手里拿着的这本书。我在此不仅要披露撰写此书的目的,它的倾向,它的最秘密的企图,还要揭示此书产生的历史,以便每个人都能更有把握地明确知道,我的报导值得人们多少信任和信赖。我不是以封·斯达尔夫人的风格撰写,虽说我也努力尽可能地不使人读之生厌。可是我预先放弃人们在帝政时代法国最伟大的作家封·斯达尔夫人那里在相当高的程度上看到的文体和辞藻的一切效果。是的,我觉得,《高丽娜》的作者[3]比她所有的同时代人高出一头。她描写中火星直冒的烟火我实在赞不胜赞;可惜这阵

---

[1] 莱奥尼达斯,斯巴达国王,公元前480年在保卫台尔莫彼楞山隘时阵亡。
[2] 雅克·路易·大卫(1748—1825)法国画家。
[3] 即封·斯达尔夫人,《高丽娜》为她的一部小说。

烟火留下的是一片臭气冲天的黑暗。我们必须承认，她的天才并非像封·斯达尔夫人过去曾经说过的，天才应该无性别那样的毫无性别。她的天才是个女人，具有女人的所有弱点和脾气。我身为男人有责任去反驳这位天才的灿烂辉煌的康康舞。由于她在她那《德意志论》一书中涉及的一些对象，譬如说，一切有关德国哲学和浪漫派的事情，对于法国人来说颇为陌生，因而具有新奇的魅力，对此进行反驳就更为必要。我相信在我的书里特别对于前者提供了最为诚实的消息。当年，在我提出这些消息时，显得闻所未闻，无法理解的东西，已为时间所证实。

是的，至于德国哲学，我已经直言不讳地把本派的秘密公开泄露出来了。这个秘密，包裹在繁琐的公式之中，只有第一流深谙此道的人才熟悉。我这一披露，在这里引起了极度的惊讶。我记得，一些非常重要的法国思想家天真地向我承认，他们一直认为，德国哲学是某种神秘的烟雾，神明躲在里面就像躲在一座神圣的云雾城堡之中。德国的哲学家们是些喜极而狂的先知，他们的一呼一吸尽是虔信和对上帝的敬畏。可是事情从来也不是如此，德国哲学恰好是我们迄今为止称之为虔信和对上帝的敬畏的反面，而我们最新的哲学家们公然宣布彻头彻尾的无神论为我们德国哲学的本质（原文：das letzte Wort）——这可不是我的过错。我们最新的哲学家们毫不留情地，怀着酒神般的生活乐趣，把蒙在德意志苍穹之上的湛蓝色的帷幕一把扯开，大声喊道：你们瞧吧，所有的神明都逃之夭夭，天宇高处只还坐着一个老处女，长着一双像铅一样沉重的手和一颗悲哀的心：她就是必然性。

唉！当年听上去如此陌生的事情，现在在莱茵河彼岸所有的屋顶上都在公然宣讲。这些牧师当中有些人的狂暴的热忱委实可怕！我们现在有了无神论的狂热僧侣，无信仰的宗教裁判官，他们会把封·伏尔泰先生焚烧致死，因为他在心底里还是个顽固的有神论者。

只要这样的教义还仅仅是由才智之士组成的贵族阶级的秘密财产，只用高雅的党派语言来加以讨论，那些在我们进行哲学的小型晚宴之际大肆亵渎神明时站在我们身后侍候的仆役听了莫名其妙——那么我也属于这些轻浮的精神强者，他们大部分人都像那些自由派的达官贵人，在革命[1]爆发前试图以崭新的颠覆性思想来消除他们懒散的宫廷生活的百无聊赖。可是当我发现，粗野的庶民杨·哈格尔[2]在他那醉里醺醺的学术研讨会上也开始讨论同样的题目，会上不点蜡烛和火炬，只点油脂蜡烛和鲸油灯，当我看到，鞋匠和裁缝伙计的肮脏抹布也试图用他们蠢笨的下等旅馆的语言来否定上帝的存在时，当无神论开始发出干酪、烧酒和烟草的强烈臭气时，我的眼睛突然睁开，我用理智未能领会的东西，现在通过嗅觉通过感到恶心的不快，理解了，于是我的无神论，感谢上帝！就此到头。

说句实话，使我憎恶不信上帝者的原则，促使我向后倒退的，并不仅仅是恶心。这里也还有某种世俗的担忧，我无法克服。原来我看见，无神论和令人毛骨悚然的最为赤裸裸的，毫无遮盖布的共同的共产主义结成了一个或多或少的秘密同盟。我对于后者所怀有的怯意和那些幸运儿为自己的资本而发抖所怀有的恐惧或者和那些富有的商贾担心其剥削行径受阻所怀有够憎恶是的确毫无共同之处的。不，使我忧心忡忡的更多的是艺术家和学者的秘密的恐惧，我们眼看着我们整个的现代文明，这么多世纪辛勤奋斗的成绩，我们的先驱者最高贵的劳动的成果，受到共产主义胜利的威胁。我们慷慨的思想一时汹涌，我们愿意为了受苦受难的被压迫人民的整体利益而牺牲艺术和科学的利益，是呀，牺牲我们一切个别的利益；但是，我们永远也不能掩饰，有些人称之为人民，另一些人称之为贱民的

---

[1] 指法国大革命。
[2] 不详。

那庞大的粗野的群体——它的合法的主权早已公开宣布——一旦真正掌权，我们将不得不期待会发生什么样的事情。特别是诗人对于这蠢笨的君王上台执政怀有一种阴森恐惧的心情。我们乐意为人民牺牲自我，因为自我牺牲是我们最为精致的享受之一——人民的解放是我们一生中伟大的任务，我们为此进行过战斗，忍受过无名的苦难，无论是在祖国还是在流亡地——但是诗人纯洁敏感的天性拒绝和人民进行任何一个人亲近的接触，想到他的爱抚，我们更进一步吓得直跳起来，——但愿上帝保佑免遭他的爱抚！——有位伟大的民主主义者过去说过：倘若有个国王和他握了握手,他将立即把手伸进火里，为了把手弄弄干净。我想以同样的方式说：倘若拥有至高无上的主权的人民赐我以和我握手的荣幸，我将去洗洗手。

啊人民，这衣衫褴褛的可怜的国王，找到了一些阿谀奉承的人们，他们比拜占庭和凡尔赛的延臣更加无耻得多，他们把薰香的香炉敲在他的头上。人民的这些宫廷走狗不断地赞美他的超群出众和显著美德，热情洋溢地大喊：人民是多么美奂绝伦啊！人民是多么心地善良啊！人民是多么才智出众啊！——不然，你们在撒谎。可怜的人民并不美；相反，他丑陋不堪。但是这种丑陋是因为肮脏而产生的。只要我们建造公共浴场，人民国王陛下能在那里免费沐浴，丑陋便会随着污秽一同消失。给他块肥皂不会有害处。我们于是便会看到一个洗得干干净净变得漂漂亮亮的人民。人们百般赞扬人民的善良，人民并不心地善良；他有时候和其他的有权有势者同样的凶狠。但是他的凶恶来自饥饿；我们必须设法，让拥有至高无上主权的人民一直有饭可吃；只要这至高无上的人民喂足吃饱，他也就会仁慈地、慈爱地冲着你们微笑，就和其他君主一样。人民陛下同样也并不非常聪明，说不定比别的君主更为愚蠢，他差不多和他的宠臣同样地像畜生一样蠢笨。他只对那些说着或者吼叫着他的激情的俚语的人们赐以爱情和信任，却憎恨每一个用理性的语言和他交谈为了使他头脑清醒、思想高尚的人。现在在巴黎是如此,过去在耶路撒冷也是如此。你们若让人民在正义者中的最正义者和最为叫人深恶痛绝的剪径强盗当中作出选择,那么你们放心好了,他一定大叫:"我们要巴拿巴斯[1]!巴拿巴斯万岁!"——这样颠倒是非的原因是无知;我们必须设法为人民建立公众的学校来消除这一民族的弊端。在学校里除了上课还要把黄油小面包和其他的营养品免费分配给他——倘若人民当中的每一员都能获得随便什么样的一切知识,你们不久也就会看见一个才智卓绝的人民。——说不定人民到末了也会变得这样富有教养,聪明绝顶,机智风趣,和我们一样,也就是如果我和你,我的亲爱的读者,我们不久还会获得其他饱学多才的理发师,他们像都鲁士的雅斯敏[2]先生一样撰写诗歌,还有许多别的哲学方面的缝补裁缝,他们撰写一本正经的书籍,就像我们的同胞,那著名的魏特林[3]。

提到这位著名的魏特林的名字,我脑子里突然又涌现出我第一次、也是最后一次和这位当年显赫一时的英雄人物见面时的场面,及其全部滑稽的严肃性。这位大名鼎鼎的裁缝伙计当时在汉堡我的朋友康培的书店里向我迎面走来,宣布自己是一位同行,也信奉同样的革命的和无神论的教义,我想必扮了一个酸涩不堪的鬼脸。亲爱的上帝雄踞他那天国城堡的高处,无所不见,看见我的这副怪相,一定笑得前仰后合。我在此时此刻真希望这亲爱的上帝根本就不存在,只是为了别让他看到这种酸涩不堪的同志关系使我陷入何等尴尬和羞惭的境地!我接受了那无神论的团伙向我所致的手工业工人

---

[1] 应为巴拉巴斯。《圣经》故事中的强盗,应民众的要求获释,耶稣却被钉死在十字架上。
[2] 雅克·雅斯敏(1798—1864),法国诗人,一生穷困,充当理发师,他用方言写的诗歌引人注目。
[3] 威廉·魏特林(1808—1871),德国哲学家,出身寒微,是个裁缝。

的问候,和魏特林进行了同行般的会晤,倘若亲爱的上帝把我当时所受到的屈辱估计在内,肯定已经宽恕了我一切旧日的恶行。最使我的自尊心受到伤害的乃是,乃是这个小伙子在和我谈话时表现出来的全然缺乏尊敬的态度。他没有摘下头上的帽子,我站在他面前,他却坐在一张木头小凳上,一只手把他缩起来的右腿举得老高,膝盖几乎都碰到了他的下巴,另一只手一个劲地摩擦他足腕上部的小腿。我起先以为,因为此人有手工工人蹲地的习惯,所以摆出这种对人缺乏尊敬的姿势,可是当我问他,为什么以上述的方式把他的腿揉个不停,他却让我受到更深的教育。他以一种无拘无束、极为漫不经心的口气对我说,就仿佛在说一件自然不过的事情,原来他曾经囚禁在好几个不同的德意志监狱里,通常都戴着镣铐,有时候铐在他脚上的铁环太紧,那个地方就留下了一种瘙痒的感觉,使得他时不时地要去摩擦一下。听到这番天真的自白,本文作者看上去大概就像伊索寓言里的那头狼。这头狼问它的朋友狗,为什么它脖子上的皮毛都磨光了,狗回答它:夜里人家给我套上链子。——是啊,我承认,当这个裁缝以他那令人反感的亲昵劲这样谈到他坐牢的时候,德国的狱卒用铁链来麻烦他,这时我往后退了好几步——"坐牢!狱卒!铁链!"尽是一个组织严密的帮派的令人憎恶的帮派用语,人们苛求我熟谙此道。这里谈的链子,并不是现在大家都在使用的那些譬喻,可以极有体面地作为装饰,甚至在一些神气活现的人们那里成为一时风尚——不,在那个组织严密的帮派成员那里,这链子的含义可就是实实在在的铁链子,人们用一个铁环把它梏在你的腿上——当裁缝魏特林说到这种链子的时候,我倒退了几步。并不是由于害怕"一同捕获,一同吊死"这句谚语!不,我害怕的是和他并排走上绞架。

话说回来,这个魏特林,如今已经销声匿迹,可是颇有才气。他不乏思想,他那本题名为《社会的保证》的著作很长一段时间是德国共产主义者的教理问答[1]。共产党人在最近几年人数激增。这个党派无疑是莱茵河彼岸最为强大的党派之一。手工业工人组成了一支无信仰大军的核心,也许并不是特别有纪律,但是在教义方面却是训练有素。德国手工业工人绝大部分信奉最为露骨的无神论,他们倘若不想和他们的原则陷入矛盾,从而完全陷入无力无奈的境地,似乎就注定了,非要对这种毫无希望的否定顶礼膜拜不可。这支破坏的劲旅,这些突破战壕的工兵部队,他们的利斧威胁着整个社会的大厦,远比其他各国的绝对平均主义者和颠覆者优越得多,由于其教义的可怕的结论;因为波洛涅斯[2]会说,促使他们行动的疯狂,乃是一种方法。

有人在我的《德意志论》一书中早已预言了那些后来才出现的阴森可怕的现象,这个功劳并没有多大意义。我曾经能够轻易地预言,哪些歌曲以后会在德国被人用口哨吹奏或者被小鸟啁啾吟唱,因为我当时看见鸟儿如何孵化出来,它们以后就唱出新的曲调。我看见黑格尔如何绷着他那几乎有些滑稽的一本正经的脸,像只母鸡似的,蹲在那些不幸的蛋卵上,我听见他咯咯地鸣叫。老实说,我难得理解他,后来经过沉思冥想,才得以理解他的话语。我想,他根本不想被人理解,因此他的讲演写得重叠臃肿,也许正因为如此,他才偏爱那些他明知不理解他的那些人,他才更乐意给他们以和他亲近交往的荣幸。所以柏林城里每一个人都对那思想深邃的黑格尔和业已作古的亨利希·贝尔[3]的亲密交往惊讶不已,此人是由于声名卓著遐迩闻名为才智非凡的新闻记者们大捧特捧的吉阿柯莫·迈

---

1 教理问答是天主教的基础教材。
2 波洛涅斯,莎士比亚悲剧《汉姆莱特》中的人物,语见该剧第 2 幕第 2 场。
3 亨利希·贝尔(1794—1842),黑格尔的朋友。

耶贝尔[1]的一位兄弟。那位贝尔，也就是那个亨利希，是个颇不聪明的小子，后来他的家人也的确宣布他是个白痴，对他进行监护，因为他没有用他的巨大财产使自己在艺术上或者学术上小有名气，而是把他的财产浪费在无足轻重的琐碎小事上，譬如有一天就花了六千塔勒去买一批手杖。这个可怜的家伙，既不想当一个伟大的悲剧诗人，又不想当一位卓越的观测星辰者，或者头戴桂冠的音乐天才，充当莫扎特或者罗西尼[2]的竞争对手，而是宁可花钱去买手杖——这智力退化的贝尔得享黑格尔的最为亲密的交往，他是这位哲学家的知交，他的彼拉德斯[3]，追随哲人左右，如影随形。那位既机敏风趣又天资聪颖的费利克斯·门德尔逊[4]曾经试图解释这一现象，他说：黑格尔并不理解亨利希·贝尔。可我现在相信，他俩亲密交往的真正原因在于，黑格尔深信，亨利希·贝尔丝毫也不明白他听见的黑格尔说的那些话，所以黑格尔可以当着他的面毫不拘束地把他那一瞬间心里涌现的想法畅快地倾吐出来。其实黑格尔的谈话始终是一种自言自语，以喑哑无声的嗓音断断续续地喟叹而出，词句的宏伟往往使我深受震撼，许多这类词句至今还铭刻在我的记忆之中。有一个星光皎洁晴朗美好的夜晚我们两人并肩站在窗前，我那时是个二十二岁的青年，刚刚美餐了一顿，喝了咖啡，我便无限神往地谈论星辰，称它们为贤人们[5]居留之地。可大师嘀嘀咕咕地说道："星辰，哼，哼！星星只不过是天上一片闪光发亮的疥癣！"——我的上帝啊——我大叫道——这么说天上没有快活的酒店，人的美德死后在那儿得不到报酬？那位大师用他那褐色眼睛凝

---

[1] 吉阿柯莫·迈耶贝尔（1791—1864），原姓贝尔，德国作曲家。
[2] 吉阿契诺·罗西尼（1792—1868），意大利作曲家。
[3] 彼拉德斯为古希腊神话中奥累斯特的好友，两人形影不离。
[4] 费利克斯·门德尔逊（1809—1847），德国作曲家。
[5] 贤人们，仅次于圣人的一些有德行的死者。

望着我，尖刻地说道："那么说，您服侍了您生病的母亲，没有毒死您的哥哥，还想为此得点小费？"——说着这些话，他心惊肉跳地环顾四周，可是看到只有亨利希·贝尔走来请他去打一局惠斯特[1]，他似乎马上就放下心来。

　　黑格尔的著作多么难以理解，读者多么容易搞错，自以为已经领悟透彻，其实只学会重演其辩证法的公式，这点我在多年之后，在这儿巴黎才注意到。我致力于把那些公式从抽象的学院语言译成法文，那健康的理智和大众明白易晓的祖国语言。译者在此肯定知道，他想说些什么，那最为羞怯的概念被迫脱下它那神秘的长袍，赤身露体地显出真身。我原来有些企图，想对整个黑格尔哲学进行一番通俗易懂的阐述，作为我的著作《德意志论》的补充，加进该书的新版里去。我撰写此文足足花了两年功夫，费尽了千辛万苦，才把握住这个极难对付的材料，把玄妙已极的部分尽可能说得深入浅出。可是等到这部作品完稿之时，我看了一下，不觉怵然心惊，我仿佛觉得，这部手稿以陌生、嘲讽、不怀好意的眼光凝视着我。我陷入一种奇特的窘境：作者和文章不再相配。原来在那时上述的对无神论的反感已经控制了我的心绪，我不得不自我承认，黑格尔哲学对于所有这些目无上帝的论调予以极为可怕的支持，因此这种哲学使我极不自在，令人烦恼。我对这个哲学从来也没有过于强大的热情，对它根本谈不上心悦诚服。我从来不是抽象的思想家，我把黑格尔教义的综合不加审核接受过来，因为它的那些结论满足了我的虚荣心。我年轻高傲，听黑格尔说，亲爱的上帝并不是像我外婆说的那样，寓居苍穹之上，而是在这人间的我自己便是上帝，这就大大助长了我的傲气。这愚蠢的倨傲对我的感情并没有发生灾难性的影响，而是使我的感情提高到英雄主义的程度。我当时表现出

---

[1] 惠斯特，一种纸牌的玩法。

极度的高尚情操和自我牺牲的精神，使得那些标榜美德的善良市侩的光辉灿烂的崇高业绩，肯定都黯然失色，这些市侩只是出于责任感而行事，尽了服从于道德的法则。而我自己不是现在就是活生生的道德法则，一切权利和权限的本原吗。我就是伦理道德，我不会越轨犯罪，我是纯洁的化身；那些道德极端败坏的玛格达莱娜们[1]通过我的爱情烈焰具有的涤污赎罪的力量得到净化。她们洁净无垢，宛如百合，满面羞红，恰似贞洁的玫瑰，经过上帝的拥抱，拥有崭新的童贞。恢复这些受到损害的少女贞操，我承认，有时使我精疲力竭。但是我一味给予，并不计较得失，我的慈悲的源泉永不枯竭。我浑身充满了爱，完全摆脱仇恨。我也不再向我的敌人复仇，因为从根本上我已不再有敌人，或者不再把任何人视为仇敌：对我来说，现在只有无信仰者，他们怀疑我的神性——他们加诸于我的任何不公正行为，都是冒犯神明，他们对我的诬蔑攻击，都是亵渎神圣。这些目无神明的行径我自然不能一直坐视不理，可是这一来，就不是人性的复仇，而是上帝的惩罚在打击罪人。在进一步维护正义之时，我有时或多或少地得使劲强压一切卑劣的同情。既然我没有敌人，我也就没有朋友，只有信徒，他们对我的美奂辉煌深信不疑，对我顶礼膜拜，对我的作品，无论是用韵文写的，还是用散文创作的作品，也都赞不绝口。对于这些真正虔信忠诚、热情笃信的信徒，尤其是年纪轻轻的信女我广施恩泽。

但是上帝不愿遭人耻笑，既不爱护身体也不吝惜钱包，开销极为浩大。若想体面地扮演这种角色，特别有两样东西不可或缺：家私万贯，体魄健壮。可惜有一天——在1848年2月——这两副道具我全都失去，这一来我的神性也大为受阻。幸亏可尊敬的观众在

---

[1] 玛格达莱娜，为《圣经》中的圣女，曾追随耶稣苦难的历程，直到行刑地。曾是罪人，后真诚悔改。

那个时候正忙着观赏宏伟壮观、闻所未闻的活剧[1]，没有怎么特别注意当时在我这渺小的人物身上所发生的变化。是的，在那些疯狂的2月份的日子里发生的事件是闻所未闻、奇妙无比的。聪明绝顶的人的智慧遭到毁灭，精心挑选的蠢才奉为君王，排在最后的人排到最前列，最底下的翻到最上头，无论是事物还是思想全都推翻，的确成了一个颠倒的世界。——在这荒诞无稽、头足倒立的时代我还是个有理智的人，那么通过那些事情我也肯定会丧失理智，可是像我当时那样疯狂，势必发生相反的情况。说也奇怪！恰好在那众人皆狂的日子里，我自己却恢复了理性！在那暴乱颠覆时期许多别的神明都倒台下野，我和他们一样也不得不可怜巴巴地逊位，重新回到人性的私人状况。这也是我所能做的最明智的事情。我回到上帝的一群低下的造物之中，我又对君临这世上至高无上的主的全能顶礼膜拜，从今以后它也得指引我自己在人世间的各种事情。这些事情在我身为我自己的神明时，弄得乱七八糟。我很高兴，仿佛能把它们交付给一位天上的总监去管理，凭着他无所不知的本领定能把这些事情管得更好。从此之后上帝的存在对我来说，不仅是幸福的源泉，它还使我免去了所有那一切折磨人的账目事务，我对此深恶痛绝。多亏有上帝存在，我得以积下极为可观的私蓄。我现在既不需要照顾自己，也不再需要担心别人。自从我属于虔诚的信徒之列，我几乎再也不为需要帮助的人拿出一文半分；——我谦虚已极，再也不会像当年那样去草率从事上帝的营生，我不再是教区的赡养者，不再是上帝的模仿者，我以虔诚的谦卑神气向我过去的当事人表明，我只不过是一个可怜兮兮的人类造物，一个呻吟不已的造物，和统治世界已经毫不相干。从今以后，他们在艰难困苦之际只好去求助于寓居天国的那位上帝，他的财政预算和他的仁慈善心同样是

---

[1] 指1848年在法国爆发的二月革命。

不可估量的,而我这位前任上帝即使在我神性最为充沛的日子里,为了满足我乐善好施的欲望,也往往捉襟见肘,陷入窘境。

Tirer le diable par la queue(法文,字面意思为:抓住魔鬼的尾巴;引申意思为:处境艰难)实在是法语中最佳妙的词语之一。但是这事本身对于一位上帝来说,是极为令人屈辱的事情。不错,我很高兴,终于摆脱了我僭取的头上光圈,再也不会有哲学家来说服我,我是个上帝!我只是一个可怜巴巴的人,而且身体不复健康,甚至可说重病缠身。置身于这样的处境,如果天上真有个人,能让我不断地向他诉说我的痛苦,对我来说,这可真是一件善举,尤其在午夜时分,玛蒂尔德[1]已经上床休息,她常常非常需要夜间休息。赞美上帝!在这种时刻我并不是孤身一人,我可以尽情地祈祷悲泣,毫不拘束,我可以在至高无上的上帝面前吐露心曲,把我们通常连我们自己的妻子都瞒着不讲的心事向他倾诉。

看了上面这些自白,赐我厚爱的读者一定会很容易地理解,为什么我写的那篇论黑格尔哲学的文章使我很不自在。我清楚地看到,把这篇文章付梓无论对公众还是对作者都无裨益;我认识到,对于气息奄奄的人类而言,基督教仁慈煮出来的最乏油水的医院清汤,也始终比黑格尔的辩证法煮出来的灰色蛛网更为美味滋养;——不错,我愿意承认一切,我突然一下子对于地狱的永火恐惧万分——这当然是迷信,可是我就是害怕——在一个寂静的冬天晚上,在我的壁炉里炉火正旺,我趁此良机把我写的关于黑格尔哲学的手稿投进熊熊的火焰;燃烧的稿纸向上飞腾,飞进烟囱,发出一连串稀奇古怪的吃吃窃笑似的沙沙响声。

赞美上帝,我摆脱它了!唉,倘若我能把我从前付印的关于德国哲学的一切文章,都以同样的方式消灭干净那就好了!可是这不

---

[1] 海涅的夫人。

可能，既然我都无法阻止人家再版那些业已抢售一空的书，就像我最近极为心情恶劣地听到的那样，那么我别无他法，只好公开承认，我关于德国哲学体系的表述，特别是我的《德意志论》一书的前三部分，包含有极为罪孽深重的谬误。我把方才提到的三部分用德文版印制了一本特别的书。因为该书的最新版已经脱销，而我的出版家又有权重新再出一版，我便在这本书里加上一篇前言，我把前言中的一处公之于此，免得我再去做那烦心的事，对上面提到的《德意志论》的三部分作出特别的表白。这一段话如下："我老实承认，最好我能不让这本书印出来。因为自从这本书问世之后，我对于某些事物，特别是关于上帝的那些东西的观点，已经大为改变。我过去说的有些话，现在违背我更好的信念。但是箭一飞离弓弦，就不再属于射手；话一滑出嘴唇，甚至还被报刊多次付印，就不再属于说话的人。再说，倘若我不让这书付印，把它从我的全集里抽走，那么别人就会提出抗议，向我施压。我虽说可以像有些作家在这类情况下所作的那样，缓和书中的表达方式，用空洞的言辞来掩饰自己的思想，借以逃避责任。但是我打心灵深处就憎恨模棱两可的话语，伪善的花卉，怯懦的无花果叶。可是一个诚实的人在任何情况下都有不可转让的权利，来公开承认他的谬误，我愿毫不羞怯地行使这一权利。我因此毫不讳言地承认，我所写的一切纯属错误又未经思考。同样未经思考而又错误百出的是我关于这个学派所作的微言，宣称有神论在理论上已经垮台，只是在现象世界还苟延残喘。不然，说理性批判已经把我们从安赛尔姆·封·坎特伯里[1]以来就知道的那些证明上帝存在的证据消灭干净，从而也结果了上帝自己的生命，这种说法并不是真的。有神论活着，活得生机极为活泼，它并未死去，至少最新的德国哲学并没有把它杀死。我切身体会到，

---

[1] 阿赛尔姆·封·坎特伯里（1033—1109），经院派神学家、哲学家。

这种哲学杀人并不怎么危险；它总是杀人，可是人们始终活着。黑格尔学派的看门人，性格阴沉的卢格[1]，曾经态度僵硬坚定，或者不如说态度坚定僵硬地宣称过，他用他那门房的棍棒在《哈勒年鉴》里已经把我活活打死，可是与此同时我却在巴黎的大街上到处转悠，精神饱满，身体健康，从来也没有这样长生不死过。这位可怜的、善良的卢格！后来我在这儿巴黎向他坦白承认，那些可怕的致人死命的报刊，那些《哈勒年鉴》我从来没有见到过，无论是我那丰满红润的面颊，还是我吮吸牡蛎时的健旺胃口，都向他证明，死尸的名字和我是多不相称，这时自己也忍不住极为诚实地哈哈大笑起来。事实上我当时还身体健康，肌肤丰腴，我正处于我肥胖的顶峰时期，而且疯劲十足，就和尼布甲尼撒王倒台之前那样。

唉！几年之后，我的身体和我的精神都发生了变化。从此之后，我常常想到这位巴比伦国王的故事，他把自己当作上帝，可是后来从倨傲的高峰惨不忍睹地跌了下来，像个野兽似的在地上爬来爬去，嚼食青草——（大概是生菜吧）。在那气势宏伟的《但以理书》[2]中记载了这个传说，我在此不仅把这个传说推荐给善良的卢格，还推荐给我那更加倔强顽固的朋友马克思，不错，也推荐给费尔巴哈、道默尔、布鲁诺·鲍厄尔、亨斯腾堡诸先生[3]，以及其他不信上帝的自我上帝们——不论他们叫什么名字——供他们深思，这会对他们有所裨益。其实在《圣经》里还有许多优美的特别的故事，值得引起他们的注意。譬如在创世之初，关于乐园里那株禁果树的故事[4]，

---

[1] 阿尔诺尔特·卢格（1802—1880），德国作家，曾主编《哈勒年鉴》、《德意志年鉴》。
[2] 《圣经·旧约全书》中的一个篇名。
[3] 格奥尔格·弗里特里希·道默尔（1800—1875），德国宗教哲学家、诗人。
布鲁诺·鲍厄尔（1809—1882），德国新教神学家、政论家。
恩斯特·威廉·亨斯腾堡（1802—1867），德国新教神学家。
[4] 见《圣经·旧约全书》中《创世记》第三章。

和那条蛇的故事[1],这位小小的私人讲师早在黑格尔诞生前六千年就已经讲述了全部黑格哲学。这位没有腿的蓝袜女士[2]感觉非常敏锐地指出,绝对之物如何存在于生存与知识两者之间的一致性中,人通过认识如何变成神,或者同样,神如何在人心里通过意识而达到他自我。——这个公式并不像它最初的词句那样清楚明了:倘若你们吃了智慧树上的果子,你们就会变得和上帝一样[3]!夏娃太太对于全部事情只弄懂了一点,这是禁果,因为禁吃这果子,她就吃了,这个善良的女人。可是她刚吃了那枚诱人的苹果,她就失了她的天真无邪,失去了她那浑然不觉的纯真,她发现对于一个像她这样身份的人物,日后那么多皇帝和国王的太祖母,未免过于赤身露体,她便要求有件衣服。当然只是无花果树的叶子做的衣服,因为里昂的那些丝绸厂的老板们当时还都没有出生,即使在乐园里也还没有妇女装饰品制造商和妇女时装商人——啊,乐园!说来也奇怪,女人的自我意识一旦觉醒,她首先想到的就是做身新衣服!便是《圣经》里的这段故事,尤其是蛇的那番话我也总是念念不忘。我真想把这番话作为题跋,置于本书的前面,就像在王家林苑前面常常竖了一块牌子,上面写着一句警告:"此处埋有尖刺铁钩和自动弓箭。"

我在这里摘引的那段后面,紧接着便是一连串的自白,谈到阅读《圣经》对我后来精神革命所发生的影响。多亏那本圣书,重新唤醒了我的宗教感情。这本书对我来说既是幸福的源泉,也同样是最为虔诚的赞赏的对象。真是奇怪!我这一生在哲学的一切舞池里尽情狂舞,纵情恣肆地享受了精神的狂欢酒宴和各式各样的哲学体

---

1 见《圣经·旧约全书》中《创世记》第三章。
2 1750年左右在伦敦有一个妇女的文学团体,其会员皆穿蓝色长袜,从此"蓝袜女士"便用来形容片面突出其学识的妇女。在此指乐园里的那条蛇。
3 《创世记》第3章第5节有关这一故事的原文为:"你们吃的日子眼睛就明亮了,你们便如上帝能知道善恶。"

系欢媾野合,而不得餍足,就像梅撒莉娜[1]荒淫无度地过了一夜之后,——如今我突然置身于我叔叔汤姆曾经站立过的同一个立场上,也就是《圣经》的立场上,我跪在我那黑皮肤的祈祷者身边,怀着同样虔信的热忱。

什么样的屈辱啊!凭着我的全部知识我未能比那可怜的无知无识的黑人取得更大的进展,他连拼写字母都没学会呢!当然,这可怜的汤姆似乎在这部圣书里比我还看到了更加深刻的东西,特别是最后一部分我一直还不怎么明白。汤姆对此也许理解得更为透彻,因为他在那里挨揍挨得更多,也就是那不断的鞭打,在阅读《福音书》和《使徒行传》时我觉得这种鞭打极为令人反感。这样一个黑奴同时也用背脊阅读,因而比我们理解得深刻得多。相反,我在阅读这部圣书的第一部分时,我对摩西的性格就有了更加深切的领悟,我为此颇为自得。这个雄伟的形象使我肃然起敬。多么伟岸壮观的巨人啊!我不能设想,巴桑[2]的国王俄克比他更为雄伟。当摩西站在西奈山上时,这西奈山显得多么矮小啊!这座山只是一个台座,此人把脚踏在上面,他的头伸向天宇,和上帝交谈——愿上帝宽恕我的罪孽,我有时候觉得,这位摩西的上帝只是摩西自身反射出来的光辉,他和摩西是这样的相似,在愤怒和爱情上都很相似。倘若假定上帝和他的先知具有这种一致性,这将是巨大的罪孽,这将是人类为宇宙万物中心的理论——但是这种相似性是令人啧啧称奇的。

我从前并不怎么特别热爱摩西,可能是因为希望精神在我心里占据君临一切的地位,我对这位犹太人的立法者仇恨一切形象鲜明造形完美之物不能原谅。我没有看到,尽管摩西敌视艺术,自己却

---

[1] 伐勒里娅·梅撒莉娜(公元25—48),罗马皇帝克劳迪亚的王后,古罗马著名的淫妇。
[2] 根据《旧约全书·阿摩司书》第2章,巴桑在东约旦北边,原属西摩利人,以色列人从亚摩利人的国王俄克手中夺得这块土地。

是一位伟大的艺术家,具有真正艺术家的精神,只不过他身上的这种艺术家的精神,就和他的那些埃及同胞的艺术家精神一样,只是指向宏伟壮观、永不衰朽的东西。但是他并不像埃及人那样用砖石和花岗岩来塑造他的艺术品,而是建造人的金字塔,雕塑人的方尖碑。他把一个穷苦的牧羊人的种族创造成一个同样应该历经许多世纪而不衰亡的民族,一个伟大的、永恒的神圣的民族、上帝的民族,可以成为其他各民族的楷模,是啊,可以成为全人类的典范:他创造了以色列!这位艺术家,暗兰和收生婆约基别[1]之子,比那位罗马诗人[2]更有权利自诩建立了一座将比一切金属铸成的塑像更为耐久的丰碑!

我谈起创造艺术品的大师缺乏敬意,同样谈起他的艺术品犹太人也从未怀有足够的敬畏之情,虽说肯定又是因为我那希腊天性的缘故,这种天性对犹太人的禁欲主义是格格不入的,我对于古希腊的偏爱后来已经削弱。我现在看到,希腊人只是一些美貌的俊俏少年,而犹太人则一直是男子汉,坚强有力,不屈不挠的男子汉,不仅过去如此,直到今天也是如此,尽管经历了十八个世纪的迫害和苦难。我后来学会了更加尊重他们。倘若任何一种因出身而产生的倨傲对于为革命及其民主原则而战的斗士不是自相矛盾的话,本文作者很可能因为他的祖先属于高贵的以色列家族并且是那些殉道者的后裔而感到自豪。这些殉道者给予世界一个上帝和一种道德,并且在思想的各种战场上进行过战斗、经历过苦难。

中世纪史甚至现代史都很少在它们的当天报道里记载这些神圣精神骑士的姓名,因为他们通常都是戴着遮得很严的头盔作战的。

---

1 参看《圣经·旧约全书》第6章第20节讲到摩西的父母:暗兰娶了他父亲的妹子约基别为妻,她给他生了亚伦和摩西。《圣经》中并未提到约基别是收生婆,这是海涅自己的判断。
2 即古罗马诗人霍拉兹。

同样，世人也很少知道犹太人的事迹和他们的独特本性。人们以为认得他们，因为看见了他们的胡子，但是他们身上更多的东西并未外露，无论是在中世纪还是在现在，他们依然还是一个活动的秘密。这个秘密可能在先知预言的那一天得到阐释。那时将只有一个牧人和一个羊群，那为人类的幸福而忍受痛苦的正义者将得到光荣无比的承认。

大家看到，过去我习惯于引用荷马的史诗，现在我就像汤姆叔叔那样引用《圣经》。事实上我得益于此甚多。像我上面所述的那样，《圣经》又在我心里激起宗教感情。而这种宗教感情的复活对于诗人来说已经足够，他也许比其他世人更容易放弃积极的信仰教条。他拥有仁慈，天上人间的诸般象征向他的精神敞开无遗，他根本不需要教会的钥匙。在这方面关于我的愚蠢至极、矛盾百出的谣言到处流传。信奉新教的德国国内非常虔诚但并不十分聪明的人们心情急切问我，我一向只是以不冷不热的公开方式承认信奉路德新教，如今我病魔缠身，变得笃信虔诚，是不是对路德新教的教义比以往怀有更大的好感？不然，亲爱的朋友们，在这方面我没有任何改变。我之所以现在依然信奉新教，是因为我至今并未为之羞愧，就像我过去从未为此过于羞愧一样。当然，我真诚地承认，我在普鲁士，尤其是在柏林时，当地的官府拒绝每一个不皈依任何官方特许的积极宗教的人在普鲁士尤其在柏林居留，倘若不是如此，我肯定会摆脱任何一个教会的羁绊。就像亨利四世当年哈哈大笑地说道：Paris vaut bien une messe（法文：巴黎值一台弥撒），我可以堂而皇之地补充一句：Berlis vaut bien une pieche（法文：柏林只值一次布道），我一如既往地觉得可以忍受那非常开明的、消除了各种迷信的基督教，这种甚至没有基督神性的基督教当时在柏林的教堂里可以得到，就像没有甲鱼的甲鱼汤一样。那时候我自己还是一个神明，对我来说，没有一种积极的宗教比另一种宗教更有价值；

我可以出于礼貌穿上它们的制服，譬如说，就像俄国沙皇为了给普鲁士国王面子，在波茨坦参加阅兵时，打扮成一名普鲁士近卫军军官一样。

现在，由于重新唤起了宗教感情，也由于我肉体上的病痛，在我身上发生了一些变化——现在路德新教的信仰制服还在一定程度上适合我最为内在的思想吗？究竟在多大程度上公开承认竟变成了真理了呢？这种问题我不愿予以直接回答，它只是给我一个机会，按照我今天的认识来显现新教为世界的幸福所建立的功勋。人们可以以此衡量，这个新教在多大程度上从我这里获得了更大的好感。

从前，当我对哲学拥有压倒一切的兴趣时，我只知道根据新教通过赢得思想自由而建立的功绩来评价新教，因为思想自由毕竟是日后莱卜尼茨、康德和黑格尔得以在上面活动的基础——路德，这位手执战斧的强壮有力的汉子，必须冲在这些战士前面，为他们开路。在这方面，我也把宗教改革视为德国哲学的开端，给以高度评价，并且认为我自己好战心切地表态支持新教全然无可指摘。现在，在我年岁增长更加成熟的日子里，宗教感情又在我胸中汹涌激荡，业已失败的形而上学家又紧紧地抓住《圣经》不放：我现在特别推崇新教是由于它通过发现和传播这部圣书而建立的功绩。我说发现，因为犹太人在第二座神庙毁于大火时救出了这部圣书，仿佛把它当作可以携带的祖国带到他们的流亡地里，整个中世纪，他们都把这宝藏小心翼翼地藏在他们聚居的犹太区里。德国学者，宗教改革的先驱者和创始人溜进犹太居民区去学习希伯来文，为了赢得打开这口珍藏宝物的柜子的钥匙。杰出的罗埃希利鲁斯[1]便是这样的一位

---

[1] 约翰尼斯·罗埃希利鲁斯（1455—1522），德国学者，对《圣经》译成德文很有贡献。

学者，而他的敌人，科仑的霍赫斯特拉腾[1]及其同伙，人们称他们为一帮愚昧之徒，他们绝不是如此愚蠢的饭桶，而是目光远大的宗教裁判官，他们早已预见到，了解这部圣书会给教会带来危害，因此他们狂热地搜查一切希伯来文的典籍，建议毫无例外地一律予以焚毁，同时企图煽动贱民，把这些神圣典籍的译者，犹太人全都消灭殆尽。现在，那些迫害过程和动机已被公之于众，大家看到，归根结底，每个行动都有道理。科仑的愚昧之徒们当年认为世人的灵魂幸福已受到威胁，他们觉得一切手段，无论是谎言还是谋杀，都是允许的，尤其针对犹太人。这个可怜的低等民族，祖传的穷困的孩子们，仇恨犹太人因为他们积累了财富。今天被称为无产者对富人的仇恨，当年叫做对犹太人的仇恨。事实上，这些犹太人既不得拥有任何田产，又不许从事任何手工业行业，只好去经商从事金钱交易，这是教会严禁真正信徒经营的行业。于是这些犹太人在法律上受罚，变得家资万贯，遭人仇恨，被人谋杀。这类谋杀在那些年代还披着一件宗教的外衣。就是说，应该把那些当年杀害我们的主上帝的人们杀死。奇哉怪也！正好是这个民族给予世界一个上帝，这个民族的整个一生都充溢着对上帝的敬畏之情，却被斥为杀害上帝的弑主者！我们在圣·多明各爆发革命时看到这样一种疯狂的血淋淋的翻版，一群黑人杀人放火袭击了许多种植园，为首的一个黑皮肤的狂热分子手持一个巨大的十字架，带着嗜血的口吻狂呼：白人杀死了基督，让我们把一切白人统统打死！

是的，多亏犹太人世界有了自己的上帝，也多亏犹太人世界拥有了上帝的圣言《圣经》；犹太人在罗马帝国崩溃时救出了这部圣典，在民族大迁徙的疯狂厮杀的年代他们保存了这部珍贵的书籍，

---

[1] 雅克布·梵·霍赫斯特拉腾（1460—1527），宗教裁判官。

直到新教在他们那里找到了这部圣书,把这部寻觅到手的典籍译成各国通行的语言,在全世界广为流传。这部圣书的传播结出了幸福无边的果实,一直持续到今天,圣经协会的宣传完成了一项命中注定的使命,这个使命更有意义,反正将会有比这个不列颠的基督教—运货公司的那些虔诚的绅士们自己所预料的截然不同的后果。他们想要使一个渺小狭窄的教条居于统治地位,就像他们垄断海洋一样,也想独霸天国,使天国成为不列颠教会的领地:可是你瞧!他们不知不觉地竟促使了新教所有教派的覆灭,它们大家的生命都在《圣经》之中,也在《圣经》推广之后消亡。它们促进了伟大的民主,每个人在他的家庭城堡里不仅是国王,也应该是主教;它们把《圣经》传遍全世界,就是说,通过重商主义的阴谋手段,走私和交换,把《圣经》送到全世界的手里,通过圣经阐释学和个人的理性使之广为流传,与此同时它们建立了庞大的精神王国,宗教感情、博爱、纯洁和真正道德风化的王国,这种真正的道德风化不是通过教条主义的概念组成的公式所能教给人们的,而是通过形象和榜样。这类东西都包含在这部对小孩子和大孩子都有教育意义的美丽的圣书里面,包含在《圣经》里面。

《圣经》从宗教改革以来,就对有些国家的居民,产生了塑造形象的影响,并且把巴勒斯坦生活的烙印加在他们的风俗习惯、思想方法和内心感受上面,这种巴勒斯坦生活既表现在《旧约全书》之中,也表现在《新约全书》之中。对于一个沉思默想的思想家来说,观察这些国家,确是一出奇妙无比的好戏。在欧洲和美洲北部,尤其是在斯堪的那维亚和盎格罗撒克逊国家,特别在日尔曼国家,在相当程度上也在克勒特国家,这种巴勒斯坦精神表现得如此充分,以至于人在该处犹如置身于犹太人之中。譬如信奉新教的苏格兰人,他们的姓名到处听上去都有《圣经》的味道,他们的哀诉甚至有些耶路撒冷—法利赛人的腔调,他们的宗教只是一种吃猪肉的犹太教而已,难道他们不是希伯来人吗?同样,北德的有些省份丹麦也是如此;美利坚合众国的大部分新的行政区域我更不愿谈及,那里的人们一成不变地在模仿《旧约全书》中的生活。这种《旧约全书》的生活在这里像用达盖尔铜版摄影术[1]复制的一样精致入微,轮廓对称,毫厘不爽,可是一切都灰而又灰,缺乏这上帝赞美的国度的那种阳光明媚的金色色调。但是漫画以后会消失,那真正的,永不消逝、真实的图像,尤其是古老犹太教的道德风尚将会在那些国家使得上帝心旷神怡地繁荣滋长,就像当年在约旦河边和黎巴嫩高地上繁荣滋长一样。要生活幸福,用不着棕榈树和骆驼,而生活幸福比美丽更好。

上面提及的这些民族这样容易地在风俗习惯和思想方式上把犹太人的生活吸收进来,也许并不仅仅在于它们易于接受教育的能力上。这一现象的原因也许也应该到犹太民族的性格中去寻找,这个民族和日尔曼民族,在相当程度上也和克勒特民族的性格之间有巨大的亲和交融之处。犹太国[2]我总觉得像是西方的一部分,消失在东方之中。事实上,这个国家及其人民,以它那唯灵主义的信仰,严格的贞洁的,甚至禁欲主义的风俗习惯,简而言之,以它那抽象的热忱的内在本质,始终和邻近各国和邻近各民族形成奇特无比的对比,这些邻邦民族尊崇五花八门、热情奔放的自然神,以豪饮狂欢的感官欢娱虚耗它们的人生。以色列则虔诚地坐在它的无花果树下,唱着对那视而不见的上帝的赞歌,施行美德和公正,与此同时,在巴比伦、尼尼微、西顿、泰尔[3]的神庙里人正在进行着那些血腥

---

[1] 路易·雅克·芒代·达盖尔(1787—1851),法国人,1837年发明一种摄影术,为现代摄影术的先驱。
[2] 犹太国,即《圣经》上的巴勒斯坦国。
[3] 巴比伦,幼发拉底河旁的古代名城。尼尼微,古代亚述国的首府。西顿,古代叙利亚腓尼基的城名。泰尔,古代腓尼基的首府。

的放荡的酗酒欢宴，关于这类凶残荒淫的宴饮的描绘至今还令我们毛骨悚然！设想一下这种环境，就会对以色列往昔的伟大赞叹不已。我根本不想谈论以色列对自由的热爱，为了在现今拥有权势的人那里不至于使《圣经》受到牵连，当时不仅在以色列的周围，而是在古代各民族当中，甚至在崇尚哲学的希腊人那里，奴隶制也被认为是合法的，正在繁荣兴盛时期。的确没有一个社会主义者比我们的主和救世主更加主张恐怖主义，摩西就已经是一个这样的社会主义者，尽管他作为一个讲求实际的人，对于现存的习俗，尤其是关于所有制的习俗只是试图改造一下而已。是的，摩西不是去和不可能的事情进行搏斗，不是脑子发疯下令取消私有财产，而只是竭力使财产道德化。他试图把私有财产和道德，和真正的理性权利协调一致，通过施行五十年或一百年举行一次的纪念年而做到了这点。一个务农民族的祖传产业始终是田产，到纪念年每一块被抵押的祖传田产都退回到原来的所有者手里，不论它曾经是以什么方式转让给别人的。这种制度和罗马人的"期限失效"形成截然相反的对比。按照"期限失效"的做法，经过一段时间，一块田产的实际拥有者不会受合法的所有者的强迫归还田产，如果后者不能证明，在那段时间自己曾经希望自己的田产能够以合适的方式得到偿还。这最后一个条件就使人有玩弄法律的可能性，尤其在一个专制和法律都很繁荣发达的国家里，有一切吓唬人的手段可供不合法的所有者使用，特别用来对付那些付不起诉讼费的穷人。罗马人同时既是士兵又是律师，他懂得用如簧巧舌来捍卫他用宝剑夺得的别人的田产。只有一个由强盗和诈骗分子组成的民族才能发明褫夺公权和期限失效这样的招数并把它们庄严神圣地载入《罗马民法大全》这本书里，这本极端令人憎恶的书，可以称之为魔鬼的圣经，可惜它今天还居于统治一切的地位。

我在上面谈到了犹太人和日尔曼人之间有亲和交融的关系，我曾称他们为"两个道德的民族"。在这方面，我提到古老的德国法律以伦理学的愤慨给期限失效加上烙印，我认为这也是一个特征。在下撒克逊农民嘴里现在还流行这样一句动人的美好的话语："百年无权也变不成一年有权"。摩西的立法更坚决地通过设法五十年或一百年一次的纪念年来进行抗议。摩西不愿取消私有财产，他更希望每人拥有自己的一份，以至谁也不会因为贫穷成为一个奴性十足的奴才。自由始终是这位伟大的解放者的最终思想，这个思想在他一切有关贫困状况的法律里呼吸和燃烧。他对奴役自身的憎恨达到无以复加的程度，可说恨得咬牙切齿，但是这种非人道的现象他也无法完全消灭，它在那古老的洪荒时代的生活中实在根扎得太深，他只好限于在法律上改善奴隶们的命运，使赎买变得比较容易，使服役的时间受到限制。可是如果一个终于被法律解放的奴隶根本不愿离开主人的家，那么摩西就下令把这个不可救药的奴性难改的无赖的耳朵钉在他主人家的大门上，在这样羞辱地示众之后，便被判处终身服役。啊，摩西，我们的导师，摩谢·拉伯鲁[1]，崇高的反抗奴役的战士，请把铁槌和钉子递给我，以便我把我们身穿黑红金号衣心广体胖的奴隶的长耳朵牢牢地钉在勃兰登堡门上！

我现在离开一般性的宗教、道德、历史观察的汪洋大海，把我思想的航船又谦虚谨慎地引入平静的内陆水域之中，在这里作者如此忠实地映照出他自己的图像。

我在上面已经提到，来自故乡的新教抗议声浪如何变成非常轻率地提出的问题，表达出一种估计，就仿佛我的宗教感情一旦重新苏醒，我心里对教会事务的感觉也会加强。我不知道，我在多大程度上表现出来，我既不对一种教义也不对任何一种崇拜表现出特别

---

[1] 摩谢·拉伯鲁，为希伯来文。意即："摩西，我们的导师。"

的热忱。在这方面，我过去一向如何，现在依然故我。我现在作出这一自白，也是为了去除有些以极大的热忱倾心于罗马天主教会的朋友同样对我现在的思想方法所犯下的一个错误。奇哉怪也！当新教在德国给我以当之有愧的殊荣，认为我阐述了福音书的同时，说我已改宗天主教的谣言也广为传播。有些善良的灵魂甚至保证，早在许多年前我就已经皈依天主教。他们甚至举出最确定无误的细节来维护这种说法。他们提到时间、地点，举出具体日期，和那座教堂的名字，据说我就在那里背弃了新教异端，接受那唯一使人幸福的罗马天主教使徒的信仰。没有列举的只是在举行这隆重的典礼时，教堂仆役敲了几下钟，摇了几下铃铛。

从寄到我处的报刊和信件，我看到，这样一种谣言变得多么煞有介事。当我看到有些来信中如此动人地表现出来的真正的爱情的快乐，我简直又伤心又尴尬。从国内旅行归来的人告诉我，我的灵魂得救，甚至为讲经台上的布道者提供摇唇鼓舌的材料。年轻的天主教的修士们想利用我在教会里的身份，来庇护他们布道词的处女作。人们认为我是未来的教会之星。我无法取笑这种状况，因为这种虔诚的疯狂是如此的真诚——不论人们对笃信天主教的狂热分子背后如何说三道四，有一点是肯定的：他们并非利己主义者，他们关心他们身边的人；可惜往往过头了一点。那些虚假谣言我不能归之于恶意，而只能归之于谬误；肯定只有机缘巧合在这里歪曲了清白纯真的事实。尤其关于时间地点的报导确实正确无误，事实上在他们说的那一天我是在他们提到的那座教堂里，这甚至于还曾经是一座耶稣会的教堂，也就是在圣·苏尔庇斯教堂，我在那里参加了一个宗教仪式——但是这个仪式不是令人憎恶的背教仪式，而是非常清白的结合仪式；也就是说，我和我的夫人在进行了世俗的婚礼之后，还在那里举行宗教的婚配典礼，因为我的夫人出生在一个严格的天主教家庭，认为不举行这样的婚礼，自己的婚配便没有受到上帝足够的祝福。而我绝对不愿使这非常可爱的人儿在她与生俱来的宗教观里会引起一点不安或者受到丝毫妨碍。

话说回来，女人依附一个积极的宗教倒也很好。信奉新教的妇女是否更为忠贞，这点我姑且不论，反正妇女信奉天主教对丈夫是大有裨益的。倘若她们犯了一个错误，不会在心里为此担忧很久。只要一旦得到神父的赦免，她们便又哼又唱，情绪欢畅，不会垂头丧气对罪孽冥思苦索，认为自己有责任，直到生命的尽头都得心情抑郁，矜持拘谨，情绪暴躁，过分规矩，从而扫了丈夫的好兴致，或者煮坏锅里的汤。在另一方面忏悔在这里也很有用：犯了罪的女人不会把她可怕的秘密，长久搁在脑子里压抑着她。既然女人到末了什么都非一吐为快不可，宁可让她们把某些事情只向她们的忏悔师坦白，也比她们突然一下子柔情迸涌，或者良心责备，向那可怜的丈夫作出那灾难性的坦白交代为好！

反正在婚姻中没有信仰是危险的。不论我自己思想如何开放，在我的家里是不许有人说一句轻薄无礼的话语的。我像一个正直可敬的市侩生活在巴黎城中，因此，我结婚时，我也要举行一次宗教的婚配礼，尽管在这里法律上认可的世俗婚礼已经足以得到社会的承认。我的自由派的朋友们为此生我的气，对我的指责犹如倾盆大雨。似乎我对教会作出了太大的让步。倘若他们知道，我当时向他们所深恶痛绝的神父们不知作出了多少更大的让步，他们对我性格软弱定会更加埋怨不已。作为新教徒，和一个信奉天主教的女人结婚，要想请一位天主教的神父举行婚配礼，必须获得大主教的特许。碰到这种情况，丈夫得作出书面保证：他生出的孩子，将由他们母亲的教会来进行教育，只有在这个条件下，大主教才会发出特许。关于这点：得提出权利义务相等的保证，不论新教世界对于这种强制手段如何大呼小叫，我还是觉得，天主教的神父们似乎很有道理，因为谁要想恳求得到他们的祝福和保证，也得遵守他们的条件。我当时 de borne foi（法文：真心诚意地）遵守了这些条件，我肯定会诚实地恪守我的义务的。不过说句私房话，既然我明知，生儿育女并非我的专长，我也就可以良心更加平安地在上述的相互保证书上签了名。我把手中的笔放下，在我的记忆里又响起美丽的尼侬·德·兰克洛吃吃窃笑的声音：O, le beau billet qu'a Lechastre！[1]

我要给我的自白加上一顶王冠：我承认，我当时为了获得大主教的特许，不仅把我的儿女，甚至把我自己也会出卖给天主教会。——可是 ogre de Rome（法文：罗马的这个生啖活人的家伙）就像儿童童话里的妖怪，让即将出生的孩子为他服务一样，只要获得那些可怜的孩子，便于愿已足。当然，这些孩子后来都没生出来，于是我一如既往，依然还是个新教徒，一个始终抗议的新教徒。我对那些谣言提出抗议，这些谣言虽说并非恶意诽谤，但是可以利用来损害我的美好名声。

不错，我自己一直听任最为荒诞的谣言向我泼来，并没有对此多加过问，我觉得有责任作出上面的更正，为了使那一直还在德国来回乱窜的高贵的阿塔·特洛尔[2]党不至于有机会以他们笨拙的不忠实的方式来抱怨我的摇摆性，同时又夸耀他们自己的、不会变化的、牢牢地缝在最厚的熊皮之上的性格坚定性。所以这番争辩并不是针对那个可怜的罗马的生啖活人的家伙，不是针对罗马教会。我

---

[1] 安娜·德·兰克洛（1616—1706），通常称作"尼侬"，是法国一个著名的情妇，拥有无数情人，据说她曾在一张纸片上向拉·夏特尔写下誓言，她这一生只爱他一人。以后在她另有新欢时，每次都叫道："啊，拉·夏特尔的那张美丽的书简！"
[2] 阿塔·特洛尔，海涅同名长诗的主人公，是一头会跳舞的熊，影射有绝对平均主义思想倾向的激进分子和嫉贤妒能之辈，参看长诗《阿塔·特洛尔》，张玉书主编，人民文学出版社出版，《海涅选集》（诗歌卷）。

早已放弃了对罗马教会的攻击,我当年拔出宝剑为一个理想而不是为了一种个人激情而战,如今这把宝剑早已安憩在剑鞘之中。不错,在这场战斗中我仿佛是一个 officier de fortune(法文:幸运的军官),他奋勇作战,在大战役或小冲突之后,心里不存点滴怨恨,既不憎恨他所反对的事业,也不仇恨这一事业的代表性人物。在我身上谈不上对罗马教会有什么狂热的敌意,因为产生这类怨恨必须心胸狭窄,而我身上一直缺少这种特性。我对我自己精神上的腰围了解得十分清楚,不会不知道,我就是愤怒已极地去撞击像圣·彼得教堂这样一个庞然大物,也不会对它造成多大的损害。我只可能做一个微不足道的帮手,帮助拆运垒成这个庞然大物的巨形方石。这项拆运工程得持续许多世纪。我精通历史,不会认不清那座花岗岩建筑物的宏大雄伟;——你们尽可称它为精神上的巴士底狱,你们尽可宣称,这座监狱现在只由伤残兵卒守卫;但是这座巴士底狱也并不是那么容易攻克,有些年轻的攻击者,撞在它的墙垣上还会折断脖子,这可一点不假。作为思想家,作为形而上学的学者,我一直不得不对罗马天主教教条的始终一贯性表示激赏;我也可以引以为荣的是从未通过玩笑嘲弄的方式攻击过天主教的教义和教化。倘若有人称我为伏尔泰的一位精神上的亲戚,实在是赋予了我过多的荣誉,同时也给了我过多的不名誉。我始终是一个诗人,因此在天主教教义和教化的象征手法里像鲜花一样盛开怒放、像火焰一样熊熊燃烧的诗意必然对我比对其他人要显示得更加深刻。在我的少年时代,那种诗意的无限的甜蜜甘美、神秘莫测、令人幸福的充溢浮夸,和使人毛骨悚然的死亡的快乐使我的心灵深受震撼;我有时也迷恋那享有至高无上的幸福的天后[1],我把关于她的仁慈和善心

---

[1] 指圣母马利亚。

的传记写成精巧优美的诗句。我的第一部诗集还包含着这美丽的圣母马利亚时期的痕迹,在我后来的一些诗集中我又可笑地把这些痕迹仔细抹去。

虚荣心重的时代已经过去,我允许每个人讪笑我的这些自白。

我大概用不着预先承认,就像我心里并没有对罗马教会怀有盲目的仇恨一样,在我胸中也不可能对它的神父心胸狭隘满怀怨恨:谁若了解我的讽刺天才,以及我劲头一来,便会萌生写上几笔诙谐诗文的需要,肯定可以证明,我对教士们出于人情之常的弱点总是手下留情,虽然在我后来的日子里,在巴伐利亚和奥地利教堂的圣器室里窜来窜去的那些故作虔诚、可实际上非常尖刻的耗子,那些无赖的狗屁教士往往惹得我奋起反抗。但是即使在愤怒已极深感恶心之时,我对真正的神父们始终怀有敬畏之情。回顾往昔,我怀念他们过去为我作出的贡献。因为就是天主教的神父在我小时候给我上的第一堂课。他们引导我的精神迈出最初几步。在杜塞尔多夫的高年级的学校里,这所学校在法国人执政时期叫做 Lyceum(法文:文科中学),老师们也差不多全是天主教的神职人员。他们以严肃的好心关怀我的精神教育;自从普鲁士入侵以后,那所学校也采用了普鲁士——希腊的名字 Gymnasium(德文:文科中学),执教的神父们逐渐被世俗的教师所替换。随着神父去职,他们用的教科书也全被废除,简明扼要的、用拉丁文写的课程入门和最初在耶稣会修士的学校里采用的诗文精选,也同样被新的语法书和教学大纲所取代,都是用苍白无力、拘谨呆板的柏林德语写成,采用抽象的学术行话,对于青年学子来说,比易于理解、自然健康的耶稣会修士的拉丁文更难接近。不论人家对耶稣会修士有什么想法,必须承认,他们组织教学的务实精神始终都很成功。虽说按照他们的方法,古希腊罗马史讲授得残缺不全,可是他们毕竟还是把这种古代史的知识予以通俗化,所谓的民主化,使之深入群众,而不是个别的学者、精神贵族用今天的方法学习更好地理解古希腊罗马及其诗人，但是广大的民众很难得在脑子里留下一块古典文学，希罗多德[1]的哪一出戏或者一篇伊索寓言[2]或者一首霍拉兹[3]的诗，而从前，穷苦的人们日后还能把他们年轻时在学校里得到的面包干啃上很长时间呢。一个老鞋匠曾经对我这样说过：这么一点拉丁文修饰了整个人。这个鞋匠当时穿着一件黑色的小大衣走进耶稣会修士的课堂时，脑子里还记住了西塞罗[4]的卡提利那演说的一些优美的章句，在和今天的一些蛊惑人心者斗争时，他还经常诙谐引用这些章句。教育学是耶稣会修士的特长。尽管他们是想为了他们自己会派的利益而从事教育学，但是对教育学本身的激情，也就是他们身上留下的唯一的人性的激情，有时占了上风，他们忘记了他们的目的，是为了信仰而压制理性，他们非但没有像原来打算的那样，把大人又变成孩子，相反，他们违反自己的意志，通过教学把孩子变成了大人。大革命时期[5]最伟大的人物都是从耶稣会修士学校里培养出来的。没有这种学校的纪律也许这伟大的精神运动要到一百年以后才会爆发。

耶稣会的这些可怜的神父们啊！你们变成了自由主义党人用来吓人的妖怪和替罪羔羊，可是人们只领会了你们的危险性，没有理解你们的功劳。至于我，我从来也没能和我的同志们一起狂呼乱叫，

---

1 希罗多德（前490—前425或420），古希腊最早的历史学家，人称"史学之父"。
2 伊索，古希腊的寓言作家。
3 霍拉兹，古罗马诗人。
4 西塞罗：古罗马的作家，政治家，以能言善辩著称，卡提利那演说是流传下来的他著名的演说之一。
5 指法国大革命。

他们一听见罗耀拉[1]的名字总是勃然大怒，就像公牛看见了人们举在它眼前的一块红布！然而，我丝毫没有忘记我那党派利益的帽子，有时在深思熟虑之际不得不承认，我们没有掉到这个党内，而是落进那个党里，我们现在没有置身于正好相反的营垒里，往往是取决于极为微小的偶然事件。在这点上，我常常想起大概在八年前和我母亲进行的一次谈话，那时我在汉堡探望这位已经八十高龄的年迈苍苍的老太太。当我谈到我小时候上等的学校，谈到我的天主教老师时，我现在知道，其中有些老师便是过去耶稣会的修士，老人脱口而出说了一句奇怪的话。我们对我们的亲爱的老夏尔迈耶谈了许多。在法国统治时期，他受命领导杜塞尔多夫文科中学，担任该校的校长，也为最高年级讲哲学课，课上直言不讳地论述最为自由无羁的希腊体系，和正统的教义如何形成鲜明的对比，而他自己有时就作为这个正统教会的神父穿着教士的法衣在祭坛前举行圣礼。我在儿童时代就能参加上述的哲学课，肯定意义重大，也许日后在约沙法谷[2]的陪审员们面前这可以算做我的 circonstance attenuante（法文：从宽发落的理由）。我之所以得以享受这后果严重的优待是因为夏尔迈耶校长是我们家的朋友，对我特别垂青；我的一个舅舅和他同在波恩学习，是他在学术上的挚友，我的外祖父曾经把他从致命的重病中挽救过来。所以这位老先生常常和我母亲讨论我的教育培养和未来的前程，就像我母亲后来在汉堡告诉我的，就在这样讨论时，他向我母亲提出忠告，让我献身于为教会服务，把我送

---

1 罗耀拉，西班牙神父，耶稣会的创始人。
2 《圣经·旧约全书》中《约珥书》的第3章记载，耶和华说，他要在约沙法谷聚集万民，进行审判，按照罪行的大小，予以判决。海涅指出，这时参加审判的陪审员必然会考虑到他从小就受到这种离经叛道的哲学思想的影响而对他从轻发落。

到罗马去，在那里的一所神学院里学习神学。夏尔迈耶校长在罗马的最高级的教长中有一些颇有影响的朋友，通过他们他保证可以擢升我在教会里达到高位。我母亲告诉我这件事时，对自己没有听从这位睿智的老先生的忠告，深感遗憾。老先生早已看透了我的天性，大概最为正确地理解到，什么样的精神和生理的气候对我天性的发展最为适宜，最为有益。老太太现在对于拒绝了这样贤明的一个建议，后悔不迭；可是在当时她梦想着让我青云直上赢得世俗的各种荣耀，再说，她是卢梭的女弟子，是个严格的自然神论者，另外，她看到德国神父穿得那么粗陋蠢笨，觉得让她的长子穿上那么一袭法衣，也觉得不是滋味。她不知道，一位罗马的修士的穿着打扮完全不同，同样的法衣，他会穿得优美高雅，那黑绸的小大衣披在肩上，帅气十足，在永远美丽的罗马，这黑绸小大衣可是风流倜傥和才智卓绝的虔诚制服啊。

啊，一个罗马修士活着是何等幸福的人啊，他不仅侍奉基督的教会，也侍奉阿波罗和缪斯女神。他自己是缪斯的宠儿，三位典雅女神在他撰写十四行诗时，为他捧着墨水瓶，他就到亚加狄亚人[1]的学院里去朗诵他的这些以俏丽的乐章结尾的诗篇。他是一位艺术行家，只消一摸一位年轻女歌手的粉颈，就能预言，她日后是否会成为一位 celeberrima cantatrice（意大利文：声名卓著的女歌唱家）一位 diva（意大利文：耀眼的明星）或者一位蜚声全球的首席女歌唱家。他精通古代文物，用西塞罗体的拉丁文写了一篇论述一位发掘出来的古希腊女酒神躯体的论文，毕恭毕敬地把

---

[1] 1690 年意大利各地的十四位作家在罗马建立了一个 Accademia degli Arcadi(意大利文：阿卡狄亚人的学院)，旨在反对 17 世纪文坛的恶劣趣味，使诗艺回复原有的纯净。

这篇论文献给基督教会的首脑,他称之为 pontifex maximus(拉丁文:古罗马司祭团首席司祭)¹。这位修士先生也是一位出色的油画行家,他访问画家们于他们的画室之中并且把他对他们女性模特儿的解剖学方面的精细入微的观察告诉这些画家。本文作者其实完全具备成为这样一位修士的天赋,完全可以以甘美无比的 dolcefar niente(意大利文:逍遥自在地无所事事)在这永恒之城里溜溜达达地在各个图书馆、画廊、教堂和废墟里闲逛,一边享受一边学习,或者边学习边享受,我完全可以在一批出类拔萃的听众面前做弥撒,我也可以在那个神圣的礼拜里作为严峻的布道师登上讲坛宣讲道德,当然,即使宣讲道德也绝不会使布道流于粗野,带有禁欲主义的味道——我会使罗马的女士们心神欢畅,也许通过这样的恩宠和功绩在等级森严的教会里达到最高的荣誉职位。我说不定会变成一位 monsignore(意大利文:主教阁下),说不定有只紫色长袜²,甚至一只红色小帽会落到我的头上,就像格言说的:

别看小和尚那么微不足道,
他可很想当上一个小教皇。

所以到末了我说不定有可能甚至爬到那至高无上的荣誉席位——因为我这人虽说天性并不野心勃勃,但是如果主教团秘密会议选中了我,我也绝不会拒绝接受担任教皇的任命。反正这个职务非常正派,而且收入也很不错,我肯定可以以足够的才智来担任此

---

1 至公元383年止,人们以此称呼古罗马皇帝,此后一直以此称呼天主教教皇。
2 紫色长袜和红色小帽均为红衣主教的穿着。

职的。我会心安理得坐在圣彼得[1]的这把交椅上,把腿伸出去让一切虔诚的基督徒,不论是神父还是俗人,让他们吻脚。我同样会以应有的心灵的宁静让人家把我像凯旋似的在各个宏伟的大教堂的列柱廊里抬来抬去,只有在摇晃得最厉害的时候,我才会抓紧金色软轿的扶手,六名身材粗壮,身穿绯红制服的内廷侍从抬着这顶软轿,旁边走着秃顶托钵僧,和身上缝着金银花边的仆役,托钵僧手持燃着的蜡烛,仆役高擎硕大无朋的孔雀毛扇,扇着教会君王的脑袋——就像我们在霍拉兹·维尔奈[2]创作的表现教会游行的油画中所看到的那样叫人赏心悦目。我也会同样一本正经地绷着脸,像神父似的神情严肃——只要万分必要,我也会非常严肃——从拉泰朗宫[3]里向全体基督徒致以一年一度的祝福;身披教皇的礼服,头戴三重王冠,身边围着一大群头戴红帽、主教小帽,身穿金丝织锦缎长袍和各种颜色法衣的扈从,我会站在高高的阳台上,让民众一睹我神圣的风采,民众则在下面,在无法估量人头攒动的人群中,低下头去,跪倒在地——我会平静地伸开双手,祝福全城和全世界。

可是,正如你所知道的,好心的读者,我没有变成教皇,也没有变成红衣主教,连罗马教皇的使节也没当上。无论是在世俗的等级制里还是在教会的等级制里,我都没有谋得一官半职,我在这个美丽的世界上,就像人们说的,一事无成。我毫无出息,只当了个诗人。

不,我不愿假模假样故作谦卑,低估这个名字。当上诗人,尤其在德国当上一个伟大的抒情诗人,是大有出息的。德国人民在两

---

[1] 耶稣的门徒圣·彼得据说是第一任教皇。这里指的即教皇的宝座。
[2] 霍拉兹·维尔奈(1789—1863),法国画家。
[3] 到1308年止,拉泰朗宫一直是罗马教皇的宫殿,现改为博物馆。

件事情上，在哲学和诗歌上，远远超过其他一切民族。我不愿以无赖们发明的虚假的谦虚，来否定我诗人的荣誉。我的同胞中没有一个人像我这样年纪轻轻便赢得了桂冠。我的同行沃尔夫冈·歌德志得意满地唱道："中国人把维特和绿蒂画到玻璃上，兢兢业业"[1]，如果我要吹牛的话，我也可以用另外一种更加不可思议的荣誉，也就是一种日本的荣誉来和这中国的荣誉相对抗。大约在十二年前，我在这儿的王子旅馆拜访我从里加来的朋友 H·沃尔曼[2]他把一个荷兰人介绍给我，此人刚从日本来，他在那儿的长崎住了三十年，热切希望和我相识。这就是皮尔格博士，眼下正在莱登和博学多识的赛波尔特[3]一起出版一本关于日本的巨著。这位荷兰人告诉我，他教过一个年轻的日本人德语，此人后来把我的诗歌译成日文予以发表，据说这是第一本用日文发表的欧洲书籍——据他说，他曾在英文的《加尔各答周报》上找到过一篇论述这部译著的洋洋洒洒的文章。我立即派人到若干 cabinets de lecture（法文：图书馆）去查找，可是那些有学问的女馆长们没有一个能给我弄到一份《加尔各答周报》，我找了于连和保济埃[4]，也是徒劳。

从此我对于我在日本的荣誉也就不再进一步地考察。此时此刻，它对我来说就和我譬如说，在芬兰的荣誉同样的无所谓。唉！荣誉，这个平素如此甜蜜的无用玩意，像菠萝和谄媚一样甜蜜，很久以来就使我感到无比厌恶；我现在觉得它像苦艾一样苦涩。我可以像罗

---

1 参看歌德的《威尼斯警句诗》。
2 克里斯蒂安·亨利希·沃尔曼（约 1810—1874）。
3 正确的名字应为西波特，菲利普·弗朗茨·封·西波特（1796—1866），德国研究日本的专家。
4 于连（1799—1873），汉学家。让-彼耶尔-纪尧姆·保济埃（1801—1873），法国浪漫派诗人，汉学家。

米欧一样说：我是个幸运的傻瓜[1]。我现在站在一个大粥盆前，可是没有汤勺。我自己与世间的各种欢乐相隔绝，只许用一杯淡而无味的滋补的汤药来润湿我的嘴唇，这时在隆重的盛宴上人们用盛满佳酿的金杯为我的健康祝酒，对我有什么用处！一位年迈的看护妇用她衰老憔悴的双手在我头上耳朵后面贴上一块膏药，这时，热情奔放的少年和少女用月桂花圈来装饰我的大理石胸像，对我又有什么用处！我置身于 Rue d'Amsterdam （法文：阿姆斯特丹大道）的病房里令人厌烦的孤寂之中，除了捂暖的餐巾发出的香水味外，什么也闻不到，这时，在离阿姆斯特丹大道有两千哩之遥的设拉子，所有的玫瑰都为我而盛开，为我散发芳香，唉，对我又有什么用处。唉！上帝的嘲弄沉重地压在我的身上。这位宇宙万物的伟大作者，天国的阿里斯多芬[2]，要非常鲜明地向那渺小的，人世间的，所谓的德国的阿里斯多芬[3]表示，后者风趣透顶的嘲讽和他的讽刺相比，只是不值一提的嘲弄，而我在幽默和大开玩笑方面不得不相形见绌，无法望其项背。

不错，大师[4]从天上向我劈头盖脸浇下来的浸满了讥嘲的辛辣碱水非常可怕，他开的残酷的玩笑令人不寒而栗。我卑躬屈膝地承认他比我优越，我在他面前，匍匐在地。可是尽管我缺乏这种至高无上的创造力，我的精神里电光般闪过永恒的理性，我甚至于可以把上帝的玩笑拉到这理性的论坛前，让它经受一次充满敬畏的批判。我首先敢于极其谦卑地暗示，我仿佛觉得，大师用来惩罚他这可怜的弟子所开的那个残酷的玩笑，实在拖得太长；这个玩笑一开就开

---

1 见莎士比亚悲剧《罗密欧朱丽叶》第3幕第1场。
2 阿里斯多芬，古希腊最著名的喜剧作家，以擅长讽刺著称。
3 海涅把自己比作德国的阿里斯多芬。
4 海涅称上帝为讽刺的大师。

了六年多，这实在显得有些令人厌烦。然后我同样不揣冒昧要发出一个不足为训的议论：那个玩笑也并不新颖，天国的这位伟大的阿里斯多芬在别的场合早已开过这个玩笑，所以他是犯了自我剽窃的罪行。为了支持这一论点，我想引证《林堡编年史》[1]中的一段。对于那些想要了解德国中世纪风俗习惯的人来说，这部编年史非常有趣。它像一份时装报纸，描写各类服装，无论是男装还是女装，在每一个时期如何应运而生。它也告诉我们，每一年人们吹的口哨，唱的歌，都有哪些曲调，还把各个时代众人喜爱的有些歌曲的开头几句予以介绍。所以它报道，在1480年这一年人们在整个德国吹的口哨，唱的歌比在这以前人们在德国各邦所熟悉的其他所有的曲调都更为甜蜜可爱。人们无论老少，尤其是妇女们，都对此着了迷，从早到晚只听见人们在唱。编年史补充道，这些歌曲是一位身患麻风病的年轻修士所作，他为了躲避世人，隐居在荒漠之中。你肯定知道，亲爱的读者，这麻风病在中世纪是一种何等可怕的疾病，染上这类不治之症的可怜人，为每一个市民阶级的社会所摒斥，不得接近任何人。他们是到处游荡的活死人，从头到脚都遮得严严实实，帽兜一直拉下来盖在脸上，手里拿着响板，所谓的拉撒路[2]响板，他们以此宣布自己走近，以便每个人都能趁早躲开他们。上述的林堡编年史记载了这个可怜的修士作为歌曲诗人的荣誉，他就是这样一个麻风病人。他悲哀地坐在荒漠之中，悲苦不堪。与此同时，整个德国都在欢呼庆祝，唱他的歌，用口哨吹他的曲调！啊，荣誉是我们非常熟悉的嘲讽，是上帝开的残忍的玩笑，在这里他开的也是同样的玩笑，虽然这一次这玩笑是披着中世纪浪漫主义的外衣。纵

---

1 《林堡编年史》，蒂勒曼·艾伦·封·沃尔夫哈根编撰，海涅在哥丁根大学学习时就借阅过此书。
2 参看《新约全书》"约翰福音"第11章。

欲过度而萎靡不振的犹太国王说得有理：日光之下并无新事[1]——也许这太阳自己也是一个加温后发热的旧日的玩笑，用新的光辉打上补丁，现在才光辉夺目，如此壮观！

　　有时候我在夜里目光模糊不清，我以为我看见了《林堡编年史》中的那位修士，我那尊崇阿波罗的兄弟就在我眼前，他那双痛苦的眼睛奇怪地从帽兜下面直愣愣地向外凝望；可是在这同一瞬间，他一闪而过，我听见他那拉撒路响板的劈啪声渐渐消逝，犹如一场幻梦的回声。

---

1 在《圣经》中是耶路撒冷之王，大卫的儿子说，参看《旧约全书》中《传道书》第 1 章第 9 节。